漂洋过海
来看你

Across the ocean to see you

姚瑶 著

SPM

南方出版传媒 广东人民出版社

·广州·

图书在版编目（CIP）数据

漂洋过海来看你/姚瑶著. —— 广州:广东人民出版社，2016.12
ISBN 978-7-218-11340-1

Ⅰ.①漂… Ⅱ.①姚… Ⅲ.①长篇小说－中国－当代 Ⅳ.①I247.5

中国版本图书馆CIP数据核字（2016）第266539号

Piao yang guo hai lai kan ni

漂 洋 过 海 来 看 你

姚 瑶 著

出 版 人：肖风华

策划编辑：王湘庭
责任编辑：王湘庭
封面设计：居 居
内文设计：友间文化
责任技编：周 杰

出版发行：广东人民出版社
地　　址：广州市大沙头四马路10号（邮政编码：510102）
电　　话：（020）83798714（总编室）
传　　真：（020）83780199
网　　址：http://www.gdpph.com
印　　刷：珠海市鹏腾宇印务有限公司
开　　本：889毫米×1194毫米　1/32
印　　张：11.25　　　字数：170千
版　　次：2016年12月第1版　2016年12月第1次印刷
定　　价：39.00元

如发现印装质量问题，影响阅读，请与出版社（020-83795749）联系调换。

售书热线：020-83795240

序

当初次看到这个故事的名字时，我不禁会心一笑，耳边仿佛瞬时响起了娃娃的名曲《漂洋过海来看你》。这首歌李宗盛先生也曾倾情演绎过另一个版本，两个版本的我都很喜欢，却都不忍心听得太多。在翻开书页开始浸入故事迷宫的深处时，我还曾满怀恶意地想象，这不会又是一个凄美的爱情故事吧？

人与人之间的缘分，的确是一种奇妙的东西，或许苍天注定，或许事在人为。

娃娃唱出的，是一个女人三分思念却带着七分无助的悲情故事；李宗盛先生唱出的，则是一个沧桑男人事过境迁的千般回忆和万般无奈。

而本书要带给大家的故事，如果您细细咀嚼下去，将那些苦涩和浮华的滋味都咽下肚去，浮上舌尖的，却是藏在心底的那丝小温暖，那份小幸运，那种对爱情从最初的失望和怀疑到最终的确定和执着。

特别是故事的两个主人公，让我印象非常深刻：

她，是职场上冷酷铁血的女汉子，生活中绝对的白痴和低能。

谁也想不到，她竟是一个因为感情受伤而离婚，还怀着不属于自己前夫的孩子，从此也不再相信爱情的女人。

他，是她的下属，一个典型的处女座男人，秀外慧中，风华绝代……似乎这种种形容更应该用在女人身上。

谁也猜不到，这两个本来八竿子打不着的人之间竟然有着千丝万缕的联系。仿佛前世他与他的顶头女上司已是经历了万亿次的回眸，千百回的同舟，月老终将这一世的红线，悄悄拴在了两个人的心头。

至于其中更加跌宕起伏的剧情，我就不太多透露了，大家细细从书中品味吧。

也许，真正可以长久的爱情，不但要有缘分女神幸运的眷顾，还要有共同的面对和担当，更会有争执和分歧，加上理解和宽容，最终将归于平静和幸福。

而这个故事同步穿插着的另外两条感情线，那几个与男女主角密切相关的男男女女，其不同的命运走向同样值得玩味：一条因为男女之间的犹豫而遗憾终生，让人唏嘘不已；另外一条却充满了欢喜冤家的味道，让人犹如吃了一大锅麻辣烫，看到结局已是大汗淋漓般舒爽。

合上最后一页，已是夜深人静，看着窗外北京冷冽的街景，我轻轻戴上了耳机。耳机中传出的歌曲是谁演绎的已不重要，故事最后的真相大白同样已不重要。重要的是，我在此刻竟然深深地赞同：这世上并没有什么完美无缺的爱情，相反，最真实的爱情，只有曾经残缺过，矛盾过，争取过，沉淀过，才能散发出浴火重生的光芒，照耀着每一对有情人前方的路。

阿里文学总编辑 周运

2016年12月于北京

目录
CONTENTS

01

第一章

斜阳的余晖，将整个伦敦笼罩在黄昏之下。

苏芒娴熟地从包里掏出钥匙，将门拧开。那一阵清晰的开门声，伴随着客厅内所有的灯突然被打开，明亮的光芒照得苏芒蹙了下眉。

陈嘉明拿着酒瓶，斜倚在沙发上，醉意十足。苏芒扫了一眼凌乱的客厅，快步走到他面前，试图从这个男人手中夺过酒瓶。哪知苏芒因这一举动，却被陈嘉明毫无预兆地一把推开，一开口就是难闻的酒气："等你半天了，去哪儿了？"

苏芒瞧着他，随口说："和妈逛街去了！好好的在家喝什么酒？"

陈嘉明醉眼迷离，顺势向沙发靠背仰去，冷笑："是吗？我回来，你是不是特别失望？"

苏芒并没有回答他这个问题，而是目不转睛地盯着他敞开的胸襟前那一抹若隐若现的印子，瞬间变了脸色："陈嘉明，你能解释一下衣服上的口红印吗？"

陈嘉明听苏芒这么问，非但没慌，反而一下子站了起来，就在苏芒的面前大笑："你苏芒那么聪明，还需要我解释吗？还有，你有什么资格管我？你能背着我去买别的男人的种，我找个女人算什么！苏芒，我告诉你，我是不能生，但我还是个男人，你他妈给我戴绿帽子还在这儿理直气壮地指责我？"

苏芒一愣，眼中闪过一丝不易察觉的慌张："我不知道你在说什么！你喝多了吧！我累了，我先睡了……"

她刚一转身，却被陈嘉明一把扯住，手腕上的痛感让她不得不使劲儿地挣扎："陈嘉明你别在家撒酒疯，我都说了我累了！"

"离婚！"

"你说什么？"直到这一刻，苏芒甚至还有些怀疑自己的耳朵听错了。

"苏芒，你别再给我装了，你真让我恶心！你这种强势的女人我早受够了，我还告诉你，我早就烦你了，你不择手段弄个孩子来骗我，不就是惦记我们家家业吗？你给我听清楚了，门儿都没有！我不会让你得逞的，你赶紧滚蛋！"陈嘉明死死地捏着苏芒的手腕，仿佛要将她捏碎一样。

说完，陈嘉明便用力一推，甩开了苏芒。而苏芒也被他推倒在地，额头撞到了扶梯上……

一股温热的液体瞬间从额头蔓延开来，是血。可苏芒并不觉得有多疼，反而是陈嘉明看都不肯看她一眼，转身摔门而去的背影，让她觉得仿佛心被掏空了一般的疼，甚至难以呼吸……

沉默，或者说死寂。

突然间响起的电话铃声打破了这片死寂，苏芒恍然间清醒。是嘉明么？只是当她捂着额头跑过去接电话的时候，才发现原来是医生

Krief，真讽刺。"喂……"苏芒声音发颤，更多的是无力。

　　次日，苏芒一脸紧张地坐在医生办公室内，等待着检查结果。而此时的每一分每一秒，都让苏芒备受煎熬，是的，她迫切地需要知道这次手术的结果。

　　终于，Krief拿着体检报告推门而入，苏芒站起来，走过去问道："医生，怎么样？"

　　Krief笑意满满地看着苏芒："别紧张，你真的很幸运。You are the lucky one!"

　　苏芒顿时一怔，却仍问："什么意思？"

　　Krief将报告递给苏芒，又说："受孕成功不是你一直很期待的结果吗？祝贺你！"

　　苏芒没说什么，紧紧地攥着体检报告，一脸茫然地走出了医生办公室……

　　推开门的一瞬间，苏芒觉得老天真是跟自己开了个大大的玩笑，这段婚姻已经被陈嘉明捣腾得不剩下什么了，可能在这场爱情的尽头，他留给自己的，也只有那一纸明晃晃的离婚协议书罢了。

　　夜已深，伦敦的喧嚣却似乎和苏芒离得很远，这空荡的房间将她完全包裹在了另一个世界……苏芒窝在沙发上，眼泪噼里啪啦地往下掉，地上到处都是一团团的纸巾，装点着一无所剩的自己。

　　电话响了好一阵子，苏芒才深吸一口气，将电话接了起来："喂……苏畅？"沉寂片刻，她的声音却忽然升了一个调子，对着电话那边吼道："就你那脑子炒什么股？你怎么不把自己炒了！苏畅你要还走旁门左道，就别认我这个姐！还有，以后别再在我面前提陈嘉明，他死了！"

　　电话挂断，苏芒却哭得更厉害了……

又是一整晚没睡，苏芒顶着沉重的黑眼圈，还在笔记本上浏览着什么。公司的论坛上，不知是谁发了一篇《决爱书》，让她不禁多看了几眼：

决爱书

花开一季，人活一世。多少流转的变，或是曾经的泪，一点，一滴；一爱，一殇。

看尽悲欢，阅尽离合。今朝有酒今朝醉，明日愁来明日愁。一岁，一月；一枯，一荣。

相离莫相忘，且行且珍惜。

作者的署名为楚留香。苏芒不禁又看了好几遍，终于伸出手，在帖子的下方敲击着几个字：同是天涯沦落人。

几日后，她头上的伤还未痊愈，就跑去MG旅游集团的英国分公司、女上司兼好朋友蔡玲的办公室。蔡玲递过一杯咖啡，伸手在苏芒面前晃了晃："怎么了亲爱的？额头受伤了？"

苏芒沉默了一会儿，还是将陈嘉明跟自己提出离婚和自己打算回国的事说了出来。

蔡玲一愣，气愤道："这个混蛋，你去做人工受孕，不还是他妈撺掇着你去的吗？要不是为了他，你受这份罪干吗？"

"别说他了，离婚协议书我已经签了。婚姻失败不是谁单方面的责任，是我太自负，把事情想简单了，毕竟不能生育对他来说打击真的很大。从此我们一别两宽，各生欢喜。所以……我想离开英国，重新开始，现在只有你支持我了。"苏芒的话说得有些心酸。

蔡玲深知她脾气，劝解了一番之后，还是叹气道："你真决定带着肚子里的种子回国？"

苏芒故作坚强地一笑："嗯哼！这可不是一般的种子，是你干儿子！"

苏芒的笑意渐淡："玲姐，他是一个生命，我没有权利决定他的未来。我只知道他的未来必须有我这么个母亲。"

蔡玲看着苏芒，好像第一次从她眼中看到这样的坚持和坚定。片刻后，她深吸一口气："前几日上海MG公司的计调部总监刚刚离职，我想了一下，刚好你有这方面的专业经验，既然你坚持回国，就安排你回去做吧。"

"还是你靠谱！"苏芒笑眯眯地拍了拍蔡玲，可心中不知为什么，还是压抑得很。

上海的夜，丝毫不逊色于伦敦。各式职业的人，穿梭在霓虹耀眼的大厦楼宇之间，装点着上海的夜晚，独有的繁忙与活跃。

露天酒吧内，郑楚与唐明坐在最靠外的一排，唐明一脸着急地盯着自己的好哥们说道："你倒是说句话啊！怎么说分就分了？你不会是劈腿了吧？我告诉你……你要是对不起姗姗，我第一个站出来大义灭亲！你……你说不说？不说我问姗姗去！"

郑楚愁眉不展，带着半分酒意不耐烦地说："你一外科医生，还治劈腿不成？你也是的，一听我分手，撒丫子就跑过来，怕我想不开啊？"

唐明愣了一下，嬉笑道："想得美，我是来看你笑话的！"

郑楚一摆手："你就别添乱了……唉，我这个旅游体验师，职场失意，情场失败，人生重来算了！"

"行了，别感慨了，就算结局不尽人意，好歹爱过一场，我这一直还没着落呢！"唐明自嘲般地说。

郑楚坏笑："别装了，说不定你到处留情，早都开花结果了！"

"你倒是有这种可能，都把种子播在英国了，说不定哪天真冒出个孩子。"唐明不甘示弱地还嘴。

郑楚立刻使劲儿地给了他一拳："喂，有点职业操守行不行？这事儿别到处瞎说啊，当初还不是被你逼的。"

沉默片刻，望着唐明得意的笑脸，郑楚再次开口："我们俩不合适，她心高气傲，我给不了她想要的生活，跟不上她的节奏……算了，分开也好，我不想耽误她。对了，你这次回来，打算待多久？"

唐明举起酒杯："不走了，国内的工作已经定下来了。本来打算给你当伴郎的，现在看来，我得努力让自己当新郎咯！"

两人碰杯，将杯中的酒一饮而尽。

唐明又问："果果吵着要和你去海南，一副私奔样。你真不打算带她去啊？"

"你饶了我吧，还嫌我事不够多吗？我提前订了今晚的机票，走吧，送我去机场！"郑楚露出一个胜利的笑容。

赶着午夜的飞机，就是为了躲自己的妹妹，唐明无奈地摇了摇头。送走了郑楚，他也累了，可刚一回头，远处那一抹熟悉的身影就映入了自己的眼中……是陈姗姗。往事在脑海中迅速翻腾，当初暗恋了姗姗那么久，像影子一样在暗处看着她和郑楚两人甜蜜，曾经他以为可以淡然看待的一切，当再次见到她的时候，才发现还是会有些悸动。

02

第二章

伦敦机场的安检口，苏芒一身休闲装，略显慵懒，却又不失清新。蔡玲拥抱着苏芒，淡淡地嘱咐着："国内的工作已经安排好了，你先去三亚玩几天，等公司的任职通知下来，你再赶过去也来得及。"

苏芒点点头："好。"

蔡玲眼里流露着不舍，喃喃道："你可真够狠心，把我一个人扔在这……行了，你回国之后，好好照顾自己，别让我干儿子受委屈！"

"放心吧，我可是他亲妈！"苏芒好笑地说。

蔡玲又嘱咐了许多，直到苏芒不得不登机，两人才再次拥抱，依依不舍地告别。

而当苏芒登上飞机的那一刻，她知道，自己的一切，除了肚子里的这个小生命，都要重新开始了。阔别祖国许久，她终于回来了……

次日，三亚机场的出口，郑楚带着墨镜，从机场刚一走出来，就听到了手机铃响。郑楚接起电话，是唐明："喂？我刚到三亚，嗯，出机场了……什么？果果来了？你……她来你怎么不提前告诉我啊！"

说话间，一辆跑车停在了郑楚面前，同样戴着墨镜、打扮精致的唐果果，一脸俏皮地探出头来望着郑楚。

郑楚错愕地看着面前的唐果果，看着周围不少人凑过来的目光，指指点点，似乎认出了这个当红歌手。电话那边是唐明的询问声，郑楚只得挂了电话："你等着……回去找你算账！"

"先生，要车么？"见郑楚讲完了电话，唐果果一脸谄媚地招呼道。

郑楚满是无奈地说："姑奶奶，我是出来工作的，不是出来旅游的，你怎么又出来祸害人？"

果果一边开车门下车，一边摘下墨镜，凑到郑楚面前笑眯眯地说："我可是良好市民，要祸害也只祸害你！"

郑楚见她这一副死跟到底的样子，认命地摇了摇头，将行李放在后备箱，关上车门抱怨道："从哪弄来这么骚包的车……"

惹眼的跑车，在环海公路上划出了一道美丽的弧线。

到了酒店，唐果果却仍是紧追着刚下车的郑楚，郑楚盯着她说："你不是只管送么？怎么现在又赖上我了？"

"我就是要赖着你！"唐果果一脸坚定。

"你爸在这不是有酒店吗？"郑楚问。

"我就是不想让我爸知道……"

"你个大明星整天跟着我，像什么样子……"无奈，唐果果一副死皮赖脸跟定他的样子，郑楚只能任由她欢快地跟在自己身后，扯着胳膊问长问短，东拉西扯。

同样刚下飞机的苏芒，提着行李来到预订好的这家酒店，正巧和扯着郑楚的唐果果擦肩而过，办理完入住手续，拿着房卡来到房间。

她走到阳台，看着外面的海景，大口地呼吸着新鲜空气。片刻之后，她才脱下外套，扔掉高跟鞋，往床上重重地一躺。

人生啊，还是要享受才行！

被唐果果纠缠了整整一个下午，吃过晚餐，郑楚将果果送到了1218号房间，倚在门口笑："好了，你自己折腾吧，我要工作了。住我的隔壁可以，但是——不许影响我，不许半夜骚扰我！"说完，他也不看唐果果不满的神色，关上门，走到隔壁的1219号房间，拿着房卡开门走了进去。

屋内一片漆黑……开灯的瞬间，床上穿着睡衣、刚刚入睡的苏芒被惊醒，她几乎是惊坐而起，下意识地抓起旁边的抱枕就冲着郑楚丢了过去，满脸惊慌地喊道："你是谁！你想干什么？"

郑楚手忙脚乱地接住朝自己飞来的枕头，连忙说道："别急别急……我不是坏人！"

苏芒瞪着他，郑楚没再上前，而是赶紧出去看了一眼房间号，又折了回来。

此时的苏芒，已经迅速地将睡袍穿好，把自己裹得严严实实的，一手拿起床头的台灯防身。郑楚莫名奇妙地看着"全副武装"的苏芒，说道："1219，没错啊，这是我的房间，你怎么在我房间？"

苏芒满是难以置信："什么？你的房间？"

"当然了！不信你问前台！"郑楚顺势坐在旁边的沙发上，和苏芒保持着安全的距离。

苏芒死死地盯着他，生怕他要什么花样，然后迅速地打给前台："喂，前台吗！有个变态男闯进了我房间！你们快过来！"

"谁是变态？姐姐，麻烦你搞清楚再说！"郑楚气急败坏地说。

门铃刚一响，两人都以为是前台，争着抢着去开门，可没想到是唐果果。

"你怎么来了？"郑楚问。

"这么大动静，隔壁都听见了，出什么事了？"唐果果有点担心。

郑楚尴尬地说："没什么，有人睡错房间了。"

苏芒上前一步说道："你俩一起的？也好，赶紧把你男朋友带走，要不我就报警了。"

郑楚转头看她："小姐，这房间真的是我的，你冷静一下。"

唐果果在一旁插嘴："就是！这房间本就是我们家楚楚的，你这大小姐怎么自我感觉那么良好？"

一转眼，两个女人针尖对麦芒，眼看就要吵起来了，郑楚只能连忙将唐果果推出房间说道："果果你赶紧去看一眼前台来了没！求求你了大小姐，快去！"唐果果怕郑楚不高兴，也就乖乖去了。

郑楚则是返回房间，亮出房卡说道："这房间真的是我的，你看。"

苏芒嗤笑一声，翻了个白眼："谁知道你这房卡哪来的，兴许是什么色狼惯犯。我告诉你，你这样的男人，我见多了！"

郑楚见她软硬不吃，忍不住说道："你这女人讲不讲道理！

失恋了还是内分泌失调？到底是谁的房间，待会儿前台来了就知道了！"

一时间，苏芒被戳中了心事，脸色骤变，开始沉默。

郑楚意识到自己的话有些不对，略带内疚地说："对不起啊，我刚才……乱说的。我叫郑楚，是一名旅游体验师，这次来也是为了工作。"

郑楚说着，礼貌地伸手过去作握手言和状。苏芒撇了一眼，理都不理，反而问道："你是体验师？"

"没听过？"郑楚一边点头一边问。

苏芒正要说话，唐果果却回来了："楚楚，他们经理来了。我刚才问清楚了，是他们搞错了才闹出这样的事情。"

值班经理紧随其后，满是抱歉地说："不好意思，苏女士，确实是我们工作的失误。因为系统原因，我们的工作人员多发了房卡，所以才……"

郑楚一脸了然，苏芒则是傻了眼不知道该怎么办。

值班经理看着两人的脸色，小心地说："其实……还有一个房间，就是热水器坏了……"

郑楚看了眼值班经理，又看了看苏芒，略一沉吟，接过值班经理递来的新房卡，叹了口气说："这么晚了，让一个女人搬来搬去的没必要，我去住吧。"说完就要走。

"喂……"苏芒开口。

郑楚回头说："行了，不用谢了。折腾这么长时间，你不累我可累了。"

郑楚拉着唐果果离开了，苏芒却一时睡不着了，在房间里瞎晃，突然发现玄关处有个黑色钱包，打开一看，里面有身份证和银行卡若干，还有一张合影，是郑楚和一个陌生女子的。照片的背后写着：

Only love。呵……还是个情种。苏芒撇撇嘴，决定明天把钱包交给酒店服务员。

第二天一早，苏芒就拿着钱包去了酒店前台，发现郑楚刚好也在，此刻正在前台交流着什么。

"起得挺早啊，我正要找你呢。"苏芒上前打招呼。

郑楚回头见是苏芒，说道："怎么？找我道歉？我没和你计较，女人嘛，总有那么几天……"

不等说完，苏芒就翻了个大大的白眼，将钱包塞到他身上说："少自作多情，钱包落我房间了。"

郑楚接过钱包，惊喜地说道："我正说这事呢！谢谢你啊，我还以为被偷了，找了一个晚上！"

苏芒不耐烦："数数少了没，别到时讹我。"

郑楚将钱包揣起来，笑眯眯地说："不用数，女人嘛，还是温柔点可爱。"

苏芒冷眼："哼，那要看对谁。"

说完，苏芒便转身走了。

酒店餐厅内，苏芒拿了一大堆食物，找了个靠窗的位置坐下，边吃东西，边欣赏风景。刚巧郑楚也在端着餐盘环视餐厅，见苏芒一个人，便走到其桌边坐了下来。

"一大早就吃这么多啊！"郑楚搭讪。

苏芒嫌弃地瞥了他一眼："这是我的位子。"

郑楚故意起身："行吧，那我站你旁边吃？"

"……"苏芒嗤声，"无赖。"

郑楚无所谓地一笑，又坐了下来，眯着眼看着苏芒逗她："分享是美德，昨晚把房间让给你，今天你拾金不昧并和我共进早餐，友谊就是这样建立的。"

"臭美吧，我和你连陌生人都算不上。"苏芒说。

钱包失而复得，郑楚看起来心情很好："你说你长得也不错，干吗总板着脸啊！我们相识就是缘分，还不知道你怎么称呼呢？"

苏芒不语，郑楚却好兴致地和她搭话，两人一冰一火，一冷一热，聊得……还算和谐？

谈起郑楚工作的事，苏芒饶有兴致地笑道："不错啊，你这工作睡睡觉，吃吃饭就完事儿了，多轻松啊！"

郑楚却说："轻松？我一年365天有一半时间睡在各地酒店的床上，自己家的床都没沾过几次。体验师不是来享受的，是为你们客人把关的。知道那种为了挑错而工作的痛苦吗？"

两人正谈着，唐果果从对面走了过来："郑楚，你吃早餐怎么不带我？"

话音刚落，她却发现郑楚的身边，还有一个苏芒。

03

　　唐果果瞪圆了眼睛，吃惊地指着苏芒问："怎么这个女人也在这里？"

　　郑楚无奈地一摊手："唐大小姐，你的作息昼夜颠倒，不是要睡到中午才起来吗？"

　　苏芒又恢复了那张冷脸，起身说道："我吃好了，你们继续。"

　　话说完，她看都不看两人，转身就走。

　　郑楚应付着唐果果的纠缠，好不容易才吃完了这顿早饭。

　　时间还早，郑楚拖着唐果果这个拖油瓶来到游泳池，准备体验一下酒店的游泳设备。换好了衣服，唐果果却拿着游泳圈，拉扯着郑楚，有些犹豫地说："不然我们去沙滩走走吧，我又不会……一个人游多无聊！"

　　郑楚耐着性子哄道："你自由活动吧，这是我的工作。你小心点，别被认出来。"

郑楚说完，转身下水，唐果果只好找躺椅躺下。哪知一转头，她就看到苏芒穿着泳衣，眯眼躺在隔壁，姣好的身材一览无余。唐果果低头看了看自己的胸前……

有什么了不起！她还会长的！

果果半支起身体："大姐，你不会跟踪我们家楚楚吧？怎么哪儿都有你？"

苏芒缓缓睁眼："有一句俗语叫做'彼之蜜糖，吾之砒霜'。你怎么那么不自信啊？"说着，她的视线在唐果果身上转了一圈，又说："我看你除了胸小一点，其他都还过得去，干吗老担心别人抢你男朋友啊？"

"你……"唐果果看着苏芒那傲人的身材，忍不住挺了挺身子，刚要还嘴，苏芒却已经起身，优美地入水了。身姿舒展、腿长腰细的苏芒，游得就像一条美人鱼一样欢畅。

正游着，"扑通"一声响，紧接着呼救声断断续续响起来，原来有个小孩不小心落水了。苏芒听到了，赶紧全速向声音响起的地方游了过去，及至近前才发现郑楚也过来了。两人合力将落水的小孩救了上来。孩子吓得呜呜直哭。

苏芒蹲下身子安抚："小朋友，你的爸爸妈妈呢？"

这时候，孩子妈妈才慌慌张张地跑过来，紧张得一把抱住了孩子，说道："丁丁，你没事儿吧？谁让你一个人乱跑的？你吓死妈妈了。"

郑楚站在一边，略带担心："他没事儿，放心吧。要看好孩子啊，别让他一个人来水边。"

丁丁妈望着郑楚和苏芒感动地说道："谢谢你们！谢谢！"

丁丁妈抱走了孩子，苏芒一边擦着脸上的水，一边打趣："技术不错啊！"

郑楚笑："彼此彼此，我也没想到你还有这么生猛的一面。得了，顺便让你看看我们旅游体验师的重要性。"

郑楚说着，招手叫来了一旁的泳池管理员，就着儿童落水的问题，比对着泳池，这般那般说了一番，将隐患和改善建议都一一说明。

苏芒在一旁默默看着，直到管理员离开。

"怎么样？知道我工作的重要性了吧？"郑楚略带自豪的样子，看得苏芒一阵手痒。

苏芒故意板着脸摇头："没兴趣知道。"

"我看你游得不错，不如比一圈？"郑楚看着苏芒的样子，也不计较，兴致勃勃地提议。话音刚落，一直躲在一边的唐果果就捏着鼻子"扑通"一下跳进泳池里。

"郑楚救我！"水池里的唐果果边扑腾边大喊。

郑楚一怔，只得跳进水里游向果果。

幼稚！苏芒摇着头鄙视了一番，转头离开。

苏芒换过衣服后，进到大堂，却没想到三人再次巧遇。

这次则是苏芒主动上前说道："郑先生，稍微等一下。"郑楚和唐果果转身，她快走几步上前问："你们待会儿要去哪儿玩？"

唐果果白了她一眼："关你什么事？"

苏芒无视掉果果的挑衅，直接对着郑楚提问："你既然是旅游体验师，那对景点肯定熟悉，我想咨询一下你，三亚还有什么好玩的地方吗？"

郑楚说："我要去大东海看新的路线，你要有兴趣就一起！"

"好啊，那谢谢了。对了，叫我名字吧，我叫苏芒。"苏芒难得和善地笑了笑。

唐果果却不满地皱起了眉，使劲儿扯了一下郑楚："郑楚！"

"只是顺路而已。大家也是熟人了，一起就一起，果果你别计较了。要是你不愿意，你自己开车，我们两个打车走，免得你被狗仔认出来。"郑楚一脸认真地说。

唐果果气鼓鼓地瞪了苏芒一眼："哼，便宜你了！"然后，只得不情不愿地跟着郑楚和苏芒上了车。

唐果果从后视镜里看了苏芒一眼，语气傲娇地说："姐姐，我和郑楚的私人聊天，你最好自动屏蔽。"

苏芒坐在后座，看着孩子气的果果笑："好。"

"郑楚，你工作的事，考虑得怎么样了？你不是说要辞职吗？我都和我爸说好了，以你的资历，过去肯定是经理的位置。"

果果撇撇嘴，转头看向郑楚，略带焦急地催促。

后座的苏芒，听到这句话，目光微微变了下，看向郑楚。没想到，这小女友还想让他吃软饭？

郑楚倒是不太满意："不去，我又不是找不到工作。你要劝也是劝你哥归位当继承人啊！"

唐果果气恼地说："那个MG公司包养你了？你再找还不是找一份睡床的工作！人都睡傻了，还抱着不放。"

苏芒听得一愣，MG？那岂不是……

郑楚一听唐果果讽刺自己的职业，就不高兴了，滔滔不绝地介绍起来："你懂个屁。旅游体验师这么高尚，其实……"

两人唇枪舌剑，苏芒在后座听得忍不住噗笑了一声。

唐果果从后视镜里看着苏芒，一脸不悦："我说后边那位，偷听我们说话干吗？有那么好笑么？"

苏芒轻咳两声，似是随口一问："郑先生……在MG上班？"

郑楚心不在焉地"嗯"了一声，随手打开微信群，开着扬声器，放着群里的语音：

"楚哥，听说新总监是女的。不，不是女的，是女博士，和女人不是同一物种。"

"小顾你脑残吗？这不是重点，重点是那女的外号'黑蜘蛛'，据说是个超级女魔头，一不小心就会吸干你的血的！"

……

苏芒坐在后座默默地听着，人还没到，就想着给她起外号了？嗯，黑蜘蛛、超级女魔头，切，太没创意了。

过了一会儿，三人到了大东海，相约了回去的时间，苏芒去购物，郑楚去工作，唐果果……一如既往地缠着郑楚。

从大东海回来，苏芒就收到了MG的正式任职通知。

苏芒看着电脑屏幕上的邮件，手指在下巴上轻点了两下，掏出手机打了个电话。"Hi，Eric，好久不见！嗯，苏芒，我就住在你酒店里呢，想请你帮个忙……"

挂了电话，她包了一个大大的信封，等来了酒店的工作人员。

"苏总，您有什么吩咐？"

苏芒递上信封，严肃地说道："这是五万块现金，你去找一下我们的员工郑楚，把这些给他，然后告诉他，如果他回去之后给酒店的测评打五分，这个钱就是他的。"

"好的，我明白。那苏总，如果郑楚收了钱呢？"工作人员接过信封，又问道。

苏芒说："你只要告诉我就行了。"

"好的苏总，那明日你去机场，需要酒店安排车么？"

"不用了，替我谢谢Eric。"

第二天一早，苏芒就赶乘飞机，回了上海。

一辆出租车停在MG总部大楼门口，车门打开，一双穿着精致高跟鞋的美腿着地，一身得体的职业装衬得苏芒干练精明。她拿出镜子整理了一下自己的妆容，走进大楼。

五分钟后，集团总部晨会召开，罗总给大家介绍了这位新上任的计调部总监——苏芒。会议结束后，苏芒在职员的引领下，走向计调部的办公区。还没进门，就已经听见里面的阵阵喧哗，她皱了皱眉。

带她过来的职员推开门，只见佳佳喝着牛奶，小顾在吃粘糕，Ella对着镜子补妆，还有员工端着咖啡聊天。职员略显尴尬，只得扬声说："大家暂停手边的事，介绍一下，这位就是你们部门的新总监，苏芒，苏总。"

众员工没反应过来，都看向苏芒，片刻后相继鼓掌。Ella站了起来，介绍道："苏总，我是您的秘书，我叫Ella，那位是……"

苏芒的目光，随着Ella的介绍，扫过每一个人，将最为典型的几个人在心里划上重点关注的标记，随后说道："好了，想必你们都对我有所了解，我这个人在工作上要求是非常严格的。从今天开始——"苏芒停顿了一下，手指了指各人手里的食品和化妆品，继续说："把这些臭毛病都给我改掉。在家把自己喂饱再来上班，女的必须化职业妆，男的一律正装。"

苏芒一边走，一边严肃地扫过在座众人："不要让我感觉到办公室里有一丝懒惰的气息，这里是公司，不是家，更不是菜市场！希望各位能和我一起努力，按照我的规矩去做事，把计调部的工作做好。废话不多说，大家继续做事吧。"

说完，她昂首挺胸地走上了扶梯，Ella紧随其后，生怕漏下了什么吩咐。

办公区内，目瞪口呆的众人一直到看不见她身影了，才长舒了一口气，彼此相视尴尬一笑，放下手里的东西开始工作。

进了办公室，苏芒环视了一下，皱眉道："Ella，这些家具颜色太压抑了，你赶紧联系家具公司过来换掉，费用我来出。还有，一定要环保材料的。"

"好的，我马上去办。"Ella应道。

办公区内，隐约听到动静的小顾阴阳怪气地说："瞧见没？现在换家具，搞不好下一步就是换人了。"

……

办公室里的苏芒，接起来自三亚酒店的电话："嗯，他没收是么？好的，我知道了。"

刚下飞机的郑楚，一进公司门口，就见工作人员在往外搬家具，指挥的人是小顾。他纳闷地一问，才得知都是那个新来的魔鬼女上司"作"的。

郑楚一进计调部，就觉得气氛不对，办公室一改常态地悄无声息。Ella走到他面前，一脸高高在上地说："郑楚，总监有请。"

郑楚礼貌性地敲了两下门，推门而进："总监您好，我是刚出差回来的郑楚，我……"

话还没说完，看着坐在办公椅上转过身来的苏芒，郑楚完全呆立当场。

苏芒一脸平静地看着他："出差怎么样？顺利吗？"

"怎么……是……是你？"

苏芒没回答，而是一边低头看资料，一边说道："那好，简单汇报一下你的工作。给你五分钟。"

郑楚收敛了一下心神，说："我的工作报告已经发到公司邮箱了。估计您在三亚已经看得很清楚了吧！"

"郑楚，你借着工作名义带着小女友去游山玩水，这就是我看到的实际情况。"苏芒抬头。

郑楚解释道："苏总，第一，唐果果不是我的女朋友；第二，她去三亚是个人行为，我的工作并没有受到她的影响，您可以对我有偏见，但不能否定我的工作态度。"

"那你觉得体验师就是测评考察这么简单吗？这是前总监留下的投诉信，看看吧，都是以前酒店对你的投诉。与客户维系良好的合作关系，也是一位优秀体验师应具备的素质。你现在把几个合作酒店和我们的关系搞得这么紧张，这就是你工作的价值？"苏芒言辞犀利，将几封酒店投诉信扔到桌上。

"不用了，既然酒店和公司都对我的工作有这么大意见，我现在就可以走，反正我早就准备好要离职了！"郑楚略显激动地说完，转身出了办公室。

04 第四章

接到郑楚那一封超大号字体的辞职信时，苏芒愣了一下。她将信拆开看完，思索了片刻，让Ella叫来了郑楚。

"怎么回事？"苏芒把信递给郑楚，盯着他问。

郑楚义正辞严地答道："我辞职报告里写得很清楚。"

苏芒嗤笑一声，说："你的理由很牵强，我不能批。你都作好打算了还跑三亚干吗，拖到现在提出来！"

郑楚解释："我不喜欢半途而废，出差三亚的工作是之前就定好的，我就是走也得走得干净。"

苏芒看着他，沉吟片刻，说："那好，你出差三亚的报告不合格，继续改，改到合格你才算完成收尾工作。评价不够全面，还有几个问题，自己回去看邮件吧。"

郑楚一时间有些词穷，只能将辞职信重新放在桌子上，说："好，我改完之后希望你能按公司规定批准我的辞呈。"

郑楚一走出办公室，苏芒便将辞职信扔进了垃圾桶里。

第二天一大早，还在睡梦中的郑楚就接到了公司同事小顾打来的电话。睡眼惺忪的他不耐烦地说道："喂？小顾，我睡觉呢，天塌下来也和我没关系。什么？我都要辞职了还不放过我？你等等，我马上就过去。"

一进公司，佳佳就跑到郑楚面前抱怨："郑楚，你享福我们没份儿，临走倒是连累一帮人！真是的。"

郑楚看着神色不满的佳佳，一头雾水："到底什么事啊，你们不说清楚我怎么知道？"

佳佳不满地瞪了郑楚一眼："黑蜘蛛因为你的线路设计有问题，要扣我们奖金了！"

郑楚听到这里，才明白是怎么回事，便直接冲去苏芒办公室理论。推开门还没说话，苏芒一看是他，率先递上一叠资料。

"你来得正好，出差三亚的报告勉强过关。这些是公司的客户资料和业务数据，给你两天时间熟悉一下。"

郑楚满是不解："苏总，您好像忘了，我已经提出辞职了，没有义务接受任何工作。还有，您否定我的工作就算了，为什么要扣其他同事的奖金？"

苏芒直起了身子，看着郑楚说："第一，我没有否定你的工作，相反，你对工作的细致负责我十分欣赏。第二，我扣其他人的奖金，是因为他们设计的线路方案一塌糊涂，并不是因为你的工作有问题。怎么，你想替他们打抱不平？好，我给你一个机会，你带着他们重做西南线路方案，我满意了就不扣奖金。"

"您说话算数么？"郑楚问。

"我从来言出必行。你想证明你的实力，保住他们的奖金，就做给我看。"苏芒笑着端坐椅上，神色不变。

郑楚看着苏芒的样子，简直恨得牙痒痒，可没办法，涉及大家的利益，只好答应了下来。

"好，这是最后一次。"说完，他便拿着资料离开了办公室。

苏芒靠在椅子上，露出了一个胜利的笑容。小样，想辞职？我还治不了你了！

郑楚回到家的时候，已经很晚了，一切收拾妥当，拿出资料来，还没看一会儿，电话就响了，他顺手接起："您好，哪位？"

"郑楚，我是严晓秋，你跟姗姗的事情，我很遗憾，你明天有时间么？我们一起吃个饭，聊聊吧。"

郑楚一边看着工作资料，一边回话："晓秋，我知道你的意思，你是她姐姐，自然关心她，可我跟姗姗，真的已经结束了，没可能了，我们毕竟不是一路人，我给不了她想要的，也只能是有缘无分了。吃饭就算了，我新来一女上司，工作太忙了，可能真没时间。"

"那好吧，其实有你陪着她，我和爸爸还能放心些，你们分手，其实是姗姗的损失。郑楚，我很抱歉，是姗姗不懂事。那不打扰你了，你先忙吧。再见。"

"放心吧，她还会找到更好的，再见。"挂了电话，郑楚对着手机发了一会儿呆，哪知电话突然又响了起来。

看了眼来电显示，郑楚接通电话："唐医生，我这忙着呢，今天真不能陪你疯了。我算是见识最毒妇人心了，得罪女鬼都不要得罪女上司。"

听郑楚一通抱怨过后，唐明看了看旁边猴急的唐果果，只得开口说道："说正经事儿，明天周末，中午一起吃饭。我回国以后，你还没请我吃过饭呢。"

郑楚无奈地说："不会是唐果果的主意吧？行行行，我去还不行吗？"

苏芒开着刚买好的新车，停在了她新买的房子楼门口。下车打开后备箱，苏畅跟着下来将三个大箱子拿下车。

"我的姐啊，这么多箱子，怎么搬上去啊！"

苏芒撇他一眼，搬起一个轻一点的箱子走进楼道。

"用手！"

苏畅只得拖着行李箱，跟在苏芒身后一路往上走，嘴里还不住地问："姐，免费劳力用得还顺手吗？"

到了新家门口，苏芒翻了个大大的白眼，掏出钥匙打开了门："免费？你创业败了我那么多钱，没让你卖身还债就不错了。"苏畅嬉皮笑脸地将门口的箱子搬进屋。

"你舍得把这么帅气的弟弟卖出去吗？我这样的小鲜肉你就算卖也得要个好价钱！"

放好了东西，苏畅绕着屋子转了一圈，忍不住吐槽："姐，不是我说你，上海那么多高楼大厦你不住，干吗把家搬到这个鬼地方来啊？路窄、人杂，房子又旧，你不打算装修一下？"

苏芒却不以为然："你懂什么，住这儿多个性啊，既古典又洋气，一装修就没这感觉了。你去窗户那儿看看，像不像回到了旧上海？只不过是有点乱，所以，你就负责清理现场啊，把那些旧东西都给我扔到门口去。"

苏畅点头哈腰说："遵命，我今天的时间都是女王大人您的，谁让您是我的债主呢！"

第二天，郑楚如约来到餐厅，唐明和唐果果都在，三人说说笑笑点好了餐。唐果果看见郑楚，自然心情好得很，乐得跟朵花儿似的。哪知这一抬头，却突然看到陈姗姗进门，她冷哼道："怪不得我眼皮子老跳呢，有的人就跟传染病似的，走哪儿祸害到哪儿。"

唐果果话音刚落，郑楚和唐明都顺着她的眼光方向看去。只见陈姗姗走到餐厅的另一边，在一个女人的面前坐下，看样子心情很好，两人开心地聊着什么，郑楚脸色一变。

唐明和唐果果都看出来郑楚的不适，问着要不要换一家，郑楚却摆了摆手。上了菜，郑楚低头吃饭，心思却还停在陈姗姗身上。他明白，失恋这种事情过段时间总会好的，可……

算了，还是走吧。

郑楚抬起头，对着唐果果和唐明笑了一下："唐明，果果，我吃饱了，先去外面待一会儿。"说罢也不等他们反应，直接放下碗筷起身出了饭店。

唐果果生气地看着陈姗姗说："哥，你看见了吧，陈姗姗把楚楚伤得这么深，转头就能跟别人有说有笑，真是冷血。"

唐明说："好了，你和姗姗不是同学吗，你别对她有偏见。感情的事勉强不了，别随便下结论，她也许有自己的苦衷。"

"正因为我和她是同学，我太了解她是什么样的人了！有什么苦衷啊，我看都是坏水！"唐果果一撇嘴。

刚巧陈姗姗对面的女人去洗手间，唐果果便戴上了墨镜走了过去。

"哎，姗姗！你别……"

唐明想要制止却来不及，只能跟了过去。抬头看见唐明，陈姗姗有些意外："唐明哥，这么巧啊，你也来这儿吃饭？"

唐果果把墨镜往下移了移，露出眼睛说："这么大个活人站在这儿还能视而不见，眼里只装得下男人是吧？"

"果果！"唐明扯她。

"不好意思，果果，你戴着墨镜，我没认出来。"陈姗姗笑道。

唐果果戴回了墨镜："还真是贵人多忘事啊，几年的老同学都认不出来，怪不得跟郑楚那么多年的感情也能丢得一干二净。"

唐明一手扯着果果的衣服，试图将她拉走，歉意地对着陈姗姗笑了笑。

可果果仍是不甘心，甩开唐明的手，不满地说："拉我干吗？我还没说完呢！陈姗姗，你就是一个见钱眼开、没有节操的女人。你少给我装白莲花圣母！你骗得了别人骗不了我！"

陈姗姗起身，微笑着凑近果果，拉起她的手："果果，我知道你生这么大气是因为你喜欢郑楚。我跟他是和平分手，我不希望因为一个男人影响我们的同学情分。"

果果看着她暗中使劲拉住自己的手，刚想说话，陈姗姗又故意凑近了几分："果果，我不要的男人，你想要，就拿去好了。"声音低得只有她们两人能听见。

靠！陈姗姗，你真是贱得可以！唐果果一怒之下奋力甩开陈姗姗，拿起一杯白水泼在她脸上。

陈姗姗本来是用力抓着唐果果的手，这时候却突然一送，顺势跌坐在座位上，被浇了一头一脸的水，抬起头看了唐明一眼，神色间委屈而又楚楚可怜，什么都没说，只拿纸巾擦着身上的水迹。

"果果！你干什么！疯了么？赶紧给姗姗道歉！"唐明见此情景，不禁大声阻止自己的妹妹。他显然没听到陈姗姗那句话，只看到果果的行为，于是有点生气了。

果果看着唐明的样子，更是气愤："哥！你别被这个女人骗了！我给你提个醒，你可擦亮眼睛，千万别找这种女人，瘟疫似的，别把我们唐家上下都祸害了！陈姗姗，别以为装可怜就能博得男人喜欢！"

果果说完愤然离开，唐明尴尬地站在原处看着陈姗姗，一脸歉疚。

"唐明哥，你也认为我是坏女人么？"陈姗姗抬起头，还带着水汽的脸上，楚楚可怜。

唐明说："怎么会，我们是朋友啊，我相信你是有苦衷的。"

"你还拿我当朋友？"陈姗姗略带期盼的眼神，看得唐明一阵无措。

"当然，你要有什么事随时都可以找我。只是果果，我现在得先去找一下她。今天的事情抱歉了，改天我请你吃饭替她赔罪吧。"唐明说完，转身走了。

郑楚回到家，正要开门，隔壁的门突然打开了。

一张敷着面膜的脸出现在郑楚眼前，吓了他一跳。

苏芒更是吃惊，扯下面膜盯着郑楚，像是问审一样说道："郑楚！你怎么在这？鬼鬼祟祟的是不是跟踪我！"

郑楚瞪圆了眼睛，指了指自己家门："你怎么在这！这是我家！我跟踪你干吗？"

苏芒瞧了瞧他，也指了指自己的家门，说道："抱歉，这也是我家。"

郑楚叉着腰，满脸倒霉相："你讲点道理，我住这儿都五年了！这也太巧了吧，你在公司折磨我不够，还搬到我家隔壁了？"

苏芒好笑地盯着郑楚，她就说，怎么让苏畅扔门口的东西都不见了，结果居然是面前这人拿走了。

苏芒嬉笑道："郑楚，你不至于吧，公司的薪水不低啊，你还兼职捡破烂？都拿去养你那个小女友了？"

郑楚看着苏芒的样子，气不打一处来。

"对，我自食其力，苏总您不会连这个也管吧。还有，再次申明，唐果果不是我女友，是我妹妹！"郑楚说完欲走，苏芒却将其拦下："你拿的是我的东西！"

"你不是都扔楼道里了么？你这人讲不讲理？"

二人正吵着，楼上刘阿姨听到动静下来了："哎哟，小郑啊，就知道你有变废为宝的本事，这东西修一修全好了！拿来吧，我……"

苏芒这才听懂，原来这废家电不是郑楚要的，是要修好了给这阿姨用的。可那也不行！谁捡去都行，就是郑楚不行！

刘阿姨刚要接，苏芒却一伸手都抢了过来："不好意思，我忘了这东西我还有用！我不——扔——了！"她抢完东西就回了家，留下满脸尴尬的刘阿姨小声说："小郑，你看看，这个小姑娘老凶的咧，你最好不要去招惹她。"

郑楚故意提高嗓门："我不和神经病一般见识！"

05 第五章

　　阳光正好，商场的打折信息此起彼伏，苏芒经不住诱惑，趁着周末，又开始了疯狂购物。

　　终于血拼完，她拎着大包小包的战利品，正心满意足地在挑选合适的影片，一只手从身后伸了过来指了指单子上的某部电影。

　　"别挑了，我看过影评，就这部吧。服务员，两张票。"

　　苏芒看了眼掏出卡的费奕，连忙阻止："费总，还是不必了吧。"

　　费奕看了一眼苏芒，解释道："情侣票半价，花一个人的钱两个人能看，我也不缺这一张电影票钱吧，怎么，苏总，赏脸么？"

　　苏芒只得同意。

　　两个小时的电影结束，从电影院里出来，费奕在苏芒身边说道："电影挺不错的，要不要去吃点东西？"

　　苏芒摇了摇头："不用，太晚了，明天还要上班呢，我先回去了，改天请你吃饭。"

费奕点头道："那我送你吧。"

"谢谢了，不用……我有车，拜拜。"苏芒礼貌地一笑，随后便转身走了。

Ella和赫赫站在不远处，诧异地看着苏芒和费奕从电影院出来。Ella瞪着眼睛对赫赫说："你看，那个女人就是接替你职位的，不过那个黑蜘蛛和狒狒，他们什么时候在一起的？"

赫赫望着不远处说："费奕的口味原来那么特别啊，装什么清心寡欲！"

第二天一早，苏芒刚从楼上下来，就看见郑楚趴在自己的车边，一个车胎被扎瘪了。她踩着高跟鞋，快步走上前去，指着郑楚问道："郑楚你干吗呢！哎呀我的车……说！是不是你干的？上次的事还没找你算账呢，你还敢扎我车胎！"

郑楚被苏芒喊得一哆嗦，回头起身道："你大清早的吃枪药了吧。搞清楚状况再说好不好，我过来这车胎就已经成这样了。谁让你把车停这的，这是人家早市摊位，不能停车。我刚才是想帮你看看。"

苏芒怀疑地看着他："你有这么好心？"

郑楚拍了拍手上的灰："得，那你就自己搞定吧！"

"等会儿！"

"干吗？"

"我……我不会换胎。"苏芒略显扭捏。

郑楚盯着她看了片刻，无奈地问道："工具箱有吗？"

"有！在后备箱！"苏芒倒是殷勤地说。

郑楚没再理会苏芒，而是打开了工具箱，开始利索地换胎。

郑楚换好了胎，刚准备推车走。苏芒问道："要不一块走？等你骑到公司还不迟到？"

郑楚跨上自行车，挑衅地说："迟到不了，我今天把方案交给你，任务就算完成了，你可别忘了答应过我什么啊！"

苏芒冲着郑楚的背影翻了个大大的白眼："想得美！"

办公室内，苏芒正在练推杆。郑楚走了进来，将辞职信再次递到她面前，可苏芒并不理会，郑楚一把将球杆夺了过来："你到底批不批！"

球杆一挥不要紧，却不小心打到了旁边的花瓶。花瓶掉在了地上，瞬间碎成了一片。

她辛辛苦苦淘来的花瓶啊！苏芒咬牙切齿地盯着郑楚："郑——楚！"

"不……不好意思……我不是故意的！"郑楚尴尬地挠了挠头，走过去欲将花瓶捡起来，却被苏芒制止。

郑楚生气地说："你是不是故意和我过不去，我该让步的已经让步了。行，不签我也一样能走，大不了我不要奖金。"

苏芒坐在一边："自从你三年前进入MG，公司为培养你花了186400多块，再除去试用期和轮岗期，也就才为公司盈利一年。怎么，工作没做完就拍屁股走人，公司成本怎么算？"

"你的意思是，我辞职拿不到薪水还得赔钱？"郑楚嗤笑。

"郑楚，我没时间每天处理你这点事情，你要真有本事就让我服你。体验师是公司新岗位，让你来坐这位置，不是为了制造矛盾，所有人都盯着计调部，你不是口口声声说什么责任感吗，我看都是表面功夫。"苏芒的表情很严肃。

郑楚对苏芒的话相当不满。公司忽视旅游体验师这一岗位也不是一天半天了，凭什么这么评价他？

"我也没看到你们重视这个工作。"

苏芒继续说："那是以前的领导不重视，现在，我很重视你的工作。酒店和路线是我们最重要的环节，你马上把所有接下来合作的酒店整理出来，把不合格的都筛查出来。我们重新整顿一下。"

郑楚瞧着苏芒认真严肃的样子，点了点头："行，我就信你一次。"

待郑楚出了办公室，苏芒心疼地捡起地上摔碎的花瓶骂道："死郑楚，我的花瓶！"

没过一会儿，苏芒便在计调部内开了会。

她打开笔记本，对着职员们说道："现在有个很重要的案子，下个月三亚将举办全国房地产高峰论坛，到时候会来许多重量级嘉宾。公司领导交代了，让我们务必拿下这个项目。我决定，由郑楚来负责。你们今天辛苦一下，加个班，明天把初步方案交给我。"

众人诧异地看向郑楚："啊？"

苏芒露出一个笑脸，也看向郑楚："怎么样，郑楚，有没有问题？"

郑楚似乎还有些没反应过来，却下意识地说道："没……没问题。"

苏芒起身，满意地笑道："那好，散会！"

天色已经黑了，苏芒准备做完手头上的工作就回家。郑楚在门外拿着文件敲了敲门。

苏芒头也没抬："进来。"

郑楚推门而进，苏芒这才抬头，看了他一眼："有事么？"

郑楚上前，递过手上的文件："给，方案做好了。"

"这么快。你放这儿吧，我看看。"苏芒接过文件，稍微有些惊讶。

郑楚凑上前："这么晚了还看？别怪我不提醒你，楼门一会儿就锁了。"郑楚说完，转身要走，却忽然被苏芒叫住了："喂，等会儿……还是，一起走吧。"

"没事，苏总，这楼不闹鬼。"郑楚笑。

"谁怕鬼了？笑话……"苏芒关灯，和郑楚坐电梯下楼。

公司楼下，苏芒取了车，郑楚推着自己的自行车过来，折叠起来放进苏芒车的后备箱里。

苏芒盯他："你干吗呢？"

郑楚说："一起走啊！"

说完，郑楚便一头扎进了车子里："有车不坐非君子，我就当是加班福利了。"

苏芒嗤笑："早晨穿越车海的时候不是挺嚣张的嘛，有本事自己骑回去啊！"

"我这叫资源共享！"郑楚振振有词。

苏芒的车穿梭在上海的夜色之中，郑楚闲来无事，开始搭话："我说你怎么会把房子租到我们那儿啊？"

苏芒边开车边说："我喜欢那儿的风格，大气，古典，最重要的是我怀旧。不过我不是租，是买的。"

"秃头王不是招租的吗？怎么还卖给你了？"郑楚问。

苏芒说："这世上只要价格合适，什么都好商量。倒是你，那一块儿的房价可不低，该不会是哪个前女友给买的吧。"

郑楚摇头："你果然心理阴暗。那房子是我姑姑出国的时候留给我的。"

苏芒突然一个急刹车停在路边，摇下车窗，一股馄饨的香气飘了进来。苏芒使劲儿地闻了闻，一脸的享受。

郑楚："怎么了？"

苏芒把车停在路边："下车。"

"这不还没到家呢么……"郑楚一脸茫然。

苏芒笑笑："那你自己在车上待着吧。"

最后，郑楚还是乖乖下了车，紧跟着苏芒来到了一家馄饨店。郑楚和苏芒一人点了一碗馄饨。

郑楚熟练地将一次性筷子掰开，轻轻磨掉上面的刺，边弄还边说："我跟你说，这些一次性筷子尽量少用，要用也得消毒。"

苏芒掰开了自己的筷子，懒得听他的啰唆，正准备开吃。郑楚却眼明手快地抢下了她的筷子，把自己处理好的递了过去。

"你也是个女人，怎么就活得这么糙呢……"郑楚嘟嘟囔囔地把手里的筷子也磨掉了刺，才开吃。

"快尝尝，这馅儿特别新鲜，味道也好，我可是他们家老主顾了。"他大口地吃着馄饨，嘴里还不忘给苏芒介绍。

店主笑盈盈地对苏芒说："小郑以前来我们店的时候，挑了一大堆毛病，那叫一个细致，后来我一想，他说得也有道理，就按照他的意见改了。现在我这店可火了，真的谢谢他！"

苏芒挑了下眉毛："行啊你，怪不得公司同事都叫你刺儿头，挺会挑刺的。不过，挑得好也是本事。"

店主一走，苏芒就惯性地往自己碗里放了好多醋，郑楚边吃边惊讶地问："你这么喜欢吃醋啊？放这么多也太酸了吧？"

苏芒愣了一下，略显惊慌地掩饰道："啊？是啊……我就是特爱吃酸的。你管那么多干吗？"

吃过饭，郑楚和苏芒一起回了家。两人刚上楼，就看见陈姗姗正好抱着一个箱子从郑楚家出来。

陈姗姗看见郑楚和苏芒，微微愣了一下："我在你门口等了半天，你一直没回来，我就自己开门进去了。"

苏芒见势，说道："你们聊，我先走了。"

苏芒进了门后，陈姗姗将钥匙递给郑楚说："这是钥匙，还给你。"

"嗯。"

陈姗姗转身离开，走了几步又回头问："这是你新女朋友？"

"不是，她是我上司。"郑楚说。

"那肯定是事业型女强人咯。郑楚啊，你眼光不错啊！其实你挺适合这类女王型御姐的。"陈姗姗的话有些酸。

郑楚愣了一下："不是。姗姗，她真不是我女朋友，她就是我上司。"

陈姗姗轻笑："反正大家都好聚好散了，你不用给我解释什么。说老实话，之前我还有些愧疚的，但看你这样，我也就放心了。郑楚，祝你幸福。"

"你又是不是不了解我，我怎么可能喜欢上那种女人！"郑楚脱口解释，可是陈姗姗已经走了。

郑楚站在走廊尽头，看着陈姗姗离开，一扭头，见苏芒站在门口。

苏芒的眉头蹙在了一起："我倒想知道，我是哪种女人啊？"

郑楚赶紧说："我不是那意思。你应该知道我的意思……"

苏芒打断了郑楚的话："郑楚，我不干涉下属的私生活，但作为朋友还是想劝你一句，女人不是年终奖，攒得越多越好。刚刚幸好是我，要是被你那小女朋友看见，呵……"

苏芒说完，转身就回了屋里，用力地将门甩上了。

郑楚被这"砰"的一声门响，震得一哆嗦，懊恼极了。

　　唐果果的歌迷会现场，音乐声声，放的都是果果的成名作。歌迷们正簇拥在舞台前，等待他们心中的果果女神出场的时刻。

　　"郑楚，你走到哪啦？"化妆间内，唐果果一边补妆，一边给郑楚发着微信。

　　郑楚的消息过来："我快到了，估计还有五分钟。"

　　身后的唐明推门进来，从镜子里看着果果说道："果果，有什么大事，非把我叫来？"

　　唐果果笑眯眯地说："让你亲眼看看我是怎么向郑楚告白的啊，你这个当哥哥的怎么能不在呢？"

　　唐明倚在一边，半抱着肩膀："你别乱来啊，郑楚万一生气了你自己承担后果。"

　　"放心吧，他一定会感动到哭的。"唐果果冲着唐明眨了下眼睛。

经纪人Tony推开门叫道："果果，快点，上场了!"

又是一曲过后，唐果果款步走上了舞台，清了清嗓子，满脸兴奋地宣布："今天是我非常高兴的日子，谢谢你们能来，接下来你们将见证我人生另一个重要时刻……"

现场的歌迷闻言，瞬间一片哗然，随后又是全场寂静。

Tony瞪圆了眼睛，在身后压低着声音喊道："果果，你在干什么? 果果! "

唐果果却全然不理："过一会儿呢，我生命里非常重要的一个男人会来到这个舞台。我从选秀出道到现在已经发了三张专辑，是你们见证了我的成长，所以你们最有资格见证我人生接下来的每一个重要时刻。待会儿那个男人走上来，大家多给他一些掌声鼓励好不好?"

听到这个消息，台下的歌迷们一片欢呼，场面几乎失控。

Tony手足无措地看着唐果果胡闹，唐果果则是一脸的期待与甜蜜。

顶着夜色，郑楚一脚已踏进现场，却突然接到苏芒的电话。郑楚停住了脚步，接了起来："苏总，改天行不行? 我今天晚上有些事。什么? 您和齐商的吴总他们在一起? 行行行。您等我，我马上过去……"

随后，郑楚转身匆忙地回到路边打车，一边上车一边用微信给果果发消息，言语之间略带歉意："果果，对不起……我公司临时有非常重要的事情，不能参加你的歌迷会了。"

郑楚迟迟未到，唐果果有些慌乱，借口回了化妆间内，刚一摸起手机，就接到了郑楚发来的微信留言，脸色瞬间沉了下来。Tony尾随而至，在果果身后焦急地碎碎念："你那个'重要的人'到底什么时候到啊? 你倒是说话啊! 你俩到底什么关系啊? 还要等多……"

不等他说完，唐果果就坐在了一边，泪水在眼眶里打转："别等了，他不来了……"

唐明站在一边，脸色阴沉："早就说了让你别闹，你不听。"

Tony一听，差点跳起来："你说什么？不来了？那外面那么多歌迷怎么办？话都说出去了，你要怎么收场？"

一片寂静。

Tony又急又气，看着唐明，却忽然灵机一动："果果，要不让你哥上，他也算是你生命中最重要的一个人嘛。"

唐果果回头，冷静下来说道："哥，Tony说得没错，现在只有你能救我了，不然今天我的面子可就丢尽了……"

唐明的脸色更难看了："胡闹！你还想要面子？谁让你每次做事都不考虑后果。这次我不会再帮你了，自己看着办吧！"说完，他不顾果果要哭出来的脸色，转头走出了化妆间。

郑楚赶到餐厅包间的时候，苏芒正在门口等着他。

"苏总，您怎么在这儿？"郑楚问。

苏芒为难地说："我实在是被劝酒劝得不行了。你怎么来得这么慢？"

郑楚讶异："苏总，吴总您也敢单枪匹马地约他？您不知道他是上海有名的酒篓子？我们一公司男人抵不过他半小时劝酒的，他那肚子就是个乙醇仓库。"

"我刚来几天哪里知道那么多！别废话，你酒量行不行？"苏芒怀疑地看着他。

郑楚挠了挠头，嘿嘿笑道："也就……也就那样……"

苏芒也没管那么多，扯着郑楚就进了餐厅的包间。

"吴总，宋总，我来介绍一下，这是郑楚，我们公司特别优秀的员工。"苏芒介绍道。

郑楚礼貌地点点头："吴总好，宋总好。"

吴总笑："搞了半天，苏总是去搬救兵了啊？"

宋总则是端着酒杯，故作不满地说："苏总是不是有点看不起人啊？我们两人劝了这么久，您这个海归博士愣是滴酒未沾。这忽然又拉出来个小兵，什么意思啊？"

苏芒谄媚地笑："看宋总您说的，我苏芒初来乍到，哪儿敢得罪您两位……快，郑楚，赶紧敬两位老总。"

一边说着，一边扯着郑楚冲锋上阵……

一阵厮杀过后，两位老总败下阵来，却很是满意，被下属扶出了餐厅。

再看郑楚，此时已经醉得不成样子了，还在叫嚣："吴总、宋总别走啊……我这酒劲可才刚……上……上来呢。喝，再喝……苏总您……您不用担心，我酒量……酒量大着呢！"

苏芒皱着眉，扶起他："你都这样了还吹呢！"

郑楚甩开苏芒，端起酒杯："来来来，继续喝！不要灌苏总，有种冲我来……苏总，我……"不等说完，整个人就已经"咣当"一声，趴在了桌子上……

苏芒一愣，气恼地喊他："郑楚！郑楚你起来！"她也不知道废了多大的力气，才将郑楚扶出了餐厅，扯到了车上，却没注意到同样刚刚从餐厅出来的Ella和赫赫。

Ella一跺脚："赫赫你看，那是谁？黑蜘蛛！天啊，她怎么和郑楚待在一起？"

赫赫满脸难以置信："郑楚？那个二愣子？"

而此时的某个烧烤摊位，唐果果同样喝得醉意浓浓，一边喝酒，一边拨着郑楚的手机，但无论她拨了几遍，都是一样的无人接听。

已经很晚了，摊主来催果果买单，果果却醉得不像样子，嚷着现金不够，要POS机，两人争吵得很厉害。混乱之中，有人认出了唐果果，并拍了照，可唐果果根本不理会这些。

　　吵闹之中，骑着机车路过的苏畅，因为之前和果果有过一面之缘，上前一凑，发现她已经醉成了这个样子，赶紧停车跑了过来。

　　"果果？还真的是你啊？喂，你醒醒，我是苏畅！苏畅你还记得吗？"苏畅摇晃着迷迷糊糊的果果。

　　果果却毫无反应，苏畅只好扛起她，拦了一辆出租车离开。

　　清晨，上海的街头还是那样一派忙碌的景象。

　　苏芒已经洗漱完毕，还化了个精致的妆。次卧内，郑楚仍在熟睡。苏芒饶有兴致地将手机里的广场舞音乐开至最大放到郑楚耳边，郑楚一个激灵，坐了起来。

　　郑楚盯着苏芒，好像做梦："你……你怎么在这？"

　　苏芒礼貌地笑笑："看清楚了，这是我家。"

　　"那我怎么在你家？"郑楚扯了扯被子。

　　苏芒说："昨天你因公'牺牲'了，我把你扛回来的。"

　　郑楚问苏芒要自己的衣服，苏芒说都吐脏了，让他待会儿回家换，郑楚只好先用浴巾挡着……吃过早餐，郑楚将门打开小缝，鬼鬼祟祟地看向走廊，发现楼层有人，猛地再躲到门后。如此反复了几次，苏芒在他身后问道："你不回家换衣服，在这待着干吗？"

　　郑楚瞪着眼睛，指着自己："外面有人！我穿成这样从你家溜出去，你让邻居们怎么想？我以后还要不要见人了？这街里街坊的都知道我郑楚人品，我这一身清白别葬送在你手上啊！"

　　不等他说完，苏芒就将门拉开，一脚将他踹了出去。郑楚一个趔趄，跌出了房外，吃痛地叫了一声。苏芒却将门猛地关上，抱肩冷笑："清白？让你废话！"

倒霉的是，郑楚偏偏在这个时候撞见了刘阿姨，只能急中生智，在自己门口故作开门状。

"哎哟，小郑，你怎么穿这么少？要生病的。"刘阿姨打趣道。

郑楚尴尬地干笑几声："刘阿姨，早上好。我洗……对，我洗着澡，出来要干什么事儿来着，门一下就关上了。"

此时，苏芒却突然开门，将郑楚的湿衣服塞到他身上，关门进了屋。

刘阿姨偷笑："放心，年轻人嘛，阿姨很开明的。但是小郑啊，这里来来往往人这么多，还是要注意影响。"

郑楚张口结舌："我……"

然而，同样一个早晨，唐果果却与苏畅争执不休："你说，大晚上把我弄你家来，是何居心！"

苏畅满是冤枉："大姐，你当时都醉成那样了，吐得我满身都是，我把你带回家就不错了！我还居心不良？我口味也太重了吧……"

吵来吵去，唐果果转身愤然离去，没一会儿又回来了。

"嘿，不是走了吗，怎么又回来了？"苏畅嗤笑。

"下面全是记者怎么办？"果果又气又急。

苏畅贱笑道："能怎么办？等他们走了你再走呗。放心，我不收你房钱。"

苏芒和郑楚两人硬着头皮，一起来了公司。

计调部的会议室内，苏芒称初步方案通过了，大家松了一口气。苏芒又说："先别放松，现在主办方已经确定了承办单位，是唐氏集团。据我所知，我们的竞争对手不止一个，而且实力都很强，你们马上联系唐氏，进一步了解项目情况，拿到第一手资料尽快向我汇报。这个项目我们必须拿下！有什么问题么？"

众人道："没有。"

会议过后，郑楚犹豫着来到办公室找苏芒，并且告诉她，唐果果的爸爸就是唐氏集团的董事长。苏芒听完，则让郑楚带团，做这个项目的负责人，称这样和唐氏更好沟通。郑楚无奈，勉为其难地应了下来。

医院内，唐明还在与郑楚通电话，严晓秋看他没空准备先走，唐明示意实习医生让严晓秋稍等片刻。

挂了电话，唐明一转身，见到了严晓秋，有些惊讶："是你？你是上次给我推荐对镯的那位？"

严晓秋一抬头："是啊，这么巧，你是医生啊！"

唐明想起上次在首饰店给母亲挑选礼物的时候，这个美女助理给自己提了不少意见，既细心又有耐心，倒是留下了不错的印象。

一番寒暄过后，严晓秋递给唐明一摞病历资料，唐明仔细查看着。

严晓秋盯着唐明，神色很紧张："唐医生，我爸的病严重吗？"

唐明给严晓秋分析了一下严父的病情，严晓秋一听是心肌梗死，吓得一把抓住唐明："唐医生……你可一定要救救我爸！"

唐明安抚她道："心脏病本来就是老年人常见病，手术风险肯定是有，不过现在的医学技术已经很成熟了，我会安排几位专家一起会诊，拿出一套最稳妥的方案，你就放心吧。"

严晓秋很是感激。

郑楚和唐明通话后，犹豫了半天，还是给果果打了电话。

果果还在生气，开口就问："郑楚，你混蛋，昨晚到底干吗去了！"

郑楚低声下气地答道："果果，真的对不起，公司临时有急事，我实在推不掉。"

"哼，那你怎么补偿我？"果果气恼。

"行，你说吧，只要大小姐消气就成。"郑楚软声说。

毕竟果果还是难挡郑楚的柔情，想了半天才说："我还没想好，先欠着吧。"

见她气消了不少，郑楚才敢步入正题："对了，我有件事想让你帮忙。"

果果那边抱怨着："怪不得给我打电话呢，原来是有求于我啊！你不仁我能不义呀，说吧什么事？"

郑楚说："我们公司有个很重要的项目，和你们唐氏有关，我想约见一下你爸爸。"

当天傍晚，郑楚还在加班，可天色已经不早了，刚要回家，就接到了果果的电话。果果称已经约好了，明天和唐父见面，一起去打高尔夫。

次日，郑楚依约前去高尔夫球场，顺便带上了苏芒。

果果看见苏芒有些不满，但毕竟是公事，她也不太好说什么，只是叮嘱郑楚拿出真水平来打，她爸爸不喜欢作假。

"你怎么回事儿？怎么不看着点儿？裤子弄脏了我怎么打球啊？"洗手间内，陈姗姗正在补妆，却被保洁阿姨的拖布不小心碰到，顿时不悦。

保洁阿姨一脸歉意："对不起，对不起，我有去污笔，马上帮你弄干净。"

陈姗姗皱着眉，不耐烦地打开保洁阿姨的手，说道："你那手刚刷完马桶，怎么帮我弄干净？真是的！"

唐父从对面洗手间走出来，看到这一幕，眉头蹙得很深，心生厌恶地看了陈姗姗一眼，转身走了。

唐父回到了大厅，和郑楚搭了几句话，郑楚顺便介绍了他的上司苏芒。因为郑楚的关系，果果也在一旁撺掇唐父将这次的项目给MG。

唐父的心情看来也不错，和郑楚一边打球一边交流。苏芒和唐果果跟在二人身后，郑楚潇洒地挥杆，唐果果看得一脸花痴相；苏芒的目光也追随着郑楚，流露出了不少赞赏。

几局下来，还是郑楚赢了。

唐父看了看郑楚，笑道："小郑确实打得不错。我老啦，要再年轻十岁，鹿死谁手可不好说。"

唐果果挽着唐父说："输了就是输了，你还找理由。爸，郑楚可是半职业选手，对了，他以前是跟哥一个队的。"

唐父说："别给我提这臭小子。"

郑楚和唐父去更衣室换衣服，唐果果和苏芒在大厅等着，却见唐明和陈姗姗走了进来。

看见这两个人走在一起，唐果果顿时起身冲了过去："哥！陈姗姗，你怎么也在这儿？"

唐明愣在了原处，苏芒也寻声走了过去。

唐果果指着陈姗姗说："哥，你别告诉我，她是你新交的女朋友！陈姗姗，我知道你是什么居心。你甩了郑楚，现在又盯上我哥了！"

唐明赶紧说："我是之前遇到姗姗的，今天就约着打球，你别乱说……"

陈姗姗也解释："是啊，果果，你误会了。我和你哥……"

争执期间，换好衣服的唐父和郑楚也走了出来。唐父面色阴沉地看着唐明和陈姗姗说："你说有事忙不能回家。这就是你要忙的事？"

不等唐明说话，唐果果就开口道："哥你别支支吾吾的。爸，还是我来说吧。这女人叫陈姗姗，她是郑楚的前女友，她把郑楚甩了，现在又勾引我哥。"

唐明怒道："果果你别乱讲！"

唐果果笑："陈姗姗，我还纳闷你和郑楚恋爱都四年了，怎么说踹就踹呢，原来是盯上了我哥！你也不想想，我哥和郑楚是多少年的哥们儿！先不说你这事儿办得恶不恶心，就算没有郑楚，唐家的门岂是你能进来的！"

陈姗姗满脸委屈："果果，你真的误会了……"

唐父听完，盯着唐明问："你胡闹！陈小姐，事我虽然听得糊涂，但我也有一句明白话，唐家虽不是高门大户，但以陈小姐这样的人品，恐怕并不适合我们唐明。"

唐明也气："爸！您怎么能这么说呢？我和姗姗只是朋友，我交什么朋友是我的自由！"

唐父说："自由？你和我谈自由？我这辈子只让你自由了一次，那就是放着商学院不读，非得读什么医学院。在这个问题上，我不会再让步，除非你不认我这个爸爸！"

"爸，我不是小孩子了，就算她真的是我女朋友，您也没权利干涉！"唐明气急，说完便拉着陈姗姗，转身就走。

唐父见唐明如此，气得直接晕了过去……众人立刻手忙脚乱地将唐父送去了医院。

翌日，办公室内，郑楚敲门而入，苏芒仍在低头办公。

"你找我？"郑楚问。

"唐董身体怎么样了？"苏芒还在回想着前两日的事。

郑楚说："已经出院了。"

苏芒点点头："那就好。接下来你打算怎么做？"

"项目的竞标资料我已经让小顾送去唐氏了，在等对方答复。他现在在家休养呢，你总不能让我追到他家谈事吧。"猜到苏芒心思的郑楚，率先说道。

苏芒则认真地看着郑楚："一定会有别的办法。"

"行吧，我再想想。"郑楚说。

医院内，严晓秋带着父亲来找唐明复查。花园内，许多病人都在散步，唐明也和严晓秋边走边聊。

谈论了一会儿病情之后，严晓秋看出唐明似乎有什么心事，便问了一句。

沉默许久，唐明才开口："晓秋，你和叔叔感情一直这么好吗？"

严晓秋眨了眨眼："也不能说一直很好，我爸是个倔老头，我高考的时候，他逼着我报本地的大学，就差把我关在家里替我做主了。后来我才知道，他是舍不得我离他太远啊！现在他还说我呢，说他这心脏病都是我给气的。怎么，你和你爸吵架啦？"

唐明摇了摇头："也没什么大事。"

两人就着这个话题聊了很久，严晓秋还坦言自己还有一个妹妹，且给唐明讲了许多道理，让唐明多多沟通，理解一下长辈，毕竟长辈将自己拉扯大，都是不易的。

从谈话间，唐明发现严晓秋不仅聪明会说话，还是个善良孝顺，很会为他人着想的姑娘。和她聊过之后，唐明的心里倒也豁达了不少。

傍晚，值班室内只剩下唐明一人。回想着白日里严晓秋和自己说的话，翻出手机里的旧照片，那是自己小时候和父亲的合影，唐明感触颇深。

郑楚突然打来电话，唐明接了起来，两人为陈姗姗的事费了不少口舌，郑楚却坦言不会因为陈姗姗影响自己和唐明之间的兄弟感情。

唐明询问起郑楚的境界，怎么一下子变高了？郑楚直言不讳，是苏芒教的。

唐明又开始笑着打趣郑楚和苏芒之间的关系："知道你一句话提

了多少次女上司吗？你俩别物极必反，虐恋情深啊！"

"咳咳，好了，我其实是找你求助的。哥们，我这项目可是你给我搅黄的。上面给我下了死命令，必须把这单拿下。"郑楚才说道。

"你怎么不找果果？"唐明说。

"打住！这次我是赖定你了，你怎么着也得帮我。反正这次不成功便成仁，你要是不管，我就等着失业。"郑楚死皮赖脸地说道。

唐明没有办法，无奈地说："行了行了，给我点儿时间，我看看能不能侧面迂回一下。"

"两天啊，就给你两天，抓紧点儿！"郑楚催着。

公司里，苏芒收到了郑楚的请假单，上面写着大大的"家事"两个字。苏芒暗自抱怨，这么忙还请假！

苏芒也很烦躁，打开电脑，某母婴网站上一则关于宫外孕的帖子引起了苏芒的注意，看完之后，苏芒更是表情凝重……

苏芒告诉Ella自己临时有事要先走，然后连忙回到家中，翻箱倒柜找出医院就诊卡、病历等资料，匆匆出了门……

郑楚带着自己做的饭菜去了唐家。唐父见到郑楚，问道："小郑，你怎么来了？"

郑楚将饭菜递给佣人柳阿姨，让她去热一热，随后说："听说您最近身体还是很不好，我来看看您。"

唐父："听说？听谁说的？果果？还带了这么多东西……"

"是唐明。"

唐父一摆手："不可能，这孩子翅膀硬了就往外飞，心里哪还有这个家！"

郑楚笑道："唐叔叔，您别这么想，您也说过，其实唐明最像您了，他现在就是有点拉不下脸。唐叔叔，我煲了汤，您要不要先来一碗？"

唐父叹了口气，点点头，在一边安静地喝汤。

郑楚开口："唐叔叔，这汤怎么样？"

"不错。"唐父赞许地点了点头。

郑楚犹豫着说道："其实这汤……是唐明做的。"

唐父一脸不信："他做的？他可没这个手艺。小郑，你今天是来当说客的吧？"

"真的，唐叔叔。除了唐明，谁知道汤里要加什么中药补料？我来之前他还培训我了，说什么是降血糖，什么是降血压的，什么和什么不能混着吃。那个玉米须饮料，也是他熬了一晚上带给我的。还有这个单子，也是唐明写的。"郑楚见唐父不信，急急地递过医嘱单。

唐父看着医嘱单上唐明的字迹，一副若有所思的样子，却没说什么，只是继续喝汤。

从唐家出来，郑楚就赶去医院见了唐明。

唐明问："事情办得怎么样？"

郑楚说："东西我已经送过去了，你爸还好，就是气色稍差了点。"

"其实我前几天已经回去过一次，只不过没敢进家门，怕他赶我出来……算了，该回去的时候我会回去的。项目书给我爸看了吗？"唐明苦笑着问。

郑楚叹了口气："没有……根本没拿出来。突然觉得，用感情牌谈公事好像不太地道……"

唐明笑："唉……你啊……"

说话间，唐明忽然瞪大了眼睛，指着那边说："郑楚，快看！"

郑楚循着他指的方向看过去，窗外是苏芒正拿着化验单走在医院小路上。郑楚诧异："女魔头！她怎么在这里？我去看看……"

郑楚话未说完，就甩下唐明，一个箭步冲了出去。

外面，苏芒正开心地看着结论为"宫内怀孕"的报告单，郑楚便从她身后走了过来："苏芒？"

苏芒吓了一跳，回头一看是郑楚，胡乱地收起了报告单。

"你怎么在这？"郑楚问。

苏芒看着他："应该是我问你才对……"

郑楚使劲儿地看向苏芒的报告单，问道："你生病了？唐明就在这儿，我叫他过来！"

苏芒欲走："不用不用……"

郑楚却热情地一把拉住苏芒："他虽然是心外科的，但基本常识都有，让他帮你看看……唐明！快过来帮忙看看！"

"真不用……"

唐明闻声走了过来："苏总，不用客气。郑楚的朋友就是我的朋友，有什么需要尽管开口……"

苏芒终于忍不住咆哮道："我妇科病行不行！郑楚，你到底有完没完？"

郑楚和唐明瞬间愣住，苏芒甩开二人，快步离开。郑楚呆了几秒后，向唐明招呼了一声，又快步追了上去。

郑楚一路追赶回了家，喊着苏芒："哎，你能不能冷静点，我不知道是那方面的病啊，早知道我肯定就……"

苏芒一转头，猛地打断他的话："我是哪方面的病？我看你才有病！"说完话，使劲儿地白了郑楚一眼，掏出钥匙准备开门。

郑楚一把拉住她，说道："苏芒，这里不是公司，我俩是邻居，能不能放下你boss的架子！刚刚是我不小心让你难堪了，我做饭赔罪总行了吧？"

"郑楚，我虽然住你隔壁，但不想和你有什么交集，你也别想着走后门，拉关系。"苏芒满脸正义。

郑楚看了她一眼，转身走了："算了，不吃正好，我还省得浪费时间呢。"

"站……站住……"苏芒说。

郑楚回头问："又怎么了？"

苏芒盯着他："我要吃酸辣面，加俩荷包蛋。"

进了门，郑楚走进厨房开始忙活，苏芒倚在门边说："先说好了，我不吃姜不吃蒜，还有，绝对不要放胡萝卜和香菜！"

郑楚白了她一眼，小声嘀咕着："挑食不好，一看你的脸就知道你营养不均衡。真是个怪胎……"

"你说什么？"苏芒瞪眼。

"我说你真是有学问……"郑楚无奈。

苏芒闻着油烟味犯恶心，转身离开了厨房，顺带说道："既然请我吃饭，就别带着情绪。"

"对对对，是我哭天抢地求您来吃饭的。"郑楚说。

吃饭间，郑楚的手机突然响了起来，是唐父打来的。

"唐总的电话？"苏芒问。

郑楚点点头，去一边接了电话。放下手机之后，郑楚就打开电脑，传起了项目书。

"情况怎么样？"苏芒凑过来问道。

郑楚说："让我把方案再传过去一份。"

"他怎么会联系你？"苏芒不解。

郑楚摇摇头："我也不知道啊，我只是给他做了点菜，去看了他一次。"

苏芒像是突然想起来什么一样，问道："之前请假的时候，怎么不说清楚是给唐总做饭？"

郑楚随口说："这是私事，没必要说啊！"

苏芒看着郑楚认真的侧脸，神色有些复杂。郑楚转头看了看她："你赶紧吃吧，菜都凉了。"

苏芒点点头，坐回桌边心情大好地饱餐了一顿。

郑楚和苏芒回到公司，宣布了项目合作成功的消息，计调部职员列队鼓掌："恭喜苏总拿下唐氏大单。"

苏芒说："不要只恭喜我，这本来就是我们部的集体功劳。当然，最重要的是有郑楚。这次能拿下唐氏，他功不可没。"

郑楚谦虚地说："都是大家工作做得好。"

下面议论纷纷，苏芒继续说："这样吧，今天你们可以提早半小时下班，尽情high一下。所有消费都算我的。"

众人欢呼，小顾则问："那苏总您不去？"

苏芒笑了笑："你们玩就好了。"说完，转身上了楼。

晚上，苏芒刚把面下锅，外面就响起了大力的敲门声。苏芒打开门，见是郑楚。

"郑楚？这么快就结束了？"苏芒问。

郑楚摇头："没有。刚开始一会儿，你赶紧换衣服跟我去吧。"

"出什么事儿了？不是让你负责吗？"苏芒不解。

郑楚却说："我怕担不起，把你的钱败光你又找我麻烦，还是你自己负责吧。"

苏芒皱眉："不是说好你们自己玩儿的吗？我去的话，他们反而放不开，不尽兴。喝酒能喝多少钱？你赶紧回去！"

"可……是不是有东西糊了？"郑楚使劲儿地嗅了嗅。

"啊，我的面！"苏芒猛地想起来，跑去了厨房。

郑楚情急之下闯了进去，看着已经冒出黑烟的锅，利落地收拾了一下。

"你就吃这个？清水面？"郑楚问。

"我只会做这个……"苏芒说。

郑楚二话不说把苏芒推进卧室，从外边拉着卧室门扶手，把她关在房里。苏芒一边使劲儿地拍门，一边喊："哎，你干吗？"

"带你去吃点好的。赶紧换衣服！"郑楚说。

苏芒无奈，边换衣服边咬牙切齿地说："郑楚，你就等着被扣工资吧！"

郑楚在门外不说话，却得意地偷笑。

苏芒进门的刹那，大家都呆住了，一片寂静。苏芒尴尬地想要退出去，却被郑楚拦了回来，带头鼓掌。

"怎么，都高兴傻了啊？大家热烈欢迎苏总的到来！"郑楚说。

大家这才想起鼓掌，包间内很快又恢复了热闹。苏芒坐在沙发上，显得格格不入，郑楚看在眼里。

苏芒的确很难融入这样的场景，不过郑楚一直在打着圆场。也算是为了不破坏气氛，苏芒不得不和他合唱了一首《漂洋过海来看你》。

一曲完毕之后，郑楚起身去了洗手间，却在门口听到里面有人议论。其中一个男的说："看出来了吗？不是好像有一腿，是确实有一腿！你看那眉来眼去的。"另一个接茬："要我说郑楚这小子够厉害啊，这新总监才来几天，他就抱上大腿了。""我可还听说，他们……"

不等说完，郑楚就突然从二人身后出现："听说什么了？是我要加薪啊，还是要升职？哎，你们小道消息这么广，赶紧帮我打探一下，这抱一下大腿能给我加多少钱。"

"郑楚，你不用这么酸酸唧唧的，你和总监，不都那样过了吗？"

郑楚脸色有些吓人："我们哪样过了？"

"公司里可都知道了，你们是邻居。你还去总监家睡过了，对不对？其实我们都明白，你是多么光明磊落的人啊，肯定是那黑蜘蛛勾引你的！你快和我们说说，这女的到底什么德行……"说话那人带着酒气。

不等他说完，郑楚便已经一拳头挥了上去……

三人打得不可开交，甚至惊动了KTV保安，保安将三人带出洗手间。苏芒走过来，目光锐利，那两个同事垂着头，根本不敢与她对视，而郑楚则是直视苏芒。

苏芒冷声喝道："都回去！喝点酒就闹事儿。"

08 第八章

苏芒将郑楚带回了家，两人却相谈不甚欢，各自回了家中。

第二天，郑楚并没有按照苏芒所说在家待着，而是顶着伤来公司上班。这一进公司，便是一阵议论纷纷。

佳佳阴阳怪气地说："哎呀，没想到挂个彩就能有这么大的好事！"

小戴插嘴："是啊，楚哥，下次打架带我一个，兴许还能多500块工资呢！"

大家你一句我一句，郑楚却是一脸茫然："你们……说什么呢？"

小顾跑过来，把他拉到电脑前。看着那封升职邮件，郑楚呆住了，却掩饰不住脸上的喜悦，毕竟做了这么久，终于等到升职的机会了。

大家正在打趣郑楚，苏芒推门而进，眼神掠过郑楚，最终定格在电脑上的晋升通知上，微微皱眉问："晋升通知下来了？"

郑楚点点头："是，苏总，谢谢您对我的栽培与信任。其实谈下合作是我应该做的。"

苏芒笑笑："你能这样想很好。大家听着，我来宣布一个决定：计调部郑楚因昨夜与同事无端斗殴，对公司产生了极其恶劣的影响，现撤销晋升决定。"

苏芒说完，快步上了楼，留下郑楚傻站在原处。佳佳等人沉默之后，突然爆笑……

翌日，高峰论坛开幕，众位嘉宾济济一堂，热烈讨论当今房地产发展形势。无数闪光灯聚焦在唐氏酒店，会议厅成为全国关注的重心。

苏芒正盯着办公室的电视屏幕，屏幕上正是前方高峰论坛直播。Ella敲门进来，急急地说道："苏总，不好了！"

"怎么了？"苏芒皱眉。

Ella说："有六个代表出现食物中毒的症状！据说，他们昨晚就有些不舒服，今早直接就起不来了！苏总，前面已经乱了，您最好去看看！"

苏芒听完，抓起手机就离开了公司。

唐氏酒店内，苏芒在前面快走，郑楚步步紧跟，苏芒询问："到底什么情况？"

郑楚说："刚查出来，这六个人都在我们的川菜馆就过餐。川菜馆一共供应了40道菜，具体是哪道菜出了问题，现在还不清楚。酒店方面正在查，记者也已经赶过来了，这是中毒者的名单。"

苏芒看了一下，眉头皱得更紧了："采购环节是你一手把关的，不是说诚信牢靠吗，怎么还会出现这种问题？"

郑楚则是一脸自责："……是我的错，对不起苏总。"

苏芒明白，事到如今也不是追究谁对谁错的时候，关键是要解决问题，所以并没有多说他什么，而是深吸了一口气，安排好了后续工作之后，火速赶往了医院。

苏芒走入病房的时候，已经有记者在旁边跟随采访了。苏芒一边向媒体解释此次事件，一边安抚着病人，因为处理得及时，倒也得到了病人的理解。

苏芒走出病房，Ella快步凑过来说道："苏总，集团总裁的宋助理来了，点名要见您。"

"宋明？这么快就到了？"苏芒皱眉走向VIP休息室，郑楚与Ella紧跟其后。

不知为什么，面前这个雷厉风行的女人突然让郑楚有些心疼。在休息室门口，他忽然拉住苏芒："你脸色很不好，最好休息一下。我去和宋助理解释。"

苏芒眉头蹙得很深，只是说道："你们先在外面等着。"

休息室内只传出宋助理的声音："苏总，你不觉得该给公司一个解释吗？上任不到半个月，就发生这种事，影响有多恶劣你应该很清楚。"

"我知道你会说是意外，但这么重要的会议，是用意外可以解释的？"

"苏总，总部的计调部可是个重要部门！你刚到就出这么大的事情，让罗总怎么跟其他股东交代？"

也不知道是苏芒的声音小，还是她根本就没反驳，总之宋助理的口气让站在门外的郑楚听不下去，他几次想要敲门进去。

Ella一把抓住他："郑楚，你要干吗？要'劫囚'啊？"

郑楚说："采购的审核工作都是我来完成的，事情是谁的责任就是谁的责任，我不想苏总来背这个黑锅。"

"可苏总说了，不让你进去！"Ella阻拦道。

郑楚急了："那也不能让她一个人挨训！"

说完，他便不管不顾地边敲门边喊话："宋助理您好，我是计调部的郑楚。关于这次事故，我有话要说。"

郑楚的闯入，非但没解决问题，反而在一阵唇枪舌剑之后，惹得宋助理摔门而出，房间里只剩下郑楚和苏芒两个人。

苏芒皱眉看向郑楚："说完了？你是不是没有脑子，上次晋升失败，我以为你已经接受教训了。"

郑楚说："这是两码事！"

"那我是不是还要夸你勇于担当？"苏芒气恼地问。

郑楚眼珠子一瞪，摆出那副义正辞严的样子继续说："谢谢，但不用夸。明知道有人替你背黑锅，还能无动于衷这种事，别人可以，我郑楚做不到。"

苏芒不屑地点头："我想知道，这样做除了让你心里舒服，还有别的好处吗？"

郑楚翻了个白眼："我，问心无愧。"

"你这是在安慰自己。我告诉你，瘦死的骆驼比马大，我再怎么被上面追究，不过就是降职。换作是你，肯定是被辞退！还有，公司里那些风言风语你也听到了，我这刚一挨训你就跑到我前面，只会授人话柄！"苏芒生气地说着。说实话，她真是不懂郑楚到底在想什么。

郑楚有些惊讶："原来你都知道？"

苏芒嗤声："废话！我苏芒什么大风大浪没经历过，这种职场绯闻，我会放在眼里？"

"那你为什么不反驳？"郑楚问。

苏芒满不在乎地说道："反驳有用吗？嘴长在别人身上，天天在意别人怎么说，我还活不活了。"

"但是不解释清楚，只会让更多人误会，小人们也会更嚣张。"郑楚费尽唇舌，他知道苏芒根本不在乎这些，但是就连他自己都不太明白，为何他有点不想别人对苏芒说三道四。

苏芒起身道："清者自清，你只想着眼前图个嘴皮子痛快，除了让自己到手的职位飞走，还有什么好处？"

郑楚看着她离开的背影，有些出神。

酒店内，苏芒回到自己的房间，电视上播放的正是"高峰论坛食物中毒"事件，里面的自己正在病房与患者沟通。而此时她满脑子里却是郑楚的声音："明知道有人替你背黑锅，还能无动于衷这种事，别人可以，我郑楚做不到。"

闹了一整天，她根本没怎么吃东西，现在静下来倒是觉得饿了，她起身去冰箱里看看有什么食物。刚站起身，她就感到一阵晕眩，紧接着整个人倒了下去，桌上的杯子被碰翻在地，发出一阵声响。

酒店内，郑楚接到小顾的电话："喂，小顾，查得怎么样了？"

小顾那边显得有些兴奋："楚哥，你真的太厉害了！我查到了，这次食物中毒的六个人还有一个共同点，他们都曾在一个叫'海滨之家'的小餐馆吃过饭！我找到了就餐发票，还有当时一同吃饭的游客作证，这些游客也出现了不同程度的呕吐症状。总之，事情真的和我们MG没有关系！"

郑楚长舒了一口气："做得好！你赶紧联系卫生部门，让他们出份检验报告，这样就能彻底洗清我们的冤屈了。"

小顾答应道："好的，我马上去。"

"有什么消息随时联系我。"郑楚说。

放下电话，郑楚准备将这个好消息告诉苏芒，不然那个女人指不定要担心到什么时候。只不过当郑楚打苏芒电话的时候，却没人接。

本以为她在忙什么，可当十分钟过去之后，郑楚打了几次电话，依旧无人接听。苏芒的手机从来不离身，从来没有出现过这种情况。

在屋子里转了几圈，郑楚有些按捺不住了，转身出了房间，跑到苏芒的门前敲门："苏芒，你在吗？"

无人搭话。

敲了几下，还是没人应，郑楚再次拨打她的手机，却隐约听到里面有手机铃声响起，但就是没人接。

"苏芒！苏芒！苏芒你没事吧？"郑楚使劲儿地敲着门，很是着急。

郑楚担心苏芒有什么事，立刻联系了酒店的管理员来开门，一进门就见她倒在沙发边上，旁边的杯子碎成一地。郑楚顿时慌了，大步冲上前去抱起苏芒，冲着酒店管理员喊道："快叫救护车！"

09

第九章

医院内，苏芒还躺在病房里，大夫将郑楚叫到了病房外的走廊，摘下口罩说道："你做丈夫的怎么这么粗心大意，老婆怀着身孕还不好好照顾，她是因为过度劳累才晕厥的！"

"怀孕！"郑楚有点不敢相信自己的耳朵，他到底听到了什么？无论如何，他也没办法将苏芒和怀孕联系到一起啊！

可医生是不会开玩笑的，一脸认真地说："你不知道？她已经怀孕两个月了。"

看那医生的样子，郑楚就知道她误会了，赶紧解释说："啊？怀孕，啊，不是，你误会了，我不……"

还没等他说完，医生就打断道："年轻人，这种事我见多了，工作固然重要，老婆孩子才是生活的重心，多陪陪老婆，她现在的身体比什么都金贵，赚再多的钱你一个人花也不会开心的。"

"不是，医生，我真的不是……"郑楚竟然一时间不知道要怎么解释了。

医生则是一摆手："不用解释了，我都懂，都懂。"说完，拍了拍郑楚的肩膀，转身走了，留下郑楚僵在原处……

等郑楚再次回到病房的时候，苏芒已经醒了。

郑楚把大包小包摆在苏芒面前，说道："呐，甘薯粥、杂粮面包，都是些容易消化的食物，不会伤害到孩子。"

苏芒一愣，板起脸来转向一侧："什么孩子，我不懂你在说什么，我要出院。"

"医生都告诉我了，你怀孕两个月了，这么大的事都不重视。之前工作还那么拼命，自己的身体也不知道爱惜。"郑楚神色复杂地看着苏芒，坐在一边，却不知道为何心里有那么一点失落。

苏芒没再说什么，只是迟疑片刻道："我怀孕的事你别说出去，我不想别人知道……"

郑楚笑笑："我可没有那么八卦，对别人的私生活不感兴趣。"

看着苏芒疲惫的面容，郑楚忽然觉得自己离她挺远的，她的一切，自己根本就没有真正熟悉过。不过这样也好，自己和她之间，本就没什么，不是么？

似乎看出来苏芒在担心什么，不等她开口，郑楚就说道："我让小顾去调查过了，那六个人中毒当天在别的餐馆吃过饭，那个餐馆的其他客人也有呕吐症状。小顾已经联系了卫生部门，顺利的话明天就能拿到检验报告。"

苏芒面露喜色，又有些意外："行啊你，背着我做了这么多事！"

郑楚嗤声："我可不像有些人……"

苏芒眼珠子一瞪，郑楚顿时把话咽了回去，却拿起外套转身欲走。

"哎，你去哪？"苏芒忙问。

郑楚边起身边说道："我还能去哪儿，回酒店啊，否则万一小顾他们有什么情况都联系不上，还有你住院的事总得跟他们说一声。放心，我就说你过劳晕倒了。"

此时的苏芒，却忽然有些难过，扯着郑楚的袖子说道："哎，你……我一个孕妇，你就忍心把我一个人丢在医院里？总之，今天你得陪着我，我不要一个人待在这儿。"

郑楚诧异地看着她，一边感叹着这女人今天到底是怎么了，一边乖乖地留了下来……

几天后，已经恢复得差不多的苏芒准备赶回上海。

机场内，苏芒戴着墨镜拖着行李箱在前面走，郑楚则大包小包地跟在后面，边走边说："怀孕了还走这么快，买这么多自己又不提，我又不是你请的保姆，能不能照顾一下我的感受啊！"

"这么大声是想让全世界都知道我怀孕了吗？现在你是唯一知道我秘密的人，你应该庆幸没有被我灭口，所以，无论我让你做什么，你都不能说不，不能抱怨，不能婆婆妈妈、啰里啰唆。否则，你就等着卷铺盖走人吧。"苏芒猛地停下来，郑楚立刻闭了嘴。

苏芒快速往前走着，突然，肚子"咕噜"叫了一声。她脸一红，停在原地。此时，郑楚从后面追上来，手里提着一个袋子："呐，先凑合吃吧，飞机餐没营养。"

苏芒接过袋子，脸上露出不明意味的笑容，看得郑楚后脊背直发凉。

郑楚眼盯着苏芒："有事说事，你这么笑瘆得慌。"

苏芒嘿嘿一笑："我决定了，雇你做我的兼职男保姆。"

回上海的飞机上，郑楚和苏芒并排而坐。苏芒仔细阅读报纸，郑楚塞着耳机。两人有一搭没一搭地聊着公司里的事，正说着，苏芒就看见了报纸上那幅大大的特写，苏畅和唐果果的绯闻照片就这么摆在面前。

郑楚刚要说话，就听见陈姗姗的声音："这么巧啊，郑楚？"

陈姗姗是空姐，在这遇上她，倒也不算奇怪。郑楚只是一愣："姗姗？"

陈姗姗笑了笑，递给郑楚一杯椰汁："喝什么？记得你喜欢喝椰汁。"

郑楚刚准备接，却被苏芒接了过来。郑楚有些尴尬，连忙说："我来杯橙汁。"

陈姗姗递给郑楚一杯橙汁，眼光瞥向苏芒："新口味适应得很快嘛。"

陈姗姗离开后，苏芒若无其事地喝着椰汁。郑楚无语，又拿她没有办法，只好带着耳机继续听音乐。

回到上海的第一件事，苏芒并没有回公司，而是去了苏畅开的那家百变魔术馆。一进门，她就看到里面已经挤满了记者。苏畅被围在中间，满脸的不耐烦。苏芒没有直接上前，而是找了个地方坐下。记者们都在七嘴八舌地提问着。

"苏先生，您和唐果果是怎么认识的？她矢口否认你们的关系，坚称您只是她'普通到不能再普通'的朋友。您怎么看这个问题？"

"苏先生，按照您的说法，您和唐果果缘于一次特别浪漫的相遇。我想问您对你们的未来怎么看？毕竟唐果果是大明星，而您只是一个小魔术师……"

"……"

诸如此类的问题比比皆是。

还藏在家中的唐果果，正好看见了屏幕上苏畅正在魔术馆接受采访。她气得没有好脸色，灵机一动，给郑楚打了个电话。

郑楚接了电话。电话这头，唐果果指着屏幕愤然说道："郑楚，你看见我跟苏畅的新闻了吧？你见过这么无耻的人吗？完了完了，我这一世英名算是毁在他嘴里了！郑楚，你知道牛皮糖吗？他就是！粘上根本就甩不掉！"

电话那头，郑楚翻了个白眼："活该！那你打算怎么办？"

唐果果在话筒里讨好地笑道："我要让他彻底死心！这事就靠你了！你在家等着，我这就去接你啊！"

苏畅仍被记者们穷追不舍，苏芒的眉头越皱越紧。

其中一记者问道："外界都传闻您身世神秘，请问您出身在什么样的家庭？您是独生子吗？"

苏畅不假思索地说道："关于身世，我只能说我出身正常，绝对不是从石头缝里蹦出来的。至于独生子嘛，对了，我姐就在……"

苏畅突然在人群里看到苏芒，兴奋一指，记者们向苏芒处看去。

苏芒本来是想教训苏畅的，谁知道这个傻子还能干出这种傻事，她情急之下往桌子底下一钻，溜之大吉了。苏畅的助手洋洋见此，赶紧找来一群人把记者往外轰。

唐果果的车停在魔术馆对面，副驾驶上正坐着郑楚，两人小心窥探对面的动静。郑楚刚抬起头想看向对面，唐果果用力拽他："头低一点！万一被记者发现了怎么办？"

郑楚上下扫视了一眼唐果果，指了指她身上的保洁服，又指了指她头上的破头巾，还有手上拿着的破抹布，忍不住笑嘲讽："拜托，就你现在这个样子，就算是迎面跟记者撞见，也不会被看出来吧？"

"哼，你懂个屁！我这叫乔装！走，下车！"

唐果果肩头扛着把大扫帚，一手拿着块大抹布，郑楚跟在身后，两人进入魔术馆。苏畅坐在沙发上如皇帝："你们是哪个保洁公司的，这么没有时间观念？算了，赶紧把这里打扫干净。这些记者啊，快把我的魔术馆给踏平了。"

唐果果拿着抹布直接擦到了苏畅的脸上："擦的就是你！脸给你擦干净了，我还要把你的心挖出来擦一擦！"

苏畅一看这阵仗，跳起来就跑。

"果果，你别动手啊，你冷静！我这是为你好！我连应付记者的台词都想好了！我念给你听啊！"

果果见追不上苏畅，突然一把拉过郑楚，挽上了他的胳膊。

"苏畅，我告诉你，他才是我男朋友！我跟你，根本是两路人！你别妄想了！"

不过苏畅并不在意，因为他一眼就能看出，郑楚一点也不喜欢唐果果。

苏畅也难得正色地说道："很显然，他不喜欢你。"

唐果果看着苏畅却说："那是我和他的事。"

"也是我和你的事。我说的那些故事虽然是假的，可我比任何人都希望那是真的。只要你和他一天没有在一起，我苏畅就有机会。"苏畅一副下了好大决心的样子，竟一时间让唐果果不知道怎么回答。

她看着苏畅一脸认真的样子，狠了狠心，还是把心里的想法说了出来："苏畅，我以前喜欢郑楚，现在喜欢郑楚，以后还会继续喜欢郑楚。你死心吧，我不会喜欢你的。"说完，她转身就走，看也不看苏畅一眼。

魔术馆内，正中央木板拼接而成的舞台在闪光灯的照射下渲染上光泽。各式各样的魔术道具整齐地排列在格子架上，分布在馆内四周。台下零零散散地坐着几个客人，台上是苏畅魔术馆的助手洋洋在表演魔术。

苏畅坐在两个男客人身后，两条腿搭在桌子上，边喝酒边发信息："姐，我失恋了，支个招呗。"不一会儿，手机"叮咚"响了一声，只见苏芒回道："滚！"

　　苏芒正吃着零食，回着苏畅的微信，门铃就响了，苏芒一边起身一边问道："谁啊？"她穿着睡衣，捧着一袋面包干边吃边开门，只见郑楚手里提着一些蔬菜水果站在门口，他一把抢过苏芒手里的面包干："以后这些零食少吃，小心生个小怪物出来。今天让你看看什么是真正的居家好男人。"

　　说着，他就已经进门开始自顾自地忙活了起来。

　　苏芒一路看着郑楚进来，把茶几上的零食收进垃圾桶里，抄起厨房里的菜刀开始施展厨艺。她嘴里的面包干还没咽下去，就瞪着眼睛问他："你这是要干吗？"

　　郑楚一摊手，笑道："男保姆啊，你不是聘我了嘛，月底记得给我发工资，别用公司奖金打发我啊！我查过了，现在我这种规格的至少一个月8000块，不过我不是全职的，也就偶尔来给你做做饭，一个月5000块也是能接受的。"

苏芒叉着腰："你掉钱眼儿里了？入戏倒挺快。"

郑楚开始做饭，苏芒走过去趴到厨房吧台上，说："哎，男保姆，现在我们的雇佣关系已经很明确了，我要跟你约法三章。"

"姑姑，我们不约。"郑楚头也不回地说。

苏芒立刻蹿到前面，竖着眉毛说："卷铺盖走！"

"约约约！"郑楚立刻一副狗腿子的样子。

苏芒掰着手指头："第一……"

郑楚接茬："不许泄露你怀孕的消息。"

苏芒一愣，又说："第二……"

郑楚又接："不许打听你的私人问题。"

苏芒瞪着眼睛："第三……"

郑楚再接："不许公私不分！"

苏芒噗笑道："行啊，都清楚嘛，经常跟人约是吧？"

"你那点小九九都写脸上了。"郑楚将刚炒好的菜倒进盘子里，得意地说。

苏芒一边抽筷子，一边翻白眼："切，别以为做几顿饭，我就会在工作上放过你！"

说话间，外面的门铃又响了，苏芒跑过去开门，一看竟然是苏畅。苏畅提着一袋子营养品，还不等苏芒说话，郑楚从厨房里走了出来。

二人几乎同时问道："你怎么在这？"

苏畅皱眉问苏芒："姐，这家伙怎么在你家？"

"他来给我做饭的，是我男佣……"苏芒尴尬地一笑。

苏畅怒火满腔地看着郑楚问："做饭？男佣？你不是果果的男朋友吗？现在又来追我姐，想脚踩两只船啊？你这个渣男！"

"什么？"苏芒一怔。

郑楚忙说："不是，你们听我解释，我真不是唐果果的男朋友。那天是因为……"

苏芒接过话茬说："苏畅，你还想着唐果果，嫌绯闻闹得不够大是不是？想成名想疯了吧你！我郑重警告你，离唐果果远点，以后不许和她纠缠不清，再闹出事情我肯定不会再认你这个弟弟！"

"姐，你听我慢慢给你解释，你先让这个渣男滚出去。"苏畅说。

郑楚一脸茫然，随后不满地说："你姐怀着身孕，你可别气着她，再说了，我是她请来的保姆，你凭什么赶我出去？"

"你说什么？姐……你……你怀孕了？"苏畅的眼珠子都要掉在苏芒身上了。

苏芒一愣，立刻慌张地捂住了郑楚的嘴巴："你这个大嘴巴！你违约！"

还不等解释，苏芒就要拿郑楚开刀，吓得他一溜烟儿地跑了。他一路小跑到自己家，冲进去把门关上，靠在门背后深呼一口气……

屋内，为了应付苏畅的穷追不舍，苏芒灵机一动，将话题引到了苏畅跟唐果果的绯闻上。

"苏畅，别说我，你先说说，你跟唐果果到底怎么回事？"

苏畅抱着苏芒的胳膊撒娇："姐，我真的是认真的，你就成全我吧。"

苏芒根本不为所动，瞪了苏畅一眼，说："就算你认真，她喜欢你么？别做梦了，苏畅，你们根本不是一路人，我不会同意你们在一起的！"

郑楚窝在家，给唐明打电话，聊了两句，同样说起了果果。

郑楚问道："果果跟苏畅的新闻你应该已经看到了吧。"

那边的唐明则是满口无奈："闹那么大，想不看到都难。为了这事，我今天差点跟她吵起来。"

"唉，果果为了摆脱苏畅的纠缠，让我假装她的男朋友，结果，你知道苏畅是谁吗？我那个邻居兼上司——苏芒的弟弟！"郑楚叹了口气，随后对唐明说道。

唐明更是大吃一惊："什么？他居然是苏芒的弟弟，看着可不像啊，他跟苏芒那种雷厉风行的性格可是截然不同。我猜你是在苏芒家撞到苏畅，被他误会你脚踩两只船了吧。"

"唉……别说了，我怎么就这么倒霉！"郑楚烦躁地挠着头。

挂了郑楚的电话，唐明起身去查房，顺便给严晓秋的父亲进行会诊，还同众专家一起研究了一下严父的病情。会诊之后，唐明将严晓秋叫了出来。严晓秋面色凝重地问："唐医生，你单独叫我来，是有什么不方便在我爸面前说的吗？没关系，你就直说吧，我能承受。"

唐明轻笑："你误会了，叔叔的病情不算太严重，幸好发现得早，只要手术顺利，避免并发症，基本上就没问题了。况且心脏搭桥手术一直是我的强项，叔叔由我主治，你还有什么不放心的？"

严晓秋这才长舒了一口气："那就太好了，我还以为……"

"行了，别愁眉苦脸的了，刚才就是看叔叔太紧张，让他回去休息罢了。你好像瘦了，不照顾好自己，怎么照顾他啊？"唐明轻轻地拍了拍严晓秋的肩膀。

严晓秋点了点头，随后说道："对了，我给你带来了这个。"

只见她拿出了一个首饰盒，打开之后，里面是一串手串。

"这叫做崖柏手串，很多注重养生的长辈都戴这个。下次回家你可以带给你爸。虽然不太值钱，但老人家最看重心意。"严晓秋递过去说。

唐明没接："这怎么好意思呢？"

严晓秋大方一笑："刚才有些人还说是朋友不用客气呢。"

唐明一怔，随后接过首饰盒，也笑了："行，那我就收下了。"

晚上，唐明下班走进医院的车库，一按遥控，不远处车灯闪烁，他迈开步子走过去，不时地回头看，寂静无人的地下车库中总好像有一双眼睛在盯着自己。唐明感到疑惑，皱紧眉头，不禁加快了步伐。

他越走越觉得有人跟着自己，刚一回头，身后突然冲上来一个男人，手里拿着一把刀砍向唐明。唐明及时反应过来躲了一下，但胳膊上还是被砍了一刀。

唐明捂着流血的伤口，惊慌地问道："你是谁？"

男人提刀说道："你不认识我，但我知道你就是个庸医！杀人犯！"说完，男人又欲挥刀上前。

两人争执一番，从男人的话中唐明才知道此人是一个病患的儿子，他父亲已经过世了。不过他一口咬定唐明误诊，要取唐明性命。

男人扑上来跟唐明扭打在一起，唐明一拳将男人打倒在地，男人见打不过唐明，转身就跑。唐明赶紧追了出去，正好跟医院门口的严晓秋撞上，严晓秋被撞得摔倒了，手里的汤洒了一地，男人却已经跑远。

唐明没有继续追，而是紧张地问道："晓秋，你没事吧？"

严晓秋摇摇头，倒是关心起唐明的伤。一番询问过后，唐明称不追了，严晓秋见他伤得严重，拉着他进了医院。

回到办公室后，唐明并未叫其他大夫来，似乎怕惹什么事端，好在只是流血多，伤口并不深。

严晓秋帮唐明消毒伤口，然后上药、包扎，细碎的头发不时飘到唐明眼前，他下意识地伸出手去帮她把碎发别到耳后。严晓秋愣了愣，抬头盯着唐明，唐明这才发觉自己做了多么暧昧的动作，尴尬地起身："好了，我已经没事了，谢谢你。"严晓秋笑笑，默默收拾消毒用品。

唐明也向严晓秋说明了事情的原委，那男人的父亲在他的手下做过搭桥手术，明明都已经成功了，却不知道为什么，在转入普通病房的当天就死了。他儿子对这件事一直耿耿于怀，不管院方怎么解释，一口认定是唐明的错。

说完之后，唐明才觉得压在心中的一块大石轻了许多。

"算了，不是我的问题，也不能硬扣顶帽子在我头上吧，不提他了，今天最可惜的就是你的汤了。"唐明说。

严晓秋笑笑："没关系，不过今晚我爸怕是吃不上我熬的粥了，我回去给他重新做。"

唐明起身，拉住严晓秋说："哎，这么晚了，你一个女孩子回去也不安全，万一刚才那人还在附近就糟了。这样吧，你跟我来。"

于是，唐明带着严晓秋去医院的餐厅重新做了一次汤，两人还谈了很多。唐明趴在桌子上，看着严晓秋说道："我看你又要上班又要来医院挺累的，你看，能不能让我帮忙照顾叔叔，一来是感谢你今天出手相助，二来，我也很久没有体验过照顾亲人的感觉了。"

严晓秋则犹豫了半天才说："其实，你可以回家照顾你爸的。"

唐明摇了摇头："你不明白，我爸那个人太强势，你永远不可能跟他打亲情牌，即便是打了，我也必输无疑。"

11 第十一章

严晓秋来到医院，却见病房里空无一人，只有一个负责打扫的护士在。她四处看了看，上前问道："您好，请问这个病房里的老人呢？"

护士一回身，看见严晓秋，答道："哦，您说严老先生吧，唐医生带着他出去晒太阳了。"

此时的唐明，正推着轮椅上的严父在花园里走。两个人慢悠悠地边走边聊，唐明说："叔叔，今天天气不错，多出来晒晒太阳对您的身体也好。"

严父倒是有些不好意思："真是麻烦你了，唐医生。"

"您别这么说，是我拜托晓秋要帮忙照顾您的。"唐明笑了笑，见远处的花丛开得正好，推着严父走向了那边。

严父说："晓秋是个好孩子，聪明，又孝顺，做事很周到。"

唐明点点头："过两天手术方案就出来了，您安心把身体调养好就行。"

"我这把老骨头就交给你们了。倒是晓秋这孩子，心思太细，有什么事老喜欢憋着，这么多年很少有人能真正走进她心里，整天就忙着工作，感情的事也没个着落，唉，真不知道该拿她怎么办。"严父一边叹气，一边试探着唐明的反应。

唐明则说道："叔叔，晓秋是个好女孩，一定会找到属于她的幸福，您别担心。"

"好，好……"严父开心地点头道。

严晓秋来到花园，见唐明推着严父在不远处有说有笑，小孩子在他们周围嬉笑打闹。严晓秋站在他们后面，看着这幅温馨的画面，不禁暖暖一笑。

严父回头和唐明说话，正好看见晓秋："晓秋，你来啦。"

唐明闻言回头，见严晓秋正笑着走过来："你们刚才聊什么呢，那么开心。"

严父拍了拍严晓秋的手，说道："爸刚说希望你能尽早找到另一半。"

严晓秋下意识地瞧了瞧站在边上的唐明，一脸娇羞地小声道："爸！"

回到病房内，严晓秋扶着严父躺下，递过一杯水，盯着他："爸，您今天跟唐明说我什么坏话了？"

严父说："你这丫头，我说什么不重要，重要的是唐医生一直在夸你，看来他对你印象不错。"

"他……夸我什么啊？"严晓秋一边摆弄着杯子，一边装出不在意的样子问道。

严父却将女儿这点小心思都看在眼里，笑道："说你有才华，眼光独到，他去你们首饰店的时候，你给他推荐的礼物，他妈妈很喜欢。"

"真的这么说的？"严晓秋脸上浮现出一丝淡淡的窃喜。

"难道我还能骗你？唐医生能把我这个陌生老头子照顾得无微不至，对你印象也挺好，要是能和你……"严父顺着话题说。

严晓秋却急忙打断了他的话："哎，爸，打住啊，我知道您想说什么。他……挺好的，不过我们只是谈得来罢了。"

"爸知道你从小什么事都喜欢憋在心里，爸也不懂怎么跟你交流，万一我要是走了，你一个人可怎么办啊！"说着说着，严父就伤感了起来。

严晓秋坐到严父身边，一脸认真地说："爸，您多想了，唐医生只把我当朋友看，我们不可能的。还有，您就放宽心吧，唐医生和我说了，手术一定没问题，等出院了我会让您好好享福的。"

唐明回到办公室没多久，陈姗姗就毫无预兆地来了。她称自己刚下飞机，还给唐明带了礼物，说着，便将礼物放在了他的桌子上，一副可怜相地说道："哦，对了，我给叔叔也带了礼物，上次惹得他老人家生气，我一直很过意不去。"

唐明则安慰说："你就别放在心上了，这件事错不在你，没有你，我和他也不可能和平共处。"

听了唐明的话，陈姗姗明明心中暗喜，却故作担忧地说："怎么说他也是你爸爸，他那么反对你跟我在一起，我们这样是不是不太好？"

唐明面色有些冷："别说我们没真的在一起，就算在一起了，那也是我的自由！"

陈姗姗开心地撒娇道："不生气，那陪我去吃饭吧，我好饿。"

唐明低头看了看表："我该去查房了，你是在这等我，还是自己先去吃饭？"

"当然等你啊！"

"你在这儿看着白墙不怕无聊啊？"

"你要是怕我无聊，就让我跟你一块去查房。"陈姗姗上前挽住唐明说。

唐明皱了皱眉："我是去工作，不是瞎逛，别闹啊，松手。"

"你也知道，我们是轮休，我好不容易和同事调了假，你就陪我两天，就两天。"陈姗姗拉着唐明跟到了走廊。

唐明为难地说："这两天医院忙，我真的抽不开身。"

这时，陈姗姗看见严晓秋从走廊另一头的病房出来，赶紧背过身去。

"怎么了？"唐明问。

陈姗姗的脸上喜色不见，只是说道："没事，那个，既然你忙，我就先走了，待会儿有空了联系我啊，等你电话。"

说完，陈姗姗快步离开，等严晓秋走过来的时候，她已经消失不见了。

陈姗姗拿着手机在阳台上转来转去，等待着唐明的电话，可这手机却迟迟不响。陈姗姗烦躁地看着远方，心中暗自道："之前还那么关心我，怎么这次回来感觉怪怪的，电话也不打一个。不行不行，不能这样坐以待毙。唐明，你只能是我的！"

于是，她收拾完从阳台上离开，拿起外套出了门。

傍晚，陈姗姗来到某酒吧，要了一杯酒坐在吧台边，打电话给唐明，故作酒醉状："唐明哥……"

那边唐明问："姗姗？你那边怎么那么吵，你在哪儿呢？是不是出什么事了？"

"我……"陈姗姗故意挂掉电话，就是要让唐明着急担心，紧接着又打了个电话给别人，然后她举起吧台上的高脚杯摇晃着，嘴角勾起一抹诡计得逞的笑容。

唐明急得很，跑去酒吧找到了陈姗姗，正好撞见一男人对陈姗姗动手动脚。唐明以为他想对陈姗姗干什么坏事，火冒三丈，冲上去对着那个男人就是一拳。

那男人被打，不服气还要上来比划。陈姗姗暗中对他使了个眼色，男人骂骂咧咧地走开，躲到唐明看不见的地方。陈姗姗却假装酒醉，晃晃悠悠地倒在唐明身上。唐明扶着她往外走，陈姗姗向男人所在的地方比了个"OK"的手势，男人才不怀好意地笑笑离开。

唐明扶着装醉的陈姗姗进了家，开灯，又替她脱掉鞋子。进到卧室的时候，陈姗姗故意使了个绊，导致唐明压着她两人齐齐倒在床上。

唐明惊呼："哎！"

陈姗姗搂紧唐明，喃喃道："唐明……"

唐明边挣扎边说："姗姗，你喝醉了。"

"唐明，我好难过。妈妈走了，丢下我一个人。我再没有亲人，也没什么朋友，跟了郑楚那么多年，他从来没有给过我好的生活。我每天飞来飞去，累了，难过了，被人欺负了，都不知道跟谁说。"陈姗姗又开始装哭。

陈姗姗搂得很紧，让唐明没办法动弹："我知道我不够好，有很多缺点。我会改的，你别离开我好不好。陪陪我，别离开我……"

唐明叹了口气："别闹了，姗姗，让我起来。"

她将唐明抱得死死的，假装睡着了，眼角还挂着一滴泪。唐明只好任由她抱着，陈姗姗勾起一抹得意的笑容。

计调部内，实习生方圆趴在工位上闷闷不乐。郑楚见此，上前询问："哎，小方这是怎么了？"

佳佳解释说："你昨天没来，没看到苏总怎么说她的。这才第一次做任务，你看给人家骂的，到现在都没打起精神来。"

了解了一下具体情况之后，郑楚想了想，走到方圆面前说："你跟我来。"

苏芒坐在总监办公室里，看着方圆无精打采地跟在郑楚后面走出办公区。

走到茶水间，方圆说："楚哥，你就别骂我了，我知道我做得不好，给公司添麻烦了。"

"你就这样认输了吗？我记得你刚进公司的时候跟我说，不想待在一个地方过一辈子，想以旅游为生，以自由为梦。你还说，你有个特别喜欢的旅游体验师，你说你也希望像她那样，把山水美景分享给

理，会吃饭不一定会做饭，抬得起头不一定能低得下头，俯视和并肩看到的风景是不一样的。我敢打赌，要是你也参加这次挑战赛，不一定比方圆做得好。"

苏芒忽然将车停在一边，侧头看着郑楚："你说这么多，无非就是想使一招激将法。我还就吃你这一套！既然你都这么说了，那我就和方圆一起参赛，让你看看什么是真正的实力，我看你到时候还能不能说出一朵花来。"

郑楚见计划得逞，高兴地说道："一言为定。"

苏芒顺应了郑楚的激将法，和方圆等人一同参加了公司举办的城市生存挑战体验赛。主办方负责人检查每个人赚到的钱后站到众人面前，苏芒、郑楚和方圆这一组并不是赚得最多的。

负责人在办公室内宣布着比赛结果："本次比赛第一名是来自同方集团的李阳小组，第二名获得者是来自MG的方圆小组，第三名是汤姆国际的缇娜小组。"

方圆泄气地小声道："好可惜，差点就能拿第一了。"

经过这次比赛，苏芒发现郑楚说得没错，而方圆也并不是自己想象的那样，实际上心里已经认可了方圆，在旁边说："小方，其实……"

不等苏芒说完，负责人已经来到了苏芒、郑楚还有方圆面前，说道："虽然你们赚到的钱并不是最多的，但在你们身上，我看到了团队合作的精神。除了口才和文笔，我们更需要擅长沟通、懂得合作并能不断进步的人，相信你们能给客户带来更好的旅游体验。所以，SCTA破例将你们所代表的MG公司列为第二合作方。"

苏芒收获了意外之喜，忍不住笑道："太好了！"

体验赛结束之后，苏芒来到方圆面前，犹豫着说："咳咳……那个，昨天的事……"

还不等苏芒说完，郑楚就随便找了个借口将苏芒给拖走了，苏芒不解地看着郑楚问道："你干吗不让我说完！"

郑楚耸了耸肩："还有什么可说的，我刺激你来参赛，是为了让你明白体验师也是有苦有累的，我相信你对她已经有了更多了解，她呢，也看到了你的改变。再说了，'对不起'这三个字，从你嘴里说出来总让人觉得怪怪的。"

苏芒心有所触，看向别处笑着说："其实……今天即使没有拿到与SCTA的合作，我也不会辞掉她的。"

"我知道。"郑楚笑得很温和。

夜已经悄然而至，在上海的某机场内，陈姗姗的行李放在了一边，一杯咖啡也只喝了一半。她满脸的不耐烦，说道："有什么事快点说，我待会儿还要飞呢。"

对面的严晓秋沉默片刻，将严父住院的事告诉了陈姗姗，还不得已说出了手术需要高昂的手术费，想让陈姗姗帮忙。

严晓秋语重心长地问："他毕竟是我们的爸爸……你就真的那么恨他吗？"

陈姗姗闻言，嗤笑一声，道："哎，你别弄错了，他是你爸，他没养过我，我不认他。他不慈我凭什么孝，你别在这儿装好人。我问你，妈当初带我走把你留下，难道你就没有恨过她吗？"

"我没有恨过妈妈，她走的时候一定还是爱着爸爸的，不然她也不会同意我留下，她就是怕爸爸老了病了没人能照顾他！"严晓秋想都不用想就说。

"你说什么？"陈姗姗明显一愣，不过很快就又恢复了她那张冷漠的脸，"我没钱，你找别人吧。"

陈姗姗站起来要走，严晓秋终于忍不住爆发："除了我，你就是爸唯一的亲人，你让我找什么别人？"

陈姗姗看着她："这是你的事，与我无关。"

"我的事？姗姗，你真的要这么绝情吗？"严晓秋拉住她问。

"我绝情？我问你，他是因为什么得的病，因为什么躺在医院？那都是当初他自己做的孽，他活该！凭什么要我为他的错误埋单？"陈姗姗说完，拉着行李头也不回地走了。

咖啡厅里的人都转过头来看她们吵架，严晓秋站在原地，眼泪止不住地流……

严晓秋翻了翻手机通讯录，最后找到一个号码拨了出去。刚好唐明从办公室出来看到严晓秋，正打算跟她说手术的事，听见她在打电话。

严晓秋小声地说："那个……你那边有多余的钱吗，能不能先借给我一些，我会很快还给你的。嗯，我现在在医院。谢谢了，你都跟我妹妹分手了，我还这样麻烦你。"她挂掉电话，仍站在窗前遥望远方，背影看上去单薄而无力。

唐明回到办公室，打电话给值班护士："小刘，你把七号病室严老先生的缴费单拿过来给我看看。"

刚看完妇产科的苏芒，凑巧从医院里出来，哪知看见郑楚和严晓秋两人站在医院门口。

苏芒踮起脚尖躲到门口的柱子后边，正好看见郑楚从包里拿出一叠钱递给严晓秋。苏芒听不见两人对话，又不敢再靠近。

苏芒脑补着两个人的对话，得意地想："哼，郑楚，又被我抓到了小辫子！这已经是第三个了，我倒要看看你还有多少风流债，兜来兜去还是掩藏不了你花心大萝卜的本质，看我怎么整你！"

严晓秋拿着钱去缴费处，却意外地得知唐明已经帮自己付了。讶异之余，严晓秋打电话给郑楚，告诉他剩下的钱不用再帮忙筹了。

傍晚，苏芒家又响起了敲门声，苏芒穿着睡衣嚼着面包干睡眼惺忪地开门，郑楚一只手扶着门框站在外面。苏芒看了他一眼，话都没说就要关门。

郑楚赶紧挡在前面："哎，你犯病还没完了是吧，看你一脸内分泌失调的样子，让我这个大厨师来给你改善改善伙食，不用太感谢我，虽然我已经被解雇了，但谁让我就是这么勤劳善良、团结邻里呢。"

说完，他不由分说就要进门，刚跨过门槛，就被苏芒挡住："你等会儿，有个问题困扰我很久了，不问出来我心里难受。"

"什么问题？"郑楚问。

苏芒正色说："实话告诉你吧，你那点秘密我都知道了，孩子没了是可以再有的，但是郑楚，良心没了就不会再有了。"

"苏芒，你是发烧了，还是做噩梦了？你孩子好好在肚子里躺着呢，怎么会没了呢？"郑楚莫名其妙地看着苏芒。

苏芒却说："我现在跟你没什么好说的，也不想吃你做的饭，更不想看见你的脸！"

郑楚嗤笑，指着脚下的门槛儿说道："你别后悔，过了这道槛儿可就没有大餐了。你就别装了，我知道你禁不住美食的诱惑的。"

哪知道苏芒却"嘭"的一声将门关上了。

郑楚愣在原处，随后冲着屋子内喊道："喂，你是不是精神分裂了？这是病，得治。你开门，我带你去医院。苏芒你听见没有！"

又是"嘭"的一声，苏芒抄起沙发上的抱枕砸到了门上……

晚上，当苏芒翻遍冰箱，发现什么都没有了，自己不争气的肚子又开始"咕噜噜"叫个不停的时候，她知道自己错了……这次的敲门声，换成了郑楚家，他迷迷糊糊地去开门，见苏芒穿着睡衣抱着抱枕站在门外。

"大姐，几点了，你闹鬼啊！"郑楚抱怨。

苏芒面无表情地说道："我饿了，去给我做夜宵。"

"我不是已经被解雇了？"郑楚抱着肩膀，斜倚在门前笑。

苏芒说："我改主意了。"

郑楚挣扎失败，只好跟着苏芒进了家门。只是当他将饭做好的时候，发现苏芒已经在沙发上睡着了。

郑楚叹了口气："真的是故意整我啊，饿着肚子也能睡着，害我白忙活了半天。"

郑楚把被子给苏芒盖在身上，回到厨房把刚炖的汤放好，打了个哈欠进了苏芒家的主卧。他一头栽倒在床上，惬意地盖上被子睡觉，感叹道："唉，这个苏芒，好东西就知道留给自己，还是这床舒服。"

清晨，苏畅提着早餐上楼，哼着歌，心情畅快得很。他走到苏芒门前，听见里面有动静，趴在门上听了一会儿，拿钥匙打开了门。

苏芒刚好睡醒，浑浑噩噩地伸了个懒腰，走进卧室，见郑楚躺在自己的床上……

"啊！"苏芒惊叫一声，吓得郑楚立刻从床上蹦了起来。

"谁让你睡我的床！"苏芒用恨不得杀了郑楚的口吻质问道。

郑楚这才松了口气，坐在床上说："大清早的，你大惊小怪什么啊，还不是你昨晚让我做这做那的，困死了。你睡沙发我肯定睡床了，不然呢，难道要我把你抱到床上？那多不好，男女授受不亲。"

苏芒气得脸都绿了，扯着郑楚喊道："你给我下去，出去！滚蛋！"

郑楚打开卧室门，只见苏畅张大嘴，一脸震惊地站在门口："楚……楚哥，你这么快就跟我姐……修成正果了？"

13 第十三章

　　苏畅尴尬地站在原地："看来我来得不是时候啊，你们继续，我先走？"

　　郑楚立刻蹿上去拉住苏畅说："不是你想的那样。"

　　"你知道我想的哪样？"苏畅一脸坏笑。

　　苏芒在一边接过话茬道："郑楚你少废话，立刻、马上从我眼前消失！"

　　"昨天晚上是谁辛辛苦苦给你做了饭，饭还在锅里呢，你就翻脸不认人了？"郑楚辩解说。

　　苏芒则是对苏畅义正辞严地讲："看到没有，他是来做饭的。"

　　苏畅意味深长地点了点头："哦，饭都煮熟了。"

　　医院里，严父已经熟睡了，严晓秋手里攥着一枚男士胸针，思来想去，给唐明发微信："今天周六，医院还忙吗？"

没过一会儿，唐明回道："不是很忙，怎么了？"

严晓秋嘴角浮现出一丝笑意，继续回："天气不错，有时间的话下班一起跑步？"

"好啊，我正愁没人陪我跑呢。人民公园吧，那儿风景也不错，待会儿见。"唐明回。

郑楚拿着水果篮出门。苏芒从对面出来，看了一眼郑楚手里的东西，装作漫不经心的样子问道："这是去哪啊？"

郑楚说："医院啊！"

苏芒看着他，阴阳怪气地说："你们家谁住院了？"

"哦，一个长辈。"郑楚也没介意。

"哼……"苏芒轻哼一声，两人一起下了楼。

苏芒坐在车内，看着郑楚骑自行车离开。苏芒开车出了小区准备向右转，却犹豫着停下："孩子都让人家打掉了，他还去医院干吗？现在装好人，当初干吗不负责任？对了，宝贝，我们是不是也该去医院了，妈妈带你去做检查好不好？不说话就是答应了，好，出发！"

郑楚提着水果篮左拐去住院部，苏芒右拐去妇产科，她昂首挺胸大步向前走，没走两步，忍不住偷偷回头看了一眼住院部，又看了一眼妇产科，然后猫着腰贴着墙壁慢慢跟在郑楚后面……眼盯着郑楚进了严晓秋父亲的病房，门没关紧，苏芒站在门外侧耳偷听。

屋内，郑楚和那天自己看到的那个姑娘说了几句，随后又和一个年长的老人交谈了起来，从对话中，苏芒得知原来这个姑娘叫晓秋，这个老人是她的父亲。

苏芒得知原来是自己误会了，这个叫晓秋的是郑楚前女友的姐姐。而当郑楚谈到手术费的时候，严晓秋却将他拉了出来。

郑楚一开始还不相信唐明替严晓秋付了手术费，以为是她有什么难处，了解之下，才知道原来是真的。

严晓秋走进病房，郑楚正欲离开，一转身看见靠在墙角的苏芒，苏芒紧急闪躲却躲避不及，被郑楚逮个正着。"苏芒？你怎么也在这？"郑楚问。

苏芒回头，笑得一脸尴尬："啊，我来……做个检查！"

郑楚看她："这是住院部。你该不会是跟踪我吧？"

苏芒心虚，赶紧说："谁跟踪你了！我排队呢，出来散步，光明正大看到的，怎么能叫跟踪呢？"

郑楚不相信地看了看苏芒，转身欲走，苏芒却忽然拉住了郑楚："哎，小保姆，今天周末，陪我去逛街。"

郑楚刚想说约了唐明打拳，微信就响了，打开一看正是唐明的："今天不陪你去打拳了，换项运动，你自己玩吧。"

被唐明放了鸽子的郑楚，只能顺应了苏芒，陪她去逛街。

经纪公司内，因为苏畅的事，唐果果最近绯闻缠身，逼得Tony实在没办法，决定带唐果果先出去避一避风头。

办公室内，Tony对唐果果说道："小祖宗，你的自由我干涉不了，外面那些记者的嘴我更干涉不了。为了弥补我的损失，下午跟我去韩国，机票已经订好了。"

唐果果一愣："什么？今天下午？你干吗呀，走这么急。"

Tony一边点头一边用毋庸置疑的口气跟唐果果说道："还不是怕你跑掉。给我老老实实待在公司，我会派车来接你。"

"你这是人身囚禁！"

"我是为你好。"

说完，Tony转身走了出去，留下唐果果在屋子里气得跺脚。

唐果果给郑楚打了电话，可一连打好几个电话都没人接。"郑楚……接电话啊！"唐果果急得在屋子里乱转。

打了不知道多少电话，郑楚就是不接，气得唐果果思来想去只好打给了苏畅："在哪儿呢，给你个救驾的机会，来我公司后门。"

没过多久，苏畅骑着摩托穿越人群抵达唐果果经纪公司后门，只见唐果果捂得严严实实，从后门探出头来，左右张望。苏畅朝她挥挥手，她迅速跑过去坐上摩托车。

摩托车上，苏畅得意地笑道："看到没有，关键时刻还得靠我，现在知道我有多重要了吧？"

唐果果拍了他一下："废话少说！快走快走！"

另一边，从商场里出来，郑楚上了车，却发现苏芒不是往回家的方向开，忍不住问道："你到底要去哪？"

苏芒神秘一笑："哪来那么多话，我又不会把你卖了。你要不想去就下车。"

"去去去，没说不去，你把我卖了，我给你数钱还不行吗！"郑楚贱笑道。

苏畅载着唐果果在一座老屋外停下，四周一片荒芜，老屋外墙壁上被恶作剧似的涂满了各种颜料。

"你带我来这儿干吗？"唐果果看着面前的老屋，一脸好奇。

苏畅笑了笑："这里这么僻静，肯定没人能找到你，你跟我来。"

苏畅推开大门，入目的是宛如童话般美丽的内部装修，千纸鹤折成的窗帘，两张单人床迎面相对，四周墙上是各种贴纸、画报……唐果果看到了二楼的一排展览架，踩着嘎吱嘎吱响的梯子上到二楼。架子上摆着雨花石、鹅卵石等五颜六色的石头，还有一些贝壳。

"天哪，苏畅，没看出来你还有这种艺术细胞呢，挺非主流啊！"唐果果忍不住赞叹道。

苏畅跟了上去："这里是我跟我姐小时候住过的地方，怎么样，还不错吧。"

傍晚，苏芒带着郑楚来到了老屋，二人将买好的东西从后备箱拿了下来。郑楚倒是很感兴趣，和苏芒两人一边打趣一边走了进去。

"我好久都没过来了，小时候我和苏畅就住在这里，可惜不久以后这一片就要拆迁，开发旅游景区，恐怕再也没有机会来了，今天算你走运，赶上我心情好。"

郑楚看着她："哦，我说你今天怎么买这么多东西，原来早有准备啊！"

苏芒白了他一眼："走，进去吧。"

可想而知，苏芒和郑楚在这里极为凑巧地遇见了唐果果和苏畅，两个女人又是一场避免不了的唇枪舌剑，但最后因为已经很晚了，郑楚和苏畅反而站在了一条船上，借口去做饭，留下唐果果和苏芒在屋内大眼瞪小眼。

唐明和严晓秋结束了长跑，两个人洗完脸之后拿着自己的东西坐在喷泉下的台阶上。

严晓秋笑："真舒服啊，跑完整个人都神清气爽了。"

唐明点点头："是啊，好久没这么放松过了。跑了这么久，累不累？"

"累并快乐着！你不觉得能在一次次长跑中找到超越自我的感觉吗？"严晓秋转头看他。

唐明也笑了："说得也对。"

沉默片刻，严晓秋还是说道："对了，我有东西给你。"

严晓秋从包里拿出那枚她精心设计的姬金鱼草胸针，递给唐明说："这是我设计的第一枚胸针，送给你。我没别的意思，就是想谢谢你最近帮了我很多，还有，我知道我父亲的手术费也是你帮忙交的，我暂时没有那么多钱还给你，所以这个你一定要收下。"

唐明一愣："这些小护士，一点都管不住嘴。"

严晓秋摇了摇头："你别怪她们，是我要问的。"

"既然是朋友，你就别跟我这么客气，礼物我收下了，钱的事不用太着急。"唐明接过了胸针。

唐明接过胸针的一瞬间，身后的喷泉喷涌而出，在夜色中像舞动的精灵一样美丽。两人就这么静静地坐着，肩并肩观赏着这夜景。

严晓秋偷偷看了一眼唐明的侧脸，嘴角牵起了一抹微笑。

次日，手术室外，医护人员推着严父进手术室，严晓秋则是一脸担忧。

唐明拍了拍她的肩膀："放心吧，我会还一个健健康康的爸爸给你。"

严晓秋点点头："我相信你！"

手术室关闭，门上灯亮起，严晓秋坐在长椅上静静等待。时间仿佛停止了，似乎过了很久，门上的灯终于熄灭，唐明首先出来，后面紧跟着医护人员将严父推出来。

严晓秋连忙上前询问："怎么样？"

唐明摘下口罩，笑得释然："手术很成功。"

严晓秋也终于松了口气，看着熟睡中的父亲，露出笑容。

14

第十四章

翌日，苏芒的办公室内，郑楚前来汇报工作，苏芒调侃道："昨天睡得不错吧。"

郑楚点头："挺好，沙发够软。"

"你是睡舒服了，呼噜打得震天响，跟苏畅两个人唱了整晚交响曲啊！"苏芒翻了个白眼，郑楚尴尬地笑了笑。

苏芒接过上次让郑楚写的策划案，边看边说："等一下开会你亲自给大家展示，人多力量大，即便有疏忽，其他同事也能补充。"

郑楚惊讶："你这是打算让我'游街示众'？"

"对自己有点信心嘛，每个人的思维方式都不一样，你要是让大家都满意，那以后就能靠实力吃饭了。"苏芒说。

"什么叫以后啊，我一直都靠实力吃饭。"郑楚嗤笑。

会议室里，郑楚在展示项目策划PPT。

郑楚站在前面解说："现在你们手中拿到的是'古镇之旅'项目

策划案，我决定用'返璞归真'作为这次的线路开发主题，以都市男女为重点服务对象，沿着杭州未开发的几个古镇一路行进，进行实地考察，设计最佳线路，带给人们不一样的旅行体验……"

苏芒和计调部员工仔细听着，不时点头表示赞同。

此次策划案得到了大家的一致认可，苏芒也吩咐了线下任务："公司很重视这个项目，我们部几乎全员出动，顾元、佳佳、Ella她们都会去。行了，也别竖着耳朵倾听了，都回去作准备，不必要的东西尽量少带，这次去的地方比较偏僻。记住，你们是去工作，不是去玩！"

隔日，古镇内，苏芒和郑楚一行在当地负责人的接待下入住最大的招待所。

入住之后，郑楚又忍不住犯了职业病，对招待所挑三拣四，被苏芒纠正之后，才摆正了此番前来的工作重点。郑楚和苏芒一边逛一边讨论，走到了一处园林。

两人遇上了一个正在打太极的老爷子，几番交谈之后，从老爷子口中得知了20公里外的山脚下有一个守山人。为了了解这片园林的故事，苏芒和郑楚商量过后，打算前去拜访。

两人正开车赶往20公里外的山脚下，郑楚接到了唐果果的电话："楚楚，你在哪儿呢，出大事了。我爸让我去相亲，你快来救我！"

"这回我还是帮不了你。我在杭州出差呢，远水解不了近渴，天塌下来你也得自己顶了。"郑楚说。

唐果果那边的口气明显不满："怎么每次都这样啊，我给你买机票，你现在飞回来还来得及。"

郑楚也有些急："你不要总以为全世界就你的事最重要，别闹了。实在不行，你去找苏畅，那小子绝对愿意帮你。"

郑楚说完，直接就挂掉了电话，唐果果在那边气得直跺脚。

苏芒随口问了几句，又转头看着前方说："唉，这路太难走了。你开快点，天黑之前必须到山下。哎……小心！"

一辆摩托从郑楚车边上开过去，差点撞上。郑楚一个左拐开进了旁边的小树林里，车子绊到什么东西，熄火了。

苏芒拍了拍郑楚："下去看看怎么回事。"

两个人下车，郑楚凑近车子检查，苏芒站在一旁等得焦急。

郑楚看了一下，说道："放心吧，没陷到什么坑里，不用推车，你别这么紧张。只不过……车子没油了。"

苏芒眼珠子一瞪，苦着一张脸："现在怎么办，天马上黑了，难不成我们真的要在车里过一晚？没吃的，没喝的，山里晚上很冷的。"

郑楚耸了耸肩，说道："还能怎么办，去看看附近有没有人。"

远处有一点灯火，二人往有光的地方走过去。苏芒有点害怕，打了个哆嗦，环顾四周，发现不远处有户人家。她过去敲门，出来一个农民模样的人。原本想借宿的二人，却发现村民家也没有位置，他们满是遗憾地准备离开，好心的村民有些于心不忍，将自己的帐篷提供给了他们。

见郑楚对自己养的鸡虎视眈眈，村民索性好人做到底，送了一只鸡，让两人拿去烤着吃。

苏芒连忙说道："真是谢谢你了，大哥。"

村民摆手说："没事没事，我回去了，你们自己小心！"

村民走后，郑楚找了一块空地，拔掉周围的杂草，清理出一片干净的地方，转头对苏芒说："我去找一些树枝来，你在这等着啊！"

苏芒却忽然喊道："哎，等会儿。我……跟你一起去。"

郑楚笑："你害怕啊？你得看着这只鸡啊，万一它跑了怎么办？"

"谁……谁害怕了？看着就看着，你赶紧走。"苏芒口是心非，哪知道郑楚真的就走了。苏芒只好紧张地坐下来，和鸡对望。

好不容易熬到了郑楚回来，他又是杀鸡又是拔毛，终于把鸡处理干净，架在火上烤好，两人总算吃上了晚餐。吃过东西之后，苏芒钻进帐篷，郑楚无奈地耸耸肩，走回火堆边，仰望天空，繁星点点。风吹过小树林，野花野草随风摆动，发出"沙沙"声。

苏芒在睡梦中一声迷糊的喊话，让郑楚以为她怎么了，钻进去才发现她还在睡着，无奈，郑楚只好留了个心眼儿，打开了手机里的录音功能，坐在了帐篷里守着她。

小树林的清晨，充满着叽叽喳喳的鸟叫声。帐篷外的篝火堆燃烧得只剩下一堆灰烬，冒着轻烟。帐篷里，郑楚抱着苏芒睡得正香。苏芒悠悠醒来，发现郑楚睡在旁边环抱自己。

苏芒诧异，连推带搡地将郑楚给拎了起来，让他解释为什么会在帐篷里。早有准备的郑楚掏出手机来播录音，苏芒这才相信他，不过强迫他删了录音。

苏芒把郑楚从帐篷里推出去，Ella、小顾、佳佳三个人正好下车走过来。顿时，五个人一起愣住，大眼瞪小眼。

明显的误会扑面而来，面对质疑声，苏芒只是说道："有什么好解释的，清者自清，我最讨厌流言蜚语，不要让我听到谁回去嚼舌根，不然，这一季度的奖金全没了。"

众人不敢再说什么，只好跟着苏芒上了车。

苏芒和郑楚一行人抵达山脚下的村庄，在村口把车停下，五个人走路进去。站在村子里抬头望去，不远处的山峰耸入云霄。

苏芒走到一个菜摊前问道："您好，请问这里是不是有个姓吴的守山人？"

卖菜人顺手指了一个方向，说："顺着这条路一直往下走，走到头就到了。"

小顾、佳佳、Ella三人在前面有说有笑，苏芒和郑楚走在后面一言不发。经过了前一晚的事情，两人相对难免尴尬，苏芒清了清嗓子走到前面去。众人走到小路尽头，看到了一户人家。

而此行却并未如愿见到守山人吴爷爷，只有一个小孩子，告诉苏芒等人，要想见到吴爷爷，就要好好修剪院子里的花草，因为吴爷爷说，一个人是否心存善念，是否热爱自然，从他修剪的花草树木中可以看出来，如果他不满意，就听不到想要的故事。

苏芒撸起袖子动手施肥浇水，郑楚也跟在后面一起劳动，两个身影在花园各处移动。小孩看了一会儿，跑进了屋去。

苏芒和郑楚并不想半途而废，在吴老爷子的院子里修剪起花草来，这一修就是小一天。傍晚时分，苏芒和郑楚绕着树转了好几圈，直到无从下手，苏芒才扔了手上的剪刀："不修了，我觉得这样就挺好看的，干吗非得弄那么多花样。"

郑楚倚在一边笑道："哎，这还是个有情调的老爷子，要是我老了以后也能这么悠闲就好了。"

"悠闲？"

苏芒和郑楚回头一看，老爷子拄着一根拐杖，由小孩扶着走了出来。

"吴大爷……"

吴爷爷让小孩儿搬了几个凳子出来，坐在一边看着苏芒问："我想问问这位姑娘，刚才为什么不肯修这棵小树。"

苏芒一愣，随口说道："啊？我……我觉得它这样就很好看，没必要再修啊！"

吴大爷点点头，轻咳两声，开始说："有缘人呐，以前来这儿的那些人没有一个不对这棵树动手的，像你这样的倒是少见。你们来不就是想听听大山的故事吗，我估计是看不见明年的风景了，不如就告诉你们吧。"

苏芒面带欣喜，和郑楚对视一眼，认真看向吴大爷。

听完了故事，郑楚提了个袋子跑回院子，拿出一堆骨痛贴膏和口服药递给小孩。

郑楚说："呐，这些口服药你记得提醒爷爷吃，一天三顿，还有这些贴膏，早晚各贴一次。"

苏芒蹲下摸了摸小孩的头："照顾好爷爷，让他放心，我们做的是原生态旅游，这座山会长青的。姐姐还会来看你们。"

从吴爷爷家出来，苏芒和郑楚走进小顾三人所在的饭馆。

小顾连忙迎上前："天哪，楚哥，苏总，你们终于出来了！"

佳佳更是满脸期待："苏总，你们在里面待了这么久，结果如何？"

苏芒看了看郑楚，面露欣喜之色，说道："如愿听到故事，线路开发的卖点有了！"

回到公司没几天，苏芒胃里一阵翻腾，趴在洗手间的水池旁吐酸水，她一边吐一边忍不住皱眉："医生也没说这孕吐还会反复啊！"

她随后拿纸擦了擦嘴，走了出去，快到办公区时，就听见几个员工又在嚼舌根："佳佳，到底是不是真的啊，苏总跟郑楚在一起了？早就看他们俩不对劲，上班下班总是一前一后，有时候还一块来。我上次在Ella手机上看到他们俩大晚上的从一家饭店出来的照片，还搂搂抱抱的！"

"你小心让苏总听见！我们在杭州的时候，她就严令禁止我们说这些了。"

"她好意思做，还不让我们说了呀。"

苏芒听着同事议论，一肚子火，又见郑楚趴在桌前一言不发，闷闷不乐的，忍不住走出来对众人喊道："都干吗呢？工作都做完了是吧？今天最后一次声明，计调部不养闲人。"

众员工噤声。苏芒往办公室走了几步，又回过头来，看小戴和佳佳一脸不服气的样子，又说："给你们最后一次机会，对我有什么意见，立刻说，现在不说，以后上班时间再让我听到一句闲言碎语，别怪我不客气。"

众人沉默片刻，无人应答。

回到家后，苏芒家忽然响起敲门声，前去开门一看，是份快递，签收了快递，拆开来是自己在网上买的防辐射服、面膜等东西。她将东西一件件拆出来，想着肚子里的生命一天天在长大，突然感到一阵幸福。

正敷着面膜，苏芒接到了蔡玲的电话："喂，玲姐，怎么有空给我打电话了？"

那边蔡玲说道："苏芒，你这回可闹大了啊，流言都传到我这来了。怎么回事啊，谈个恋爱闹得这么沸沸扬扬。"

"这就叫'好事不出门，坏事传千里'，邪风都吹到英国去了，要真跟他有点什么，公司还不得炸了锅……我现在真不知道是该高兴还是生气，你说我一个计调部总监，又不是什么大人物，他们至于这么兴师动众传闲话吗？"苏芒无奈地笑道。

"我跟你说，你可千万别因为这个在公司发火，不然你做贼心虚的罪名可就坐实了。你管他们说什么呢，又不会伤你一分一毫。你可得注意了，在公司这种地方待久的人最会捕风捉影了。"蔡玲关切地说。

苏芒顺势倒在沙发上，点了点头："说得有道理，我知道了。"

拳馆内，郑楚和唐明在对战，两个人均是满头大汗。对打了许久，郑楚和唐明下台，拿毛巾擦汗，然后走到了练习厅里，郑楚对着沙袋又是一阵猛打。

唐明倚在一边打趣道："你刚才要是用打沙袋的力气来打我，我恐怕就没法从这儿走出去。你今天是怎么了，从来没见过你这么不冷静。"

郑楚说："没什么，在公司受了气，还不能来这儿发泄了？"

"你不是向来两耳不闻窗外事吗，谁能给你气受？"唐明凑上前问道。

郑楚停了下来，抱怨道："还不是我们公司那些大嘴巴，管不住嘴，什么都说。黑蜘蛛要是只在公司摆脸色也就算了，现在在家也不待见我。唉，兄弟我正处于水深火热之中啊！"

唐明笑了笑，郑楚坐在一边说："没意思，不打了。"

唐明坐在他身边问："唉，我晚上要参加酒会，缺个女伴，要不你扮个女装陪我去？"

"你这么有女人缘，还用得着我牺牲色相吗？实在不行，你去找姗姗咯。"郑楚说。

唐明摇了摇头："姗姗今天刚飞走。"

郑楚一摊手："那我管不着，你自己想办法。"

唐明正往医院里走，正巧见严晓秋从医院里出来，两人随便聊了几句，晓秋称上班要迟到了，要先走，唐明却忽然叫住了她："哎，晓秋，等一下。"

严晓秋回头问："怎么了？"

唐明看了看她，略显犹豫地说："你今天，能不能请个假？我有事想请你帮忙。"

严晓秋一脸疑惑地看着他："请我帮忙？什么事啊？"

"你就别问了，我带你去个地方，到时候你就知道了。"唐明说着，就已经不由分说地拉着严晓秋走了。

严晓秋怎么也没想到，唐明居然拉着自己来到一家大型购物中心。到了一家卖礼服的店，唐明从一排礼服中选了好几件，拿给严晓秋："进去试一下。"

"我……"严晓秋满脸纳闷。

唐明却毋庸置疑地说："说好了要帮我的！"

"好……好吧……"晓秋还是答应了下来。

严晓秋连着试了四件礼服，分别从试衣间出来转了一圈。最后出来时，唐明差点看呆了。

眼尖的店员上前询问："先生，需要帮您把衣服包起来吗？"

唐明回过神来，指着刚刚试过的衣服说道："把这些衣服包起来吧。"

唐明把严晓秋自己的衣服递给店员，严晓秋赶忙说道："哎，那是我的衣服，还要换回来呢。"

唐明神秘地一笑，摇了摇头："不用，你就穿着吧。这件礼服提前送给你，作为今晚帮我的谢礼。"

"今晚？"严晓秋更是疑惑。

终于到了晚上，唐明开车带着严晓秋来到宴会厅外，二人下了车。

看着严晓秋满脸的疑问，唐明这才说道："上海商界共同举办的一次酒会，本来我也没必要出席，被我爸逼着来的。我自作主张把你带到这儿来，你不会生气吧？我身边的女性朋友太少，所以……"

严晓秋轻笑一声："我怎么会生气呢，得谢谢你才对，正好我也可以借这个机会多认识一些社会名流，了解一下这些上海商人喜欢什么样的首饰。"

唐明带着严晓秋走进宴会厅，一进门，优雅大方的严晓秋就吸引了众人的目光。不断有人过来跟唐明打招呼，顺便跟严晓秋搭讪，她微笑应对。

而面对各种来和唐明说话的人，严晓秋也能机智地应答，唐明感叹自己真是没找错人。

杨总和李总从唐明的口中，得知了严晓秋是一位珠宝设计师，对她的言谈举止更是大加赞赏，甚至还误将严晓秋当做了唐明的女朋友。唐明解释不来，也就没再多说。

杨总和李总走远之后，严晓秋去了洗手间。

此时，一辆漂亮的红色法拉利停在宴会厅门口，门童上前开门，唐果果穿着俏皮可爱的礼服，戴着墨镜，从车上下来，一堆记者跟在她身后狂拍。

唐果果丝毫不理会周遭记者犀利的提问，脸上洋溢着美丽而又自信的笑容，径直走入宴会厅。

走到唐明身边，唐明笑着调侃道："果果，可以啊，从下车到进门，不到十米的距离，硬是被你变成了红毯秀啊！"

唐果果笑问："自带光环咯。哥，你女伴呢？不会没带吧？"

"她去洗手间了。"唐明说。

"马上能见到未来的嫂子了，好激动！"唐果果表现得一脸期待。

唐明则说："哪有什么未来的嫂子，她是我请来帮忙的。我警告你啊，管好你的嘴巴，再胡说，以后出什么事你都别找我！"

唐果果吐了吐舌头："切，你什么时候管过我。"

严晓秋从洗手间出来，没有找到唐明，就自己取了一杯红酒找了个地方坐下。

大厅中央，华丽的吊灯之下，一对一对的人开始跳舞。一个穿着灰色西装的男人走过来对严晓秋彬彬有礼地伸出手说："这位女士，我可以请你跳支舞吗？"

严晓秋不知道该怎么拒绝。男人准备去抓严晓秋的手，这个时候，一只手出现在严晓秋和西装男中间："严小姐，我可以请你跳支舞吗？"

这男人不乐意了："大家都是有素质的人，懂不懂先来后到啊！"

严晓秋微笑着把手搭在唐明的手上，接受了他的邀请。唐明笑道："不好意思，这位先生，你可能弄错了，这是我今晚的女伴。"

唐明带着严晓秋走入人群中，开始跳舞。严晓秋的舞步非常优美，一曲过后，音乐突然转换，两人却依然配合得非常默契，渐渐成为全场的焦点。

唐果果顺着Tony指的方向看过去，看见了人群中非常亮眼的一对——唐明和严晓秋。唐果果惊喜得脱口道："是她？"

音乐结束，唐明搂着严晓秋的腰，严晓秋半倒在唐明的臂弯里，画面定格。

两个人还沉迷在刚才的舞曲中，目光交接，严晓秋感觉到唐明心跳加速，微微有些脸红。周围响起了热烈的掌声，将二人惊醒，唐明松开严晓秋，不好意思地笑了笑。

唐果果走过来问道："嗨，严晓秋，还记得我吗？"

严晓秋笑了笑："唐果果，大明星，怎么可能不记得你。"

"你们认识？"唐明问。

唐果果点点头："那当然，上次我代言的那款珠宝新品，就是她设计的。听说你都见过晓秋的家长了，进展神速呀！"

"晓秋是我请来的救兵，她爸爸前段时间住院，手术是我做的，你别乱猜啊！"唐明瞪了唐果果一眼。

唐果果调皮地眨了眨眼："放心吧，哥，我一定努力撮合你俩！"

唐明临时有事过去另一边，唐果果则借机和她这个口中的"未来嫂子"畅谈了起来。唐明在远处看着唐果果和严晓秋有说有笑，异常和谐，嘴角也不由自主地勾起一抹笑容。

16 第十六章

酒吧外，众空姐同陈姗姗道别。此次同事聚餐，陈姗姗免不了又喝了个烂醉。

乘务长看了看陈姗姗，对小姜说道："小姜，你负责把姗姗送回家啊。我们先回去。"

小姜点点头："包在我身上！"

眼看大家离去，小姜的目光则落到了一旁某快捷酒店那里，转头轻唤着怀里的陈姗姗："姗姗？姗姗？"

陈姗姗并未搭理，小姜的嘴角则露出一丝笑意，带着陈姗姗去了附近的酒店。

小姜拿房卡开了门，将姗姗抱到了床上，姗姗皱眉想要推开他。小姜又凑过去，要解开她的衣服："姗姗，我的小宝贝，我终于等到你了。"

陈姗姗突然感觉不对，猛推开小姜，一巴掌扇他脸上。小姜上去强行抱住她，陈姗姗挣扎期间衣服被扯坏了，好在她拼命地打开门跑了出去。

陈姗姗从酒店出来，跑到街上四处张望，找了个快餐店进去，赶紧给唐明打电话："喂，唐明哥……你快过来！……有人欺负我，我刚跑出来，我好害怕。"

"姗姗，你在哪里？"唐明的语气很是焦急。

陈姗姗大致描述了一下，挂断电话，边哭边给唐明发着信息说明位置。

挂了电话，唐明立刻冲上了车，他担心陈姗姗吃亏，把车开得飞快。唐明开车到了快餐店，停在了路边，下车看见姗姗在不远处，连忙跑了过来："姗姗！陈姗姗！"

陈姗姗呆滞片刻，慢慢抬起头，满脸泪水地对唐明说："你终于来了……"

在唐明的安慰下，陈姗姗终于停止了抽泣，慢慢说了事情的经过。唐明想去报警，却被陈姗姗阻止了，称大家都是同事，闹出去会被人笑话。

唐明有片刻的犹疑，但是很快便把她揽住，悄声安慰道："好了好了，以后一定要学会保护自己。我送你回家，有什么回家再说。"

随后，陈姗姗点点头，唐明搂着姗姗上了车。

唐明将陈姗姗送回了家，安慰了许久，准备离开。刚转身，陈姗姗一把抱住他的腰："唐明哥，你今晚能不能不走？我自己一个人在这里，真的很害怕。"

唐明身体一僵，随后还是转过了身，轻拍着陈姗姗的背。

第二天一早，唐明赶着去医院，陈姗姗称想吃海鲜，非要让他晚上买回来，唐明拗不过她，只好答应了。在唐明关门离开那一刻，陈姗姗脸上浮现出一丝得意的神色，转身进了卧室。

当日下班后，唐明下车，正准备进海鲜城，远远看见唐果果拉着郑楚站在游乐场门口一脸兴奋，不知在说着什么。正值淡季，又是傍晚，游乐场里人很少，二人在那里格外显眼。

两人在叽叽喳喳地说着什么，好在眼尖的郑楚看见了唐明，连忙将他唤了过来。

唐果果疑惑地看着唐明问："哥，你怎么在这儿？你这没失恋没失业的，干吗一个人来游乐场？约会啊？"

唐明无奈地笑了笑："我不是来游乐场的，我去那边的海鲜城，这不看见你俩就过来了嘛。"

得知唐明是为了陈姗姗才来买海鲜的，兄妹二人又差点吵起来。

另一边，苏芒跟苏畅从游乐场附近的海洋馆出来。苏畅正吐槽着一个孕妇非要到海洋馆里买鱼的事，苏芒的目光就突然触及了不远处的郑楚、果果、唐明三人。

"姐，你看什么呢？"苏畅问。

"没什么……"苏芒拽着苏畅欲走。

可苏畅已经顺着苏芒的目光看到了唐果果："哎，那不是果果吗？"

说完，苏畅就挣开了苏芒，直奔果果而去。

苏畅走过去，把唐果果从郑楚身边拽开。唐果果一愣，一脸嫌弃地说："苏畅？怎么哪儿都有你？你是不是跟踪我啊？"

苏畅一撇嘴："谁跟踪你了，这叫缘分，有缘千里来相会！"

身后的苏芒也跟了过来，唐果果瞪着苏芒冷哼。苏芒跟郑楚对视一眼，苏芒轻咳两声别过头去，叫苏畅回家，可苏畅死活不肯，和唐果果更是争得不可开交。

五人站在摩天轮下，郑楚笑问："你们不是要回家吗？"

唐果果说："凭什么啊？楚楚，你答应了今天要陪我过情人节的。"

"那不行，果果，你今天得陪我。"苏畅凑过去说。

苏芒一摆手，冷笑道："行，既然没有人让步，那我们就过五个人的情人节好了。"

苏芒瞪了苏畅一眼，苏畅撇撇嘴，没再说话。

就这样，五个人挤在一个吊舱里，大眼瞪小眼，谁也不说话。郑楚试图调解尴尬，可唐果果赌气靠在舱壁上不说话，没人买他的账。

从摩天轮下来，唐明打开手机，看到上面有十几通来自陈姗姗的未接电话。

唐明皱眉，心想："糟了，怎么把这事儿忘了。"

唐明打电话过去，无人接听，他本来想着是不是现在应该赶过去给她道歉，转头又想："算了，这么晚肯定睡了，改天再道歉吧。"

翌日，公司计调部内，众员工围在佳佳的电脑前。网页上显示的是"古镇魅影——守护之灵"旅游线的点击量。

众人都瞪大了眼睛，郑楚也张大了嘴巴。片刻，办公区内响起了一阵欢呼。

小戴打趣道："你们几个不错啊，这次的线路这么火，郑楚，你该升职了吧。"

小佳说："又不是郑楚一个人的功劳，我们这么多人都出力了啊！"

"是，佳佳姐，Ella姐，你们都有功劳。"小戴忙说。

Ella一脸得意相。苏芒进来，依旧是面无表情地扫视了众人一圈，大家都屏气凝神，等待苏芒说话。

此时，苏芒却突然笑了起来："今天晚上开庆功会，我请大家吃饭！"

全场都愣住了……苏芒走进了办公室，随后又像是忽然想起了什么一样，探出头来说道："前提是今天的工作都得完成！"

苏芒照旧关上了门，片刻之后，办公区内又爆发出一阵热烈的欢呼声……

小顾凑过来调侃着郑楚："楚哥，我没看错吧，黑蜘蛛居然笑了。"

郑楚望着苏芒的办公室，说道："她只是不经常在上班的时候笑而已。"

唐明办公室内，陈姗姗坐在里面，唐明则是带着歉意说道："姗姗，对不起，昨天晚上……"

陈姗姗笑了笑："没关系，你肯定是被什么重要的事耽搁了，我能理解，反正以后有的是时间，下次再做饭给你吃好了。"

唐明说："我怕你生气……"

陈姗姗大方地说："那你记得欠我一顿饭就好，我过两天就回来，到时候打电话给你，你可不能再爽约了！"

"没问题！"唐明一口答应。

陈姗姗起身道："那我先走了，拜拜！"

陈姗姗走后，唐明看手机，收到严晓秋的微信语音："唐明，我爸说他想请你吃饭，晚上有空吗？"

唐明回道："好的，时间地点你们定。"

陈姗姗站在唐明办公室门外，脸上是与刚才和颜悦色完全不同的愤恨的表情，她握紧了拳头，暗道："唐明，昨天只是第一步，从今往后，我不会再让你忽视我！"

晚上公司的庆功会结束后，郑楚回家休息。

凌晨，卧室里，闹钟"嘀嘀""嘀嘀"一直响着，郑楚从被子里伸出一只手按掉。

过了几秒，手机在床头柜上震动起来，郑楚又伸出一只手摸索着按掉。过了一会儿，手机继续震动，郑楚皱眉，半睁着眼睛，把手机拿过来接起。

郑楚一边接一边抱怨："几点啊，还让不让人休……什么！"

听到电话里的消息，郑楚从床上蹦起来，飞速地穿上了衣服。

计调部内，郑楚拿着一份文件在看，费奕说道："自己看吧，这一周以来我们已经多次接到当地游客的投诉，说导游私自带客购物，态度恶劣而且屡教不改。你们计调部是怎么安排的？我希望能得到一个合理的解释。"

郑楚诧异："私自带客购物？我们公司的导游不可能会犯这样的错误。"

解释了一番之后，还是说不通，费奕倒是说："你不说我倒是忘了，这件事恐怕你这个后期负责人承担不起，我还是去找苏总吧。"

费奕起身走出办公室，郑楚耸耸肩，跟着走了出去。

苏芒办公室内，苏芒费了好大一番唇舌，费奕才答应给计调部一点时间，给他一个解决方案。

谈好后，费奕出了门，苏芒却是一副若有所思的样子。

郑楚回到自己的位置上，查看计调部同事交上来的材料，他发现导游安排这一项的负责人签名上写着佳佳的名字。他抬头环顾四周，发现佳佳不在办公区，于是拿着杯子往茶水间走了过去……

郑楚来到茶水间外，听到里面传来说话声："你跟佳敏说，让她别再私自带游客购物了，我安排她当导游不是让她贪小便宜的！"

郑楚吃惊，从门缝往里瞧，看到佳佳正在里面打电话，又说了一堆，才将电话挂掉。佳佳挂掉电话，吐了口气，从茶水间出来，迎头碰上郑楚，吓了一大跳。佳佳的表情有些尴尬，郑楚什么也没说，端着杯子走进了茶水间。

17

第十七章

市场部总监办公室内，郑楚敲门进去。

看到郑楚，费奕皱了下眉："怎么又是你，不是让你去找导游负责人吗？"

郑楚深吸一口气，说道："不必了，我是这个项目的后期负责人，我应该承担全部的责任。"

费奕放下手中的笔，仔细打量起郑楚来："有责任心是好，可你要知道，这种事不是逞一时之强就可以解决的。照我们以往的经验来看，一旦你承担了这个责任，很有可能被开除。"

郑楚想了想，说："我还是那句话，我是后期负责人，这件事我会想办法解决的。"

"那好，我给你三天时间，三天之内解决不了，相信你们苏总也不会包庇下属，对吧？"费奕话里有话地说道。

郑楚则是硬着头皮，强装自信道："三天时间，足够了。"

次日，郑楚将此事告诉了苏芒，苏芒却纳闷了起来："出差的时候你一直和我在一起，导游的事我明明交给了佳佳。你为什么跟费奕说是你的责任？计调部历来讲究各司其职，一人做事一人当，如果每个人犯了错都由上级来承担责任，拿什么来节制底下的员工？"

郑楚听苏芒还是将错误追到了佳佳身上，忍不住又泛起了同情心，帮佳佳说了几句话。

郑楚只是称自己知道怎么回事，而此事关乎佳佳的隐私，他不会说的。苏芒更是不解，追问道："说来听听，我想知道你非要这么做的原因，冒着自己被开除的风险也要揽下所有责任的原因。我最讨厌在公司乱嚼舌根的人，你大可以放心，我不会吃饱了撑着去跟别人说的。"

郑楚犹豫了片刻，却还是不肯说："我要是跟你说了，不也是嚼舌根吗？这件事我会想办法解决的，大不了，我引咎辞职好了。"

"你……"苏芒气得盯着他，却不知道要说什么好。

此时，费奕走进了苏芒的办公室。员工们议论纷纷，小顾抬头看了看墙上的钟表，忍不住说道："楚哥都进去半个小时了。"

佳佳却在此时突然站了起来，吓了众人一大跳。小顾见势赶紧拽着她坐下，用很小的声音说道："你现在去承认错误不是添乱吗？放心，楚哥好歹是自己人，苏总胳膊肘不会往外拐的，肯定有办法。"

佳佳没说话，小顾继续说："这回你看清了吧，我们楚哥可不是只会耍嘴上功夫的人。"

费奕的突然闯入，打破了苏芒和郑楚的对峙。苏芒抬头："费总有什么事吗？"

费奕坐在一边，看着郑楚说："来看看你们有没有想出什么好计谋。郑楚，今天已经是第二天了。"

"什么第二天？"苏芒问。

费奕解释说："郑楚答应我，会在三天内解决这件事情。多耽搁一天，投诉的游客就会多闹一天，再安抚起来就会更棘手。我来是出于同事之间的情谊，给你们提供一个最好最快速的解决办法。"

"哦？说来听听。"苏芒转过头来说。

费奕说："让郑楚一人揽下所有责任，然后由公司出面辞退他。对外说公司早就发现郑楚利用职务之便勾结导游私自带客购物，已经将他辞退了。这样一来，投诉的那些人就算再不讲理，也不能把已辞退员工的遗留问题全部归结到公司身上。"

苏芒听完，不屑地冷笑道："这就是你想的好办法？你知不知道，你这么做，郑楚将来会被整个旅游行业排斥！既然你说问题出在我们计调部，那首先应该承担责任的就是我这个总监。我是跟他们一起去考察的，线路环节的具体执行部署也是我安排的，没有及时发现问题我也有责任。"

"你……"费奕有些生气。

不等他说完，苏芒就打断道："费总，你在这位置上也不是一天两天了，应该知道上下一心这个道理。我自己手下的人，我自己操心。费总请回吧，我不会开除郑楚，更不会开除计调部任何一个员工。不是还有一天半吗？我还是那句话，我相信我的员工有能力解决好问题。"

郑楚稍感吃惊地望向苏芒，随即有些感动，随后对费奕说道："没错，费总，请回吧，之前你说的话，我反送给你，各部门应该各司其职，还请费总不要插手我们计调部的事。"

费奕起身苦笑："看来是我多事了，不过，市场部为这个项目砸进去那么多钱，也不能说它完全是你们计调部的事情，希望明天我能得到一个好的结果。"

回到家后不久，郑楚家的门铃就响了起来，开门一看，是苏芒站在门口。

苏芒笑笑："别激动，我是来关心下属的，我可不希望在任期间有任何一个员工因为工作失误被开除。"

郑楚翻了个白眼："放心，我也不想因为这件事丢了工作。"

苏芒身子向后探去，左右查看走廊，发现没有人后，进了郑楚家，脚向后一踢，把门关上。郑楚怪异地看着她问："你干吗？"

苏芒说："放心，我又不是来蹭吃蹭喝的，借你电脑用一下。"

苏芒径直朝沙发走过去，从口袋里取出一个U盘插在郑楚的电脑上。打开U盘里的文件夹，里面是一些联系方式，苏芒说道："这是最近导游事件的几批游客名单，做标记的是向公司投诉的十几个游客。我查过了，那个导游叫佳敏，是佳佳的妹妹，有个嗜赌成性的老爸，欠了一屁股债。这就是你非要逞英雄出头的原因吧？"

郑楚咽了一口口水，诧异地看着苏芒无奈地说道："你不去当侦探真是可惜了。"

"今晚我们俩的工作就是给这些游客打电话，告诉他们，作为赔偿，我们愿意为他们这次旅行的全部行程买单，并将他们升级为MG公司旅游网的VIP会员，今后可以优先享受MG公司提供的各种折扣服务。"苏芒说。

郑楚觉得有些不妥当："现在打？万一大家都睡了怎么办？"

苏芒摇了摇头："不可能，现在还不到21点，上班族一般不会在这个点睡觉。对了，一定要向他们强调一点，MG集团的口碑历来很好，这次的失误算是一个教训，我们会加强内部管理的。"

苏芒还称这次的损失，自己会掏腰包。郑楚看着苏芒认真的侧脸，片刻之后回神，按着名单上的手机号码开始打电话。

第二天，计调部内，顺利解决了问题的二人才算是长舒了一口气。佳佳和小顾敲门进来。佳佳的眼睛红肿，精神状态不是很好，她犹豫片刻，将一份辞职信递给苏芒。

佳佳说："苏总，我已经决定辞职。我仔细想过了，如果不是我滥用私权，也不会发生这样的事。郑楚，谢谢你替我担了下来，但我不想连累任何人。"

苏芒凝视着她说："既然这样……"

旁边的小顾终于忍不住说道："苏总，您不能接受佳佳的辞职，如果不是她逐个客户打电话去道歉，只凭你们打电话，是根本解决不了问题的！"

郑楚和苏芒同时愣住。郑楚和小顾看向苏芒，佳佳低着头，苏芒深深地看了一眼佳佳，说道："我说过，我不会轻易开除计调部任何一个员工，更何况……是知错能改的好员工。从今往后，我不希望再看到你的辞职信，除非你觉得自己能力不够，无法胜任现在的工作。明白吗？"

佳佳感动得热泪盈眶："谢谢苏总！"

郑楚打趣道："同事一场，既然问题都解决了，就别说什么谢不谢的了，不如我们晚上去搓一顿？"

佳佳这才破涕为笑，说道："我请客！"

郑楚和苏芒相视一笑。

另一边，严晓秋刚从公司下班，就被守在外面的唐果果载上了车，说什么要请她吃一顿饭，严晓秋没法拒绝，只好同意了。

而唐果果则进一步了解了她和唐明之间的关系，顺便求严晓秋给自己设计一套能凸显成熟稳重的首饰作为生日礼物，而自己也会送她一个大礼。向来好心的晓秋，自然也就答应了。

是夜，苏芒躺在床上，口渴难耐，脸色惨白，身体发冷，只能用被子把自己裹紧。门铃却忽然响了起来，苏芒挣扎着爬起来去开门。

开了门，郑楚手里拿着醋瓶，苏芒无精打采地看着他。郑楚举起瓶子说道："我家醋没了，来问你借点……你没事吧？"

苏芒不回答，昏昏沉沉地回到卧室。郑楚担心地跟了进去，苏芒一头栽倒在床上。郑楚犹豫片刻，伸手摸她额头："这么烫！苏芒，快起来，别睡了。"

郑楚欲叫苏芒去医院，可苏芒却死赖在床上不起来。郑楚想打电话给唐明，却又被她阻止。她说不要去医院，又含糊地称吃药对孩子不好。

郑楚拗不过她，只好放下电话，回到自己家拿来药箱，张罗着给她放温度计，额头上敷上毛巾，又打开酒精瓶，用酒精把棉花球润湿，掀开苏芒脚上的被子，用棉花球擦拭她脚底，给她降温。

不知过了多久，苏芒才安静地熟睡过去，郑楚替她盖好被子，她忽然抱住了郑楚的胳膊，在睡梦中吧唧嘴。郑楚无奈地笑了笑，把她的胳膊放进被子里，出去关上了卧室门。

卧室内，闹钟已经显示上午十点了，苏芒起床，揉着发晕的脑袋从卧室里走了出去。

郑楚在厨房里准备着早餐，见苏芒过来，说道："我已经请过假了，今天不用上班，你刚退烧，多休息一天吧。"

苏芒一时没反应过来，清醒了一会儿才问："你怎么在我家？"

郑楚一边煎鸡蛋一边说："喂，我好心照顾了你一晚上，你不感激也就算了，能别用这种质问的语气吗？"

苏芒走到了饭桌前坐下，怏怏地说："谢了。"

郑楚端着做好的早餐放在苏芒面前："呐，吃吧。"

"动作挺快啊，什么时候熬的？"苏芒凑上前闻了闻面前的白粥，问道。

郑楚递过汤勺，白了她一眼："你不能吃药，喝点白粥吧，能补充点营养，有没有很感动？"

苏芒则是假装擦口水抹在眼睛上："看到没有？感动哭了！"

郑楚嗤笑一声，嫌弃地坐远。

唐果果从机场大厅出来，众粉丝立刻围了过来，Tony和保安护着果果，开出一条道路来。

果果微笑着向粉丝们招手，引起一票粉丝的尖叫。唐果果微笑不语，目光却突然触及不远处拖着行李箱往出口走的陈姗姗。她往陈姗姗方向走去，众人一愣，紧随而去。

疯狂的粉丝涌向陈姗姗所在的地方，陈姗姗猝不及防摔倒在地。唐果果上前把她扶起来，得意地笑问："哎呀，你没事吧？"

陈姗姗气不过，低声说道："果果，我约了你哥明天陪我哦。还有，他答应过我，绝对不可能爽约的。"

唐果果脸色一变，冷冷地小声说："那就走着瞧吧，看看在他心里，是你重要，还是我这个妹妹重要。这位果粉，接机也要注意安全，你们摔倒我会心疼的。"

后面的话，唐果果故意提高了一个声调，说完，便绕开陈姗姗往出口走去。陈姗姗愤恨地看着唐果果的背影，淹没在追着唐果果而去的众多粉丝中。

回到家后，唐果果趴在床上，边啃苹果边给严晓秋打电话："晓秋，明天我去接你，记得把给我的礼物带上啊！"

挂掉严晓秋的电话，唐果果想了想，把苹果扔掉，又给唐明打电话，使劲儿地咳嗽称病重，成功地让唐明答应了自己明天回家来陪她。

次日，严晓秋如约而至，唐果果用墨镜、假发乔装过后，拉着严晓秋走进商场，直奔时尚女装楼层。她挽着严晓秋的胳膊，拉着她买各种衣服、鞋子、包，两人在商场里边玩边转。

出了商城大门，唐果果才说道："晓秋，你今天跟我回家好不好，我一直都想体验一下和闺蜜彻夜长聊的感觉！"

"可是我晚上要加班，没办法……"严晓秋有些为难地说。

唐果果却忽然打断道："给我的礼物呢？"

严晓秋把一个精致的盒子递给她，果果接过礼物，拉着她，硬是把她拽上了车，晓秋忙说："哎，果果，真不行，我得加班！"

果果丝毫不听，执意说道："你们公司太虐待员工了，加什么班呀，我不管，我今天必须带你回家！"说完，她不等严晓秋有进一步的反应，发动了车子。

唐果果把车停在唐家别墅外，和严晓秋两人下车。管家出来帮忙拿东西。

晓秋这才知道唐果果拉着自己来了她父母家，犹豫着不肯进去，唐果果拉着她说："都来了，难不成你要自己走回去？我爸妈又不是老虎，不会吃了你的！"说完，她便兴冲冲地拉着严晓秋进门了。

一进门，只有唐母在家，看见晓秋，唐母问道："果果，这位是？"

唐果果拉着唐母和严晓秋在沙发上坐下，指着严晓秋说："我正式介绍一下，妈，这是严晓秋，我闺蜜。"

严晓秋礼貌地点头笑道："阿姨好。叫我晓秋就行，我是做珠宝设计的。"

唐母惊喜地看着晓秋说："珠宝设计？这职业好，比果果好！"

严晓秋笑了笑，果果继续说："妈，晓秋可是上海有名的珠宝设计师。"说着，唐果果把礼物递给唐母。严晓秋有点吃惊，戳了戳果果，小声道："果果，这不是我送给你……"

唐果果比了个"嘘"的手势，随后对唐母说："妈，这款发饰是晓秋送给您的见面礼。我上次跟她提了一下，说您出席晚会缺一款上档次的发饰，没想到她就记住了！您快打开看看喜不喜欢。"

唐母将首饰盒打开，显然是爱不释手，惊呼道："哎呀，晓秋，这是你设计的？太漂亮了！是我的风格，而且跟我那件礼服也特别搭，真像是比对着做出来的！你这孩子有心了。"

严晓秋有些尴尬，却只能硬着头皮点了点头："阿姨您过奖了。"

一番聊天过后，唐母才知道上次唐明送自己的对镯也是严晓秋设计的，唐果果向唐母表明了严晓秋的身份，唐母称还要多看看，于是留了严晓秋吃晚饭。

晚饭还没上，唐母来了兴致，拉着晓秋打麻将。几圈下来，晓秋着实不会玩，难免有些扫兴，不过得知了晓秋会做饭，唐母也有些惊喜，唐果果便推着严晓秋往厨房去了。

做饭期间，唐母也在厨房里询问了晓秋不少的事情，总体来说，对晓秋的印象还算不错。

几盘菜上桌，唐母笑道："晓秋的手艺果然不错，会做饭的女人顾家！"

此时，唐明也提了袋子进来，看见唐果果，一脸惊讶地问："你不是病了吗，骗我……"不等说完，又见晓秋端着盘子从厨房里出来，不禁转头又问："晓秋，你怎么在这儿？"

"啊，我是……"严晓秋刚要开口，却被唐果果抢先了一步，说："当然是我带她来的了！哥，妈可喜欢晓秋了。"

看着桌子上的大堆礼物，唐明皱了皱眉："晓秋，这些都是你带来的？你来为什么不跟我说一声？"

严晓秋看出唐明的不悦，神色有些黯然地说："要是你不欢迎我，我现在就可以走。"

唐明深吸了一口气："我不是那个意思，你别误会。下次别买这么多礼物，太浪费了，给你爸买药还需要钱，我们家什么都不缺。"

唐母不满意地开口："行了行了，就你事儿多。你看人家晓秋多懂事，厨艺又这么好，又会做设计，也算是有自己的事业，跟果果和我都合得来。我告诉你，这就是我心目中最理想的儿媳妇。其他人啊，靠边站！"

"妈！您能不感情用事吗？会做饭的女人多了去了，难道都能当您儿媳妇吗？"唐明生气地还嘴。

因为此事，母子俩差点吵起来，好在唐母脾气不似唐父，可最后还是搞得不欢而散。

郑楚家的门铃忽然被按响了，听起来很急的样子，不用猜就知道是苏芒这个催命鬼。

郑楚打开门，头发乱糟糟的，睡眼惺忪地看着苏芒说道："昨天一晚上没睡好，等我睡醒了再说。"

苏芒却捂着肚子，看起来很难受的样子，扶着门框说："我也不想找你，但我肚子疼，帮个忙，送我去医院……"

这一下，郑楚倒像是大梦初醒一般，诧异地说道："什么？肚子疼？你等我一下！"

郑楚回了屋子里，用最快的速度换好了衣服，冲出来拉着苏芒下了楼，边走边说："没事没事，我们现在去医院，你别担心。"

郑楚开车疾驶，苏芒坐在副驾驶，紧紧抓着扶手。郑楚一脸紧张地看着苏芒："怎么会腹痛呢，你是不是磕到哪儿了？摔跤了，还是吃坏东西了？除了肚子，还有哪儿不对劲？看看有没有流血。你抓紧扶手别乱动！"

苏芒惊讶地盯着他："郑楚，我就是有一点点痛，你别紧张，都吓到我了。"

"你现在是非常时期，怎么能不紧张呢？万一是孩子出了问题……呸！"郑楚认为自己说错了什么，赶紧呸掉。苏芒则是一脸好笑地看着郑楚。

从医院的检查室出来，苏芒才知道这是怀孕2—4个月的正常反应，没什么大碍。好笑的是，大夫又一次误以为郑楚是苏芒的丈夫了。

走廊里，苏芒笑着调侃郑楚："你刚才干吗那么紧张？"

郑楚一愣，结结巴巴地解释道："我……你在我家门口突然说肚子疼，万一流产了赖上我怎么办？"

苏芒笑笑："放心，我就是流掉你也不会流掉这个孩子。"

阳光穿过走廊尽头的窗户打进来，金色的光芒洒在两个人的身上，美好而和谐。这种感觉更像是一股细雨，滋润着苏芒内心深处的某个萌芽，在逐渐地迸发。回头看着郑楚，苏芒有些慌乱，有些好笑，是他么？

又是一个夜晚，唐明坐在餐桌前，陈姗姗在厨房里忙碌着。

"我没想到你今天居然会主动来找我。"陈姗姗说。

唐明则是带着歉意道："抱歉，昨天家里临时有事，都怪果果太任性了，害我又放你鸽子。"

陈姗姗表示能理解，唐明又坦言像她这种善解人意的女人，谁娶了都会幸福。

正说着，一道惊雷响起，整个房间陷入一片黑暗，陈姗姗"啊"地尖叫一声，扑到唐明怀里。

唐明抱住陈姗姗问："怎么回事？"

陈姗姗假装发抖，哭道："不……不知道，应该是……停电了。我们小区就是这样，一到雨天经常停电。我妈去世以后，我就特别怕打雷，因为再也没有人会像她那样，给我一个温暖的拥抱了。"

唐明叹了口气："过段时间换个地方住吧，总这么停电也不是办法。"

黑暗中，唐明抱紧了陈姗姗，她的身体一直在发抖，脸上却洋溢着满足的笑容。

19 第十九章

公司内，副总经理办公室，罗总告诉费奕和苏芒等人，公司已经请了国际知名旅游顾问，人称"来自地狱的规划师"，MG高层三顾茅庐都没有请动的那个美籍华人道森来担任本季旅游规划和总设计。

苏芒和费奕沉浸在巨大的震惊中无法自拔，半晌，罗总开口道："你们两个是我最看重的下属，上次的'古镇魅影'系列，两个部门之间也是默契十足，合作得非常好，所以，配合道森完成这一季旅游规划的任务，就交给你们了！"

费奕笑了笑，伸手上前说："苏总，合作愉快。"

苏芒不情愿地递过去握了握手："合作愉快。"

罗总说："道森今晚八点到上海，你们带上几个人去接机。注意，形式要有，但阵仗不能摆得太大，一切跟红色有关的东西都不能出现在他眼前！道森很挑剔，极其挑剔，而且有洁癖，严重的洁癖！不能让他看到我们MG员工有一刻的懒散，明白吗？"

回到办公室，苏芒将此事告诉了郑楚，郑楚却称自己不能去接机，问他原因，他说是家里有人要来，他要去接。

机场大厅内，一群人风风火火地往前赶。苏芒看了看表："快点快点，飞机已经落地五分钟了。"

苏芒走在最边上，一个不注意，和一女人撞了个正着。女人的行李箱和红色礼盒被撞倒在地，小顾手里的一堆礼盒也纷纷散落。苏芒匆匆地看了一眼面前的女人，时尚利落的短发，墨镜，风衣，高跟鞋，全身上下精心搭配，头颅高昂，目空一切。

苏芒略显焦急地说："这位女士，我们有急事，要是您的东西有损坏，我们可以照价赔偿。"

女人气恼地说道："连句道歉都没有？几年没回国，真是世风日下了。几位是赶着去投胎啊？"

苏芒刚要说什么，却被费奕扯走了："喂，苏芒，道森出来了！"

女人看着散落一地的礼盒，暗觉倒霉，说了一句："算我倒霉，别让我再碰到你们！"

道森身后跟着两个助理，手里拿着一条白手绢，看到苏芒这么多人过来，皱眉，用手绢捂住了口鼻。

苏芒伸出手，热情地说："你好，道森先生，我是MG集团计调部总监，苏芒。"

费奕也同时伸了手过去："你好，我是市场部总监，费奕。"

道森无视二人的示好，摘下墨镜，向后一摆手，两个助理跟着他与苏芒几人擦肩而过。苏芒和费奕则是尴尬地对视了一眼。

机场外，郑楚手插裤袋，环顾四周，见不远处那个戴着墨镜的女人走出机场，忙挥手道："姑姑，这儿！"

原来，这个女人就是郑楚口中的家人，他的姑姑郑美玲。

郑美玲扔下行李，张开双臂拥抱走过来的郑楚，在他两颊各留下一个吻："我的小楚，好久不见，想姑姑了没？"

郑楚连忙点头："想！想死了！"

接了郑美玲上了出租车，郑美玲称要去酒店。郑楚问："酒店？姑姑，您不回家住啊？"

郑美玲摇头道："不了，我回来参加时装周，公司在上海还有个宣传片要拍，我顺便去看看。有很多事要忙，住家里太麻烦。怎么，想让我回家住？你一个单身男青年，指不定哪天领回去个小姑娘，有我在多不方便。"

而此时，商务酒店内，道森进了酒店总统套房，"嘭"的一声将门关上，两个助理分别站在房门外两边，戴着墨镜，冷冷地看着苏芒、费奕几人。

"那个……"苏芒刚准备伸手敲门，却被两个助理往门口一堵，硬生生地将苏芒的手逼了回去。

就连打电话给道森的费奕，也毫无准备地被挂了电话。无奈，几个人正准备走，门打开了，道森面无表情地扔出来一张纸，随后将房门再次关上。小顾过去捡起来，是道森的行程表。

苏芒从小顾手里接过行程表，说道："明天开会才是真正的恶战。走吧，杵在这儿也没什么用，回去好好想想怎么对付他吧。"

翌日，计调部总监办公室里，苏芒一脸气恼地说道："这个道森太过分了，一上午时间全浪费了，说是方案不让他满意就不开会，他有认真看过方案吗？"

大家相继吐槽一番之后，苏芒看向郑楚问："你平时不是挺有主意的吗，这会儿怎么不说话了？"

郑楚看了看众人，神秘地笑道："我倒是有个主意，就是有点冒险，弄不好会彻底得罪这位。"

费奕却感兴趣地询问："说来听听。"

众人听完郑楚的主意，皆是沉默，费奕连忙摇头："这办法太冒险了，不行。"

苏芒却说："我倒是觉得可以试试。你放心，出了事不会连累你的。我们走。"

"你……"费奕气得说不出话来。

郑楚和苏芒离开之后，小顾和佳佳又在替二人说话，费奕则是纳闷地问道："你们部门什么时候变得这么团结一心了？"

郑楚端着一盆脏水，夹着一份策划案，进了道森办公室。道森背对着办公室门口，沐浴在阳光下，怡然自得地说："其实我还蛮欣赏你们这种百折不挠的精神，只不过，你们的策划案实在是太糟糕了，不值得我花那么多时间和精力去看。要不是你们公司领导隔三差五来烦我，我根本就不可能回国。我劝你们，怎么请我来的，就怎么把我送回去，大家好聚好……"

不等说完，一盆脏水从头浇下，一眨眼的工夫，道森从刚才的贵族绅士变成了落汤鸡。道森的助理当场蒙圈，愣在原地，不敢出声。

郑楚站在道森身后，手里举着盆子，道森惊慌地说："你……你……你……"

郑楚将策划案放在桌子上，面不改色地说："我希望您知道，我们MG请您来，不是让这个项目起死回生，而是让它锦上添花的。您身处首席顾问这个职位而不作为，对于我们这个本来可以顺利进行的项目来说，您就是一盆脏水，泼上来之后，整个项目就瘫痪了。东西我放在这里，如果您想看，可以翻一下；如果您不想看，我是MG计调部的旅游体验师，郑楚，您随时可以上报领导开除我。"

郑楚从办公室里出来，长呼了一口气。众人连忙迎上前问结果，郑楚耸了耸肩："现在能做的就是等待，都回去工作吧。"

大家都一边做事，一边紧张注视着道森办公室……

终于，道森办公室的门被打开，助理走出来道："郑楚，道森先生有请。"郑楚看了看众人，一脸严肃地走进了道森办公室。

下班后，回家的路上，郑楚对苏芒说道："道森承诺会给我们好好做规划，这两天的努力总算没白费。"

两人随便聊了几句，郑楚又说："明天周末，你有事也别来找我，什么打扫卫生、做饭、喂鱼之类的，就别麻烦我了。"

苏芒一愣，转头瞪着他问："啊？为什么？你不会又带了什么小姑娘回家吧？"

郑楚叹了口气："什么小姑娘，女壮士还差不多……我姑姑来了，她可比你难搞多了！"

苏芒不满地瞪了郑楚一眼，两人各自回了家。

郑楚一进门，开灯便吓了一跳。郑美玲正坐在沙发上，阴森森地看着郑楚："正事忙完了？这个时间才回家，你们那个总监算是虐待员工。"

郑楚坐在郑美玲身边问道："哎，姑姑，您不是住酒店吗，怎么突然跑回家来了？"

"想你了呗，搞个突击，看看你是不是真的没有女朋友。"郑美玲说。

郑楚站起来往厨房走去："我骗您干吗？您那么忙，就别来回跑了，要是想我，一个电话打过来，我直接去酒店不就得了？"

说到这，电话还真响起来了，郑楚一看是苏芒的电话，连忙躲到一边去接。苏芒说道："下去帮我买袋鱼食呗，顺便来我家帮我给鱼换水。"

郑楚压着嗓子不情愿地小声说："你不是才答应过给我放假吗？"

苏芒说："你请的是明天的假，那只能把明天要做的事挪到今天喽。"

郑楚挂掉电话，对郑美玲说道："我下楼去买点菜，您有没有特别想吃的？"

郑美玲倒是询问起刚刚的电话，郑楚称是邻居，彪形大汉，络腮胡子，生活邋遢……郑美玲一听，立刻厌恶地不再多问。

许久，郑美玲一边打电话一边开门："你邻居不是个彪形大汉吗，他人应该挺好的吧，我去请他帮忙搬快递！"

说着，她就已经敲了苏芒家的门。郑楚刚从楼梯上来，惊呼道："别去，姑姑！"

郑楚话音刚落，苏芒正好把门打开："这么久才过来，你……"

郑美玲和苏芒两人顿时愣住，郑楚僵在原地，小声道："孕妇撞上更年期，这下真完了。"

两人几乎是异口同声地问道："怎么是你？"

郑楚搬着两个大箱子进了屋，郑美玲坐在沙发上，一副审问犯人的姿态："说吧，你跟这个女人是怎么回事，又是上下级，又是邻居，世上哪有这么巧的事，你们俩是不是有什么猫腻？"

郑楚坐在一边，笑道："姑姑，您想象力也太丰富了吧，我们就是很正常的朋友关系。您看，我不就是怕您多想，才不想让您知道她是我邻居嘛。"

"哼，那为什么她说什么你就听什么，这大晚上的，她让你下去买东西你就去啊？我都没这么使唤过你！"郑美玲不高兴地说。

"她不是怀……"话未说完，郑楚就意识到自己差点犯了错，连忙改口，"她回国不久，不熟悉这附近环境嘛。"

郑美玲翻了个白眼："我回国也不久，怎么没见你这么殷勤地伺候我啊？"

郑楚凑过去贱笑道："伺候啊，您想吃什么，想喝什么，还是想出去兜风？时间不早了，我做点夜宵，吃了睡吧。"

苏芒趴在沙发靠背上，面向鱼缸，不开心地撅着嘴。她拿起手机给郑楚发了微信："鱼缸水还没换，你说怎么办？看着它们在脏水里挣扎，我睡不着。"

过了一会儿，郑楚回道："晚睡对孩子不好，明天找苏畅帮你换。懒死你，实在不行，去网上查一下，求人不如求己。"

苏芒撇了撇嘴，关灯走进了卧室，打电话给苏畅。苏畅称自己有一条吸盘鱼，可以清理垃圾，不过馆里人多走不开，得她自己去拿。

躺在床上翻来覆去许久，苏芒又给郑楚打了电话："郑楚，你在外面吗？刚好，帮我去苏畅那里取条鱼回来。"

郑楚那边说道："你自己怎么不去啊？我姑姑可是勒令我陪着她，走不开。"

"你！这大晚上的，我一个孕妇出去不安全啊！郑楚……"苏芒略带哀求的语气，让郑楚有些受不了。

"打住，我明天去还不行吗？这也太晚了……"郑楚无奈地说。

苏芒笑道："知道啦。"

翌日，郑美玲去了艾美宣传片的拍摄现场，这也是她此番回国的目的。

在宣传片拍摄现场，郑美玲优雅地查看现场，身后跟着Cora。工作人员忙着布置道具。

导演申念上前伸手招呼："郑总，你好。"

郑美玲伸手微笑道："你好，申导演。我看过剧本，知道你要通过三段爱情故事来展现我们艾美的文化，这点很好。但不要忘了，艾美毕竟还是个内衣品牌，商品的属性要自始至终排在第一位。不过我认为，申导演一定会把文化和商业这两点结合得非常到位。"

申念点点头："谢谢郑总，我会尽力。那我先下去忙。"

郑美玲转头看向助理，问道："艾美的代言人到了吗？毕竟歌手出身，我要先看一下她的戏路感觉。"

助理点头说："代言人……到了到了，她在后台换衣区呢！"

郑美玲走到后台，唐果果正在化妆，Tony看到郑美玲立刻站了起来，悄悄戳了唐果果一下，示意她起来。

唐果果赶紧站起来，露出一个甜美可爱的笑容："美玲姐，您好。我是唐果果，以前一直都只能在时尚杂志上看见您，今天终于见到真人了，您本人比杂志上漂亮多了。"

郑美玲笑了笑："嗯，你本人也比电视上好看多了。小姑娘歌唱得不错，听说小小年纪就撑起了华语流行乐坛的半边天？"

唐果果不好意思地说道："美玲姐过奖了，红不红不重要，哪怕只有一个人喜欢我，我也会好好唱下去。"

郑美玲含笑点头。此时却来了另一个叫做叶丽莎的女孩，声称和唐果果是一个演艺公司的，还意图在郑美玲面前贬低唐果果，争取此次代言人的位置。

可郑美玲并不喜欢叶丽莎的个人作为，几句话就呛得她无话可说。赶走了她，郑美玲问唐果果："你跟她互相看不顺眼，平时也没少较劲吧？"

唐果果倒是毫不掩饰地点点头："嗯，谁让她管不住自己的嘴。人不犯我，我不犯人；人若犯我，以牙还牙！"

郑美玲笑笑："好，我没选错人！就喜欢你这份直爽，敢作敢当，凡事不遮遮掩掩，有我年轻时候的样子。好好表现，我看好你。"

拍完了代言，唐果果想起上次晓秋在自己家的事，心里有些过意不去，于是给晓秋打了电话："晓秋，上次去我家以后，我哥没跟你说什么吧？"

晓秋说没说什么，唐果果叹了口气："我哥那个人叛逆期晚，又固执死板，平时就跟家里对着干，一点都不肯让步。都是我的错，我不应该心急把你带回家的。"

"没事，本来就是我自作多情，他会生气也是理所当然的。"严晓秋说道。

唐果果沉默了片刻，继续说："晓秋，不管你能不能跟我哥在一起，我们都是朋友。"

"那是自然。"严晓秋笑。

"好了，不说他了。我们先去逛街，晚上再带你去个好玩的地方！"唐果果长舒了一口气，高兴地说。

晚上，严晓秋依照约定，和唐果果一起出去玩，唐果果带着晓秋来到了苏畅的百变魔术馆。

舞台上，洋洋几人正在表演魔术，台下欢呼声此起彼伏。苏畅凑过去说道："你们先坐在这儿。晓秋，上面那个是我们这儿除了我之外最好的魔术师。"

唐果果翻了个白眼："自恋吧你就。"

严晓秋笑了笑，认真看起魔术来。

此时，郑楚穿过熙熙攘攘的人群，寻找并发现了苏畅的身影："苏畅！"

苏畅和果果同时回头，唐果果顿时两眼放光，挥手大喊道："楚楚！苏畅，你终于开窍了，我来你这儿还真来对了，这么大个惊喜！"

郑楚走到两人面前，苏畅极度失落，小声对郑楚埋怨："你怎么跑这儿来了，好不容易果果主动来这里找我，你添什么乱啊？"

郑楚不耐烦地说："要怪就怪你姐，是她让我过来的。快去拿鱼，我拿了就走。"

"你俩嘀咕什么呢？"唐果果凑了过去。

苏畅转身去拿鱼，唐果果抱住郑楚的胳膊，拍拍还在专心看魔术的严晓秋："晓秋，我给你介绍一下，这就是我未来的男朋友，郑楚！"

严晓秋转身的瞬间，两个人同时愣住了，诧异得异口同声问道：

"晓秋？"

"郑楚？"

"你们两个……认识？"唐果果难以置信地看着二人。

严晓秋和郑楚点了点头，郑楚说道："晓秋，你别误会，我和果果什么事都没有，刚才那个苏畅，才是她未来的男朋友。不过你们……怎么会在一起？"

唐果果拍了郑楚一下，不满意地说："晓秋可是我认定的未来嫂子，既然你和她认识，跟我哥又是好兄弟，以后可得站在我这边，帮我好好撮合他们俩。"

郑楚神色凝重，犹豫了半天，把唐果果拉到一边："晓秋是姗姗的亲姐姐，你不知道？她怎么成你嫂子了？"

唐果果吃惊地看着郑楚，完全不信："你说什么？你说晓秋是陈姗姗的亲姐姐？这怎么可能？"

郑楚连忙扯了她一下："你小声点，别一惊一乍的！姗姗是我前女友，我会不清楚吗？晓秋人挺好的，你别因为姗姗和你哥的事情迁怒于她啊！"

唐果果激动之下，要把这件事告诉唐明，却被郑楚制止了。无奈，她气得只能骂道："陈姗姗果然是个害人精！就算不在我哥身边，她也能把事情搅得乱七八糟！"

苏畅拿了鱼回来，郑楚接了鱼就溜走了。

回到家，郑楚去了苏芒屋里，把鱼缸里的水换掉，再把吸盘鱼放进鱼缸，一言不发。

苏芒站在厨房里，一边切水果一边问道："你怎么了，失魂落魄的，不会是在苏畅那里碰到你那个小女朋友了吧。"

郑楚望着鱼缸发呆，不回答，半天才说道："你真是神机妙算，我还真在苏畅那里看见果果了！"

郑楚说完，转身欲走："鱼给你'请'回来了，水也换好了，没事我先回去。"

苏芒从厨房里追了出来："你等会儿，吃点水果再走啊！"

不等再喊他，郑楚就已经关门出去了。苏芒翻了个白眼，自言自语道："嘿，干活速度越来越慢，脾气倒是见长，心不在焉的，没吃药啊？"

午后的阳光洒向阳台的花花草草，柔和而明媚，一张躺椅置于花草中。郑楚半躺在躺椅上，手捧一本书，认真阅读。

郑美玲拉着一大一小两个行李箱站在楼下，身后一辆商务车已经驶出巷子开远了。

郑楚的手机铃声响起，他接起电话，是郑美玲的："小楚，快下来接我。"

到了楼下，郑美玲说道："我想来想去，还是觉得酒店没自己家舒服，所以，我决定回家住！"

郑楚瞧着她问："您确定是因为酒店住得不舒服？"

"当然了，发布会已经结束，宣传片也拍得很顺利，我想多玩几天，正好住家里方便。顺便防止你被单身女上司、寂寞女邻居纠缠！"郑美玲义正辞严地说。

郑楚无奈地摇了摇头："我看后面才是重点吧。"

"臭小子，这几年没人管你，我回来可得好好看着你。"郑美玲说。

郑楚叹了口气，提着行李上了楼。

21 第二十一章

回到家里，郑楚整理着行李，郑美玲坐在沙发上看宣传片视频：
"真是个当演员的好苗子，只唱歌太可惜了。小楚，你过来看看，我
们艾美新签的代言人，刚拍了一支宣传片。"

郑楚叹了口气："我身边还黏着个大明星呢，剪不断，理还乱，
您就别瞎操心了。"

郑美玲还要问，门铃就响了，郑美玲开门。唐果果提着餐盒站在
门口，一抬头看见郑美玲。

"美玲姐？您怎么在这？"唐果果惊讶地问。

唐果果进门把餐盒放下，门大敞着没关。郑楚看见唐果果，无奈
扶额："真是说曹操曹操到啊！姑姑，麻烦来了。"

郑美玲笑道："原来你们认识啊！小楚，她就是我们艾美的新代
言人。你们是怎么回事？"

"美玲姐，原来您是郑楚的姑姑啊，怪不得我一看你就觉得特

亲切。楚楚是我……很好很好的朋友，以后我还是跟着他叫您姑姑吧！"唐果果惊喜地说道。

郑美玲喜出望外地说："很好很好，我懂了！不就是准男友吗？小楚，果果这姑娘我喜欢！"

两人相谈甚欢，唐果果开心地抱住郑美玲的胳膊，郑楚仰天长叹。

黑暗的卧室中，苏芒摸索着打开床头灯，挣扎着爬起来，肚子"咕噜噜"叫了一声。苏芒捂着肚子走到厨房，打开冰箱找吃的，可又是什么都没有了……

一阵敲门声惊醒了卧室内的郑楚和郑美玲，两人从各自的房间出来。郑美玲迷迷糊糊地问道："大半夜的，谁啊？"

郑楚担心地说："姑姑，您睡吧，没事。"

郑楚开门，苏芒正穿着睡衣站在门口可怜兮兮地看着他。见她这副样子，郑楚说道："你是不是又饿了？等着，我拿点东西去你那儿。我姑姑这两天在家，你有事直接给我打电话。"

苏芒小声说："我也不想大半夜扰民，没办法，我家'弹尽粮绝'了，点外卖又怕不干净，所以……"

"小楚，谁啊？"郑美玲披了件外套出来。

郑楚想推苏芒离开已经来不及了，郑美玲瞥见门口的苏芒，顿时清醒，阴阳怪气地说道："我还以为是谁呢，在公司，你们俩是上下级，经常在一块也就算了，可这大半夜的穿成这样出来，就有点说不过去了吧。"

"我穿成这样怎么了？怎么就说不过去了？我饿得睡不着，家里没菜来问你侄子借点，你的意思是我还得化个妆穿件漂亮衣服？"苏芒嗤笑。

两人你一句我一句，差点吵了起来，郑楚夹杂中间为难地制止："姑姑，您别说了，她身体不舒服，不就做顿饭吗？你们……"

郑美玲和苏芒则是同时打断了他的话："你别说话！"

随后，苏芒深吸一口气，给郑楚使了个眼色，对郑美玲说道："行，您厉害，我饿着，惹不起还躲不起吗？"

说完，转身回家了。

已是深夜了，客厅里开着灯，苏芒和郑楚一人端着一碗面窝在沙发里吃。苏芒边吃边说："算你有眼色，要是把我饿坏了，你这个保姆得全权负责。"

郑楚白了她一眼，含糊地说："你那眼珠子都快瞪出来了，我再看不明白，那不是缺心眼吗？"

苏芒得意道："知道就好。"

她刚说完，夹着面的筷子就突然停了下来，转头盯着郑楚问："你姑姑不会醒了跑过来吧，这要是让她看见可真说不清楚了。"

郑楚摇了摇头："放心，她一旦睡死了，雷打不动，偷偷挪个地儿都不知道。"

苏芒继续大口吃面，突然又停住，看向郑楚："哎，不对啊！你说我们本来清清白白没什么事儿，这么一整，跟做贼似的，我凭什么得躲着她呀。"

"你就看在我的面子上别跟她计较，好歹我也当牛做马照顾你这么长时间，没有功劳也有苦劳不是？"郑楚连忙说。

苏芒点点头："行，我就卖你个面子。"

次日，唐明走进办公室，脱了外套挂在衣架上，还没来得及关门，郑楚从外面走进来，顶着两个黑眼圈，吓了唐明一跳："呀，郑楚，你跟谁打架了？"

郑楚一屁股坐在沙发上，说道："我现在真想找人打一架，总好过夹在两个女人中间，简直就是世界末日啊！"

于是，两个好兄弟又约去拳击馆。

一场对搏之后，两人大汗淋漓，唐明问道："真不知道你姑姑回来这一趟，对你来说到底是好事还是坏事。"

郑楚则长叹一声："我没事，你倒是摊上大事了。我想来想去还是觉得这事儿得告诉你，做好心理准备啊！我那天碰见严晓秋和果果在一块，才知道原来你和晓秋也认识。"

唐明点点头："是啊，你也认识晓秋？"

郑楚询问了他和晓秋是如何认识的之后，反问道："你就不想知道我怎么认识的她？"

"说来听听。"唐明好奇。

郑楚犹豫片刻，还是说道："晓秋是姗姗的亲姐姐。"

正在喝水的唐明，差点就被呛到，转过头来愣愣地看着郑楚满脸疑惑地问道："你确定没骗我？"

郑楚起身离开："算了，爱信不信，自己问去！"

唐明陷入了沉思，回想起晓秋和陈姗姗之前有意无意的暗示，不由得自言自语道："难道姗姗，真的就是晓秋所说的妹妹？"

郑楚离开后，唐明刚想回家，就接到了陈姗姗的电话："唐明哥，过几个小时我就回上海了，能来接我吗？"

唐明想了想，答应了下来。回到家后，唐明从衣柜中取出一件衣服换上，上面别着严晓秋之前送给他的姬金鱼草胸针。

机场内，陈姗姗和众同事坐在机场咖啡厅里，大家有说有笑。平时跟她关系比较好的一个同事调侃道："哎，姗姗，你不是刚分手吗，这么快就有新男友了，不会是在忽悠我们吧。"

陈姗姗的脸色很差，就在这时，唐明走进了咖啡厅，看到她叫了一声："姗姗！"

陈姗姗一下子挺直了腰杆，走过去抱住唐明，笑道："唐明，你终于来了，我朋友都等着急了。"

朱可儿在旁边羡慕地说："姗姗，你男朋友长得挺帅啊，还是个医生，眼光不错！"

小姜阴阳怪气地笑道："也不知道是真的还是假的。"

众同事沉默，陈姗姗狠狠瞪了小姜一眼，在众目睽睽之下踮起脚尖吻上唐明的唇，蜻蜓点水那么一下，陈姗姗心满意足地回头看着小姜，唐明愣了好半晌。

陈姗姗则问道："这回你相信了吧？"

唐明看着陈姗姗跟同事有说有笑，还没从刚才那个吻中缓过来。随后，陈姗姗又扯着唐明和众同事拍了张合影，才作罢。

回到车上，陈姗姗带着一脸歉意问："刚才，我不是故意的，你不会生气吧？"

唐明说："这次是为了帮你摆脱那个同事的纠缠，下次别这样了。"

陈姗姗开心地笑道："知道啦。唐明，你下午还有事吗？陪我去逛逛吧。"

"姗姗，其实我今天会过来，主要是想问你个事。"沉默了片刻，唐明再次犹豫着开口，"你看，我们也是好多年的朋友了，你对我的家庭、家人都很了解，但是我好像一点都不了解你，比如你是不是还有家人，你只说过你的母亲很早就过世了，那其他人呢，比如，父亲？"

陈姗姗的笑容僵住，神情冷漠，扭头看向了窗外："我没有家人。"

唐明盯着她，继续问："真的吗？"

"当然是真的，我骗你干吗？"陈姗姗不耐烦地说。

唐明叹了口气，语重心长地说道："如果你真的把我当朋友，我不希望你对我有任何隐瞒。"

陈姗姗沉默不语，唐明轻笑："你要是不想说就算了，可能在你心里，我还不是那种能说真心话的朋友。"

唐明的手放在方向盘上，准备开车。陈姗姗突然把手覆在唐明手上，阻止了他的动作，并且将自己的身世告诉了唐明："其实，我还有一个父亲、一个姐姐，但我几乎没跟他们一起生活过，很小的时候我妈就带着我离开了他们。我爸是个不负责任的父亲，抽烟、酗酒、不务正业，屡教不改！从我有记忆起，他就总是满身酒味地回家，有时候还会打妈妈、姐姐和我，所以我妈才会带着我离开他！对于我来说，离开反而是一种解脱，我对他只有恨，没有思念！"

陈姗姗说着，伏在唐明肩头哭了起来，身体微微抽动。唐明转过身抱住她，思绪却飞回严晓秋父亲住院的时候。

唐明开车将陈姗姗送回了家，随后便给郑楚打起了电话："兄弟，需要你的时候到了，出来，陪哥们儿一醉方休！"

夜幕降临，酒吧内欢声笑语，唐明和郑楚坐在最外面的位置，一杯接一杯地喝酒，连喝了好几瓶。

郑楚笑道："我就说你得做好心理准备，谁让你不早告诉我严晓秋的事。现在一下子招惹了姐妹俩，看你怎么收场。"

唐明略带醉意地说："哎，你说，一个人能有两副面孔吗？自己眼睛看到的是一个样子，从别人嘴里听到的又是另外一个样子，到底是该相信眼睛还是耳朵？"

"眼睛和耳朵都不能相信，应该相信你自己的心！"说着，郑楚又灌了一杯酒。

22

第
二
十
二
章

　　唐明扶着醉醺醺的郑楚从酒吧出来，郑楚蹲在墙角吐了一地。唐明一边扶他一边说道："我找你诉苦来的，你倒先喝醉了，这叫什么事儿啊！行了行了，我送你回家。"

　　郑楚却欲转身折回酒吧："不……不回家！别走啊，唐明，月上柳梢头，一醉解千愁！"

　　"别吟诗作对了，进去吧你！"郑楚就这样被唐明强行地塞进了车里。

　　唐明扶着郑楚上楼，往郑楚家走。刚准备敲郑楚家的门，却被他紧紧抱住："不回家……姑姑会担心……"

　　唐明皱眉问："那你要去哪儿？"

　　郑楚没说话，而是摇晃着撞到苏芒家门上，不停地按门铃。

　　屋内响起苏芒不耐烦的声音："谁谁谁，催命呢？等会儿！"

　　苏芒开门，唐明一看是她，不管三七二十一，把郑楚塞了进去：

"他今天晚上是你的了，要杀要剐随你便，我先撤了。"

"哎，你等会儿，哎！"苏芒叫道。

唐明却一溜烟跑了，苏芒感到莫名奇妙，回头把门关上。

郑楚四仰八叉地躺在苏芒家的客厅地上，苏芒踢了他一脚："起来，回你家去！一身酒气，难闻死了。"

刚准备将他拖到门口，苏芒却忽然想到："不行，他喝成这样被我送回去，要是又被他姑姑误会可就说不清楚了……"

"郑楚，算我上辈子欠你的。重得跟猪一样，怎么没喝死你！"苏芒一边搀着他一边抱怨。

好不容易把郑楚扔在床上，坐在床边使劲喘了几口气，苏芒拿着枕头砸在他脸上恨恨说道："睡死你！"郑楚却毫无反应，翻了个身夹住枕头继续睡。

半夜，郑楚的呼噜声震天响，吵得隔壁的苏芒实在睡不着，她举起枕头又要往他脸上砸，突然想到什么，在客卧柜子里四处翻找，从柜子里翻出一支记号笔，幸灾乐祸地在床边蹲下，在郑楚左右脸上各画了三道胡子，又在鼻头上描了一个黑点，在额头上写了个"王"字，做完这些，拍了拍郑楚的脸，这才心满意足地离开客卧。

次日早晨，手机在床头柜上不停地震动，郑楚摸索着按下接听，郑美玲的声音从那边传过来："郑楚！臭小子，一晚上不回家死到哪儿去了？"

郑楚受惊，一下子从床上翻起来，挂掉电话，揉了揉脑袋，环顾四周。走到客厅，他认出这是苏芒家。苏芒正在厨房找东西，为了不让苏芒发现自己醒了，他蹑手蹑脚往门口走。

郑楚轻轻打开房门，"嘭"的一声关上，弓着背站在走廊，做贼心虚，长呼了一口气，却被正好从楼梯拐角上来的唐果果看见了这一幕。

唐果果立刻冲上去揪住郑楚气急败坏地嚷道："郑楚,你怎么会从大芒果家出来?难怪姑姑昨晚打电话过来问你在哪儿,我哥支支吾吾地不说话,原来你们俩昨天住在一起?"

"嘘,你小点声!你该去问你哥,昨天我跟他一起喝酒来着,醒来就躺在苏芒家了,我哪知道怎么回事!我发誓我们俩真没什么,不信你问你哥,我昨天喝得神志不清,连进的谁家都不知道⋯⋯"郑楚委屈地小声解释。

唐果果却更加气恼:"你神志不清,她可清醒得很呢。你看看你这脸,她肯定是对你做了什么见不得人的事。不行,我咽不下这口气,你让开⋯⋯"

眼看唐果果就要跑去苏芒家,关键时刻,郑楚灵机一动,赶紧说道:"你别闹了,我姑姑还在家呢,你想让她看到你这副蛮不讲理的样子?"

唐果果这才冷静下来,哀怨地看着郑楚。

郑楚开门进家,郑美玲面无表情地站在门口。郑美玲询问昨晚怎么回事,郑楚却说昨晚在果果家,还拉着果果跟他一起撒谎。至于这一张大花脸,自然也被说成了做游戏输掉的结果,总算是蒙混过关了。

为了躲着郑美玲,郑楚刚一歇息好,就又去了唐明家。

唐明调笑道:"你自己无缘无故喝断片了能怪我吗?再说了,是你自己死活赖在苏芒门口不回家的,我真不是故意的,你有必要专程跑来兴师问罪吗?"

"兴师问罪是次要,躲我姑姑和你妹妹才是主要,她们俩现在每天堵在家里对我进行思想教育⋯⋯"郑楚一副苦大仇深的样子,让人有些忍俊不禁。

唐明无奈摇头，倒了两杯酒。郑楚却像是忽然想起什么一样，对唐明说道："对了，有件事我得给你提个醒，我看果果跟晓秋走得挺近，她可是拼了命想撮合你们，你要是对晓秋没什么意思，就早作决断。"

两人正说着，陈姗姗就拿着手表，提着菜进来了："唐明，我看你没关门就进来了，你手表落我家了，我给你送……"

陈姗姗看见郑楚，显然有些尴尬，郑楚也如此，起身说道："我先走了，你们慢慢聊。"

陈姗姗脸色有点难看，唐明从她手中接过菜，径直走向厨房。

隔日，郑美玲终于订好了行程，决定走了。郑楚送她到机场，两人在检票口依依不舍，郑美玲道："要不是公司那边催得紧，我还想多跟你待一段时间呢。小楚，怎么办，姑姑舍不得你。你跟你们公司领导提提意见，把你调到英国的分公司去嘛！姑姑一个人在英国，孤单没人陪。"

郑楚笑："姑姑，又不是以后不见面了，您的朋友闺蜜同事全在那边，您哪会孤单。"

郑美玲从郑楚手里接过行李，拉着行李箱往检票口走，一步三回头："还有啊，别以为我不在，你就能跟那个苏芒为所欲为。"

"知道啦，路上小心，到了给我来电话啊！"郑楚摆手说。

刚一送走了郑美玲，郑楚像是解放一样，立刻打电话给唐明，约他出来。

餐厅内，唐明盯着酒杯出神："我以为她接近我是别有目的，可是自从她还钱给我那天，我说了一些话之后，她就再也没来找过我。你知道，我不喜欢太有心计的女人，但是也不想因为一个误会而失去朋友。"

"干吗突然这么深沉，谁啊？"郑楚问。

"严晓秋。"

郑楚一愣，随后说道："晓秋？你说她接近你是别有用心？别开玩笑了，她是什么样的人我多少还是了解的，虽然看上去成熟内敛，但绝对没什么心机。"

唐明摇头："可是，她利用果果接近我父母总是事实吧？她跟果果才认识几天就来我们家，我很难不多想啊！"

郑楚噬声，说："果果是你亲妹妹，她什么性格你不知道吗？她跟姗姗虽然是老同学，但也是死对头，好不容易逮到你身边的其他女人，还不可着劲儿往你爸妈那儿推啊！"

唐明往杯子里倒酒，听着郑楚的话有些失神，酒溢出来。郑楚提醒了一句，他才端起酒杯一饮而尽。

翌日，唐明在医院值班，刚好遇上严晓秋的爸爸来复查，可严晓秋却没一起来，唐明有些不解地问："对了，晓秋怎么没陪您一块来？

严父说："这丫头不知道哪根筋不对，突然说公司有事来不了了。就是个复查而已，我一个人也没问题。"

严父拿着病历刚准备走，唐明却从后面追了上来，称想和严父聊聊。从聊天当中，唐明才越发觉得是自己错怪了晓秋。

唐明眉头皱得很紧，见刚好快到下班的时间，决定送严父回家。

而晓秋的家中，陈姗姗却来了。陈姗姗环顾严晓秋家，傲慢地往沙发上一坐："你不是有我妈的遗物要给我吗？真没想到这么多年了，老头子还留着我妈的东西，拿来吧。"

严晓秋不紧不慢地倒了一杯茶给陈姗姗："……没有，没有妈妈的遗物，我骗你的。如果我不这么说，根本不可能跟你面对面坐在这儿，我只是想跟你心平气和地谈谈。"

陈姗姗闻言，恼怒地站了起来："严晓秋，你居然用妈妈来骗我！你太卑鄙了！我告诉你，你不配做我的姐姐，他也不配做我的父亲，你们就在自己用亲情虚构出来的世界里沦陷吧，别想拉我下水！"

两人又无可避免地吵了一架，陈姗姗转身匆匆离开。她从小区出来，唐明开车进去，两人刚好错过。

唐明将严父送了回来，严晓秋开门的时候，看见唐明愣了一下，随后恢复了正常神色："爸，您打个电话我就去接您了，干吗还麻烦别人。"

唐明则说："我正好没事就送叔叔回来了，不麻烦。"

严父要留唐明吃晚饭，可唐明见严晓秋脸色不是很好，便称有手术要做，也没说什么就走了。

唐明回了家，吃饭期间，唐母不经意间说道："你到底有没有心仪的对象啊？我看上次果果带来的那姑娘就不错。"

"果果带谁来了？"唐明问。

唐母说："说是她的闺蜜，我以前也没见过，不过人长得漂亮，心灵手巧，还是做设计的，我看跟咱们儿子很有夫妻相。"

唐父在一边嘟囔道："你看着不错？你看谁都不错！你呀，一点原则都没有，只要是个女的就行，哪有个当妈的样子！"

唐母和唐父的声音渐渐小了，唐明却盯着碗里的米饭出神……

23 第二十三章

　　晚上，苏芒捧着手机和远在英国的蔡玲视频通话，聊了聊近况，蔡玲建议苏芒去报一个孕妇瑜伽班，有利于产后重塑身形。

　　苏芒听完，"腾"的一声从沙发上坐起来，说道："你不说我都忘了这么重要的事情，不行，不能变成大胖子。玲姐我先挂了，回头再联系你！"

　　屋内，她开始翻箱倒柜地翻看一些杂志上关于瑜伽班的简介资料。想想那些产后身体变形的女人，她就不由得起了鸡皮疙瘩。

　　而郑楚前脚刚跨入自己家阳台，听见苏芒在对面阳台打电话，就又缩了回去。

　　"对，我叫苏芒，芒果的'芒'，请帮我预约明天的瑜伽班。好的，谢谢。"苏芒说完，收起了手机，喜滋滋地进了屋。郑楚探头往阳台那边看了一眼，嘿嘿一笑。

　　第二天，上海拥堵的街头，苏芒正开着车，前方又是不可避免地开始堵车，苏芒急得直按喇叭。郑楚则在人行道上骑着自行车，跟在苏芒后面。

苏芒前脚进了会馆，郑楚后脚跟在后面进去。而不远处，提着大包小包从商城出来的Ella摘下墨镜，目睹了这一切。她拿出手机，将这件事告诉了罗总。

瑜伽馆里传来柔和的音乐声，苏芒推开门，一抬头，所有人都停下来看着她。每个孕妇都安然躺在瑜伽垫上，旁边是她们的老公在帮忙练习一些瑜伽动作。

苏芒一个人坐在瑜伽垫上，左看看右看看，发现周围人都在看自己。老师看了看苏芒，问道："苏小姐，您是第一次来练习瑜伽吧？下次一定要把您先生带上，有些瑜伽动作孕妇一个人是不能完成的。"

苏芒讪笑，有气无力地伴随音乐跟着老师做动作。门再次被推开，郑楚提着午饭进来，苏芒惊讶得张大嘴巴。

"对不起，老师，我来晚了。哦，我找苏芒。"郑楚说。

"你怎么来了？"苏芒小声问。

郑楚说："前段时间因为我姑姑的事委屈你了，我是来赔礼道歉的。"

其他孕妇倒是羡慕起苏芒来，苏芒只能尴尬地呵呵笑，郑楚则是得意地看着苏芒，帮她做按摩。

回到公司，得知这一消息的罗总毫无预兆地找了苏芒过去，问道："苏芒，你是不是对公司隐瞒了什么事啊？"

苏芒莫名其妙地看着罗总说："没有啊！计调部财务一切正常，各个项目进展顺利。"

罗总顿了顿，继续说："我指的不是工作，是生活上的。"

说来说去，原来是罗总知道了苏芒怀孕的事。

离开罗总办公室，苏芒面无表情地去茶水间打开水，郑楚凑了过去："刚才罗总找你什么事啊？"

苏芒却一下子恼火了起来："他找我什么事你不知道？"

"我知道什么啊？"郑楚一愣。

"我说你昨天那么殷勤，还陪我做瑜伽，原来是在这儿等着我呢？没想到你居然无耻到这种地步，打小报告这种事都做得出来！别装蒜，我怀孕的事公司里只有你知道，不是你说的还会有谁。"苏芒对着郑楚劈头盖脸就是一顿骂。

郑楚懵在原处："罗总知道你怀孕了？我没告诉任何人呀。"

苏芒冷哼："得了吧你，反正我怀孕公司也不会开除我。我说你怎么就任劳任怨当我保姆呢，敢情这是所有怨气攒着一块报复呢！"

说完，苏芒狠踩了郑楚一脚，转身离开。

餐厅内，苏芒选好饭菜，找了个地方坐下，身后是厚厚的隔断，把她跟一群叽叽喳喳的员工隔开。郑楚坐在他们后面，也有隔断挡着，隔了不远是市场部的费奕。

计调部的几个人在说着什么，而苏芒却无意当中听到了是Ella告的密。刚巧，另一边的郑楚和费奕也听见了。郑楚刚准备起身，见费奕先他一步走到几个叽叽喳喳的员工跟前，训斥了一顿，他们才闭嘴。

郑楚也放下筷子，站起身来准备走，却突然看到苏芒趴在隔断后面的桌子上，身形单薄，背影看上去脆弱无力。

郑楚慢慢走过去问道："你没事吧？"

苏芒抬起头，眼睛微红，看都没看郑楚，拿着包离开餐厅。郑楚盯着苏芒的背影，心里很不是滋味。

等郑楚去找苏芒的时候，却发现根本找不到她，找遍了一切她可能去的地方，都不见人。直到他看到商场大屏幕上关于郊区老屋拆迁的新闻，才猛地想起苏芒会去的地方。当他赶过去的时候，苏芒果然在那。

广袤的夜空中，圆月高挂，盈盈月光与夜幕交相辉映。四下无人，唯有虫鸣和风吹草动的声音。

苏芒抱膝坐在老屋原址对面的草坪上，一言不发。郑楚骑自行车从远处过来，在苏芒身边停下，把自行车放在一边，过去坐在苏芒身边说道："终于找到你了，我想来想去，你除了常去的几个地方，能来的也只有这里了。多亏你带我来过，不然24小时之后我就要报警了。"

苏芒告诉他，附近就要拆迁了。夜色下，苏芒和他说了好多好多，似乎她从来没有对谁说过这么多的话，包括自己的事，好听的，不好听的，都说了出来。

郑楚就这样倾听着，听她说完，告诉她自己要带她去个地方。他让苏芒闭上眼睛，拉着她走远，路灯拉长了两人的身影。两人走到展厅门口，当苏芒再次睁开眼睛的时候，映入眼帘的是几乎和原来老屋中一模一样的布置，苏畅曾收集的那些石头和贝壳、苏芒睡过的床、墙上的贴纸和涂鸦、天花板上的吊灯与千纸鹤和风铃，连整体色调都没有改变，如同完美复制一般，呈现在苏芒眼前，苏芒一脸震惊。

苏芒连忙问道："你是怎么做到的？"

郑楚说："这是我和苏畅在拆迁之前，一起弄的。虽然老房子没了，也不再是你们姐弟俩的秘密基地，但它能给更多人带来美的体验，不也很好吗？"

苏芒转过身来看着郑楚，眼里泛着光。不等郑楚说什么，她突然抱住郑楚，把头埋在他肩膀上，笑了起来。

翌日，公司内，郑楚从电梯出来，大老远就看见小顾招呼他，其他同事看他的目光也都怪怪的。郑楚淡定地走到自己的工位，小顾端了杯咖啡走过来，递给郑楚，并告诉他公司传出了绯闻，说苏芒肚子里的孩子是他的。

小顾在郑楚电脑上打开公司论坛，点开排最上面的一个匿名贴，出现郑楚和苏芒一同进出孕妇瑜伽馆的照片，还有郑楚喝醉被苏芒扶出酒店的照片，底下回帖火爆，说什么的都有，到最后郑楚都看不下去了。

其他同事都朝郑楚这边看过来，包括办公室里的苏芒，只见郑楚起身去了市场部。

Ella进办公室给苏芒送文件，刚要走，却被苏芒叫住了："我有事要出去，你留在这儿帮我整理文件，文件架上有标签，每个月每一天都不能弄错，完了之后去把会议室打扫干净，等我回来开会。"

Ella一愣，苏芒继续说："看来之前是我管理不当，从现在起我会让你知道，什么是总监助理真正应该做的。对了，别动桌上的其他东西，说不定会有监控，谁知道呢？"

苏芒离开，Ella恨恨地注视着她，气得直跺脚。

苏芒去了费奕的办公室找郑楚。郑楚正跟费奕申请，想要调换部门，却被刚刚进来的苏芒一口否决了："费总，打扰了，我的属下我自己会处理，况且他这次什么错也没有，就这样被你们部门挖走，别人恐怕会说我们计调部留不住人。"

费奕皱眉："可这次是郑楚自己想调换部门，你好像怪错人了吧？"

郑楚说："你不用逞强，调部门对我们来说是最好的选择。"

"你这样不就合了造谣者的意了吗？赶紧回去跟我整顿风气，再多说一句话，你这个月的奖金就没了！"苏芒丝毫不退让。无奈，郑楚只好跟着她离开。

苏芒和郑楚走进办公室，Ella赶紧上前说道："苏总，会议室打扫完了，文件都在桌上，我先出去了。"

"站住，去把垃圾倒了。"苏芒指着桌子边的垃圾桶，对Ella说道。

Ella提着垃圾桶离开后，郑楚才问："为什么不让我去市场部？"

"怎么，你很想去？"苏芒盯着他反问道。

郑楚说："我是为了解决问题！"

苏芒闻言，却嗤声说道："你以前可从来不会用这种方式解决问题。"

"那是以前！"

"现在有什么不一样吗？"苏芒咄咄逼人地盘问。

郑楚一愣："没有……没有吧。"

苏芒笑笑："对啊，我们俩的关系也一直没变，那为什么同样的问题，以前选择面对，现在却选择逃避？"

"你说得也有道理，可是……"听苏芒这么一说，郑楚倒觉得是这个理儿，可就是觉得哪里不对，却又说不出来。

苏芒扯了扯嘴角，继续说："好了，你可以去工作了，以后要是再敢提换部门的事，保姆工资也泡汤了！"

第二十四章

面对现下这种状况，苏芒不得不考虑一下要如何处理，因为她知道一旦自己没处理好此事，反而会适得其反，最重要的是，她不能不考虑郑楚。

翌日，苏芒驾车载郑楚上班，将车子停到了大厦前的广场。郑楚刚下车，苏芒就站在了车旁边，众同事投来好奇的目光。

苏芒走上前，整理着郑楚的衬衣，边看着周围，边大声说道："上班注意形象啊，你看，衣服皱成这样。"

郑楚大吃一惊，后退道："你这是要疯啊？这么多人看着。"

"我们是不是清白的？"苏芒笑问。

"是。但是——"

"那不就得了！别但是了。"苏芒说着，拿出手机自拍，手机屏幕显出两人的合影，苏芒笑容灿烂，郑楚笑容僵硬。

苏芒将照片发到计调部微信群，锁车快走。

苏芒走到计调部办公区，听到计调部同事正看着手机小声议论，苏芒高调说道："相信大家已经看到我刚发的照片了，新鲜出炉，绝对一手。新闻最讲究时效性，谁还想嚼舌根，用刚才的照片就行，人物清晰像素高，少拿以前灰不溜秋见不得人的偷拍照说事。"

苏芒说完，有意看向Ella，Ella眼神闪躲，不敢直视。随后，苏芒则昂首走向自己的办公室。

费奕进了苏芒办公室，苏芒正低头看文件，发觉是费奕，抬头问："费总，有事吗？"

费奕将文件夹放在桌子上说道："给苏总送活动资料。"

"好的，谢谢。资料我看到了，再次感谢，麻烦带上门。"苏芒说。

费奕转身准备出去，走几步又折了回来，似乎有什么话要说，犹豫了半天，却还是没说什么就走了。

他刚一转身，唐果果竟然毫无征兆地冲了进来，挡住费奕冷笑道："干吗出去？苏芒，你事儿都做了还怕让人知道啊？这才回来几个月啊，孩子都怀上了。你肚子里的孩子是郑楚的？还搬到他隔壁住，根本就是蓄谋已久！"

苏芒脸色难看地起身说道："唐小姐，楼下可是有大批的保安，你这样大呼小叫，如果把他们引上来就不好了，这事情闹大了谁都不好看。"

"越赶我走，我越不走，反正怀孩子的不是我。你把保安叫来，正好让大家看看你是个什么样的女人！"唐果果索性坐到了苏芒的办公桌上。

苏芒突感头晕，整个人踉跄了一下。费奕急忙过去搀扶，苏芒摆手称没事。

此时，苏芒越发感到体力不支，靠在桌子上说："孩子不是郑楚的，你大可放心。"

唐果果却不管三七二十一，对着苏芒劈头盖脸地说了一堆。唐果果靠得不能再近，苏芒突觉一阵晕眩，急推开唐果果，欲出办公室。

　　唐果果却一把抓住苏芒，此时，郑楚推门而入："唐果果你干什么！这是我的事，不用你管！"

　　说完，郑楚便准备搀苏芒去医院。唐果果见此，激动地上前拉扯郑楚，结果却不小心撞到了苏芒。苏芒站立不稳，歪倒在桌子旁边，紧捂着肚子，表情十分痛苦。

　　唐果果慌神得语无伦次道："苏芒，你没事吧……我……郑楚，我就碰了她一下，怎么会这样呢？她肯定是装的！"

　　哪知道话音刚落，郑楚一个巴掌就扇了过去，唐果果哭着跑出了办公室。

　　费奕让郑楚出去看看果果，为了避嫌，自己带苏芒去医院。费奕驾车行驶在去往医院的路上，忍不住问道："那个平时总是能言善辩的苏总呢，怎么，现在成哑巴了？"

　　费奕看向苏芒，苏芒却瞧着窗外久久不语。费奕看了看后视镜，笑道："看到后面那辆出租车了吗？跟得还挺紧的。"

　　苏芒闻声向后瞧去，只见身后的出租车里坐着郑楚，她心中忽然一颤，有一种说不出来的滋味。

　　到了医院，苏芒谢过费奕，要他先走，自己去妇产科检查。费奕点点头，转身离开，正巧看见刚跟进来的一脸焦急的郑楚。

　　郑楚逮到费奕问："苏芒她……"费奕看他一眼，没有回答，郑楚这才看到后面的苏芒。

　　"苏芒！"郑楚连忙上前叫道。

　　可苏芒却赌气地直接选择无视郑楚，径直走向了妇产科。

　　"哎，苏芒，你等等！"郑楚紧跟着苏芒，也走进了妇产科。

医院内，唐明刚挂了打给严晓秋的电话，让她来取药。而郑楚则是陪苏芒穿梭于血液科、B超室做各项检查。

郑楚几次想要找苏芒说话，苏芒却一直赌气不搭理。

苏芒从科室出来，郑楚再次紧跟其后："苏芒，我知道你在生我气。我哪知道果果就这么跑过去了，我……"

"郑楚，我之前怎么没发现，你这么啰唆又婆妈啊？你真的要跟？"苏芒忽然回头问。

郑楚一脸坚决地点头说道："你去哪我就去哪，我担心你身体。"

苏芒笑了笑："好啊，那跟紧咯，不要走丢了。"

于是，苏芒带着郑楚往洗手间走。里面突然出现一个女人，看到郑楚惊慌大叫。郑楚方才发现这是女洗手间，急忙退后。苏芒强忍着笑意进了厕所。

洗手间内，苏芒与严晓秋同在洗手台前洗手。苏芒整理衣着时项链突然坠地，链珠散落一地。苏芒急着找，一旁的晓秋说道："我来帮你找。你是孕妇吧，总弯腰对孩子不好。"

"那……就麻烦你了。谢谢啊！"苏芒说道。

没多久，严晓秋将散落在地上的珠子一颗不落地找了回来，苏芒十分感谢地接过来，却发现唯一一颗南红玛瑙已经裂了。

严晓秋得知这项链对苏芒来说很有意义，是老人留下来的，告诉了苏芒自己的名字，还递了名片，称自己就是做珠宝设计的，拿回去或许可以修得好。

苏芒惊喜地递过项链，两人互相留了微信。

二人刚一走出洗手间，在外面等着的郑楚就一脸诧异。看见郑楚的表情，苏芒愣住片刻，又看向了严晓秋。

郑楚不敢置信地问："没事吧？怎么进去这么久？晓秋，你们也认识？"

苏芒刚刚就觉得严晓秋的脸很熟悉，这才想起晓秋是上次郑楚给送钱的女孩。三人一番交谈之后，也算是破除了误会，苏芒笑道："谢谢啦！对了，替我向叔叔问好。"

严晓秋去了唐明的办公室取药，唐明手拿一瓶药丸，对她逐一解释药效和服用方法，严晓秋却礼貌地疏离。

拿了药后，严晓秋刚要转身离开，唐明却忽然叫住了她："晓秋……"

"怎么了？"严晓秋回头问。

唐明神色黯然地说道："上次家里的事，对不起。是我说话太直接，我其实不是那个意思……"

不等说完，严晓秋就已经微笑着打断了他的话："没关系的，我已经忘了。"

严晓秋离开办公室，唐明看着门口沉默许久，手机忽然响了，这才让他回过神来。电话里传出果果的哭声，唐明紧张地询问："果果，你怎么了，别哭别哭，慢慢说。什么，打你？好好，我一定帮你报仇行了吧！好，我答应你。不会的，打伤他我还得负责呢！"

妇产科内，医生看着苏芒的检查单询问这询问那，最后又嘱咐道："回去多吃饭，多吃有营养的饭，这时候正是胎儿大脑发育的时期，必须保证营养。别忘了来拿地贫检测报告。"苏芒一脸紧张地听着。

"谢谢医生。"苏芒得知没事之后，这才松了口气，边看报告单，边出门。

见苏芒拿着报告单出来，郑楚迎上去，两人正说着，电话突然响起，郑楚看了一眼，皱眉接起："现在还是上班时间。要不，我晚上去找你？好吧，我们老地方见。"

放下电话，苏芒询问是谁打来的，郑楚却没说，只是说道："你注意身体，好好照顾自己，我先走了。"

郑楚急急离开，苏芒看着他的背影嘀咕道："到底是谁啊……"

拳馆里，郑楚一次次被唐明打倒在地，又一次次艰难爬起，脸带淤青。

郑楚摘下拳击套，颓然坐在一边，喘着粗气问："唐明，现在解气了吧？"

唐明还是怒火满腔地说："解气？我不打死你就是好的！果果长这么大，谁敢动她一个手指头？可你呢？居然还打她！郑楚，我俩兄弟这么多年，我算是看走眼了！"

"好好好，你现在在气头上，我说什么你都听不进去。等你气过了，我们再好好谈谈。"郑楚擦了擦嘴角的血渍，长舒一口气说道。

唐明走到他前面，自上而下地看着他，一脸认真地说："郑楚，我告诉你，果果喜欢你，那是她眼神不好，咎由自取。从今以后，你就和你的女上司双宿双飞去吧。我会好好看住果果，不让她再和你有半点关系！"

唐明欲离开，郑楚却忽然起身，拉住了唐明："唐明，你搞清楚，我不是因为苏芒才打了果果！换作别的孕妇，我一样会觉得果果做得太过分！"

唐明回头，看着他冷笑道："不是因为苏芒？这话你说得不心虚吗？郑楚，为了个女人，你连这么多年的兄弟感情都不要了，你……太让我失望了。"

唐明说完，愤然地转身离开。郑楚原想喊他，最终还是没能发出声音。他呆站在原地，有些头疼。

第
二
十
五
章

晚上，苏芒站在郑楚家门口敲门，可敲了半天也没人答应。苏芒忍不住自言自语道："坏了，不会被打出事了吧？"

她心里犯着嘀咕，正要转身回家，郑楚就开了门："是你啊，我正要去找你呢。"

苏芒回头，看到郑楚头上的伤，想要伸手摸摸，但好像突然想到什么，猛然缩回手，转而笑着说道："哦，还活着啊，那我就放心了……不会吧，还真被打了？"

郑楚一边闪躲一边小声说道："小伤而已，死不了。"

苏芒猛地拉住他的胳膊说："躲什么躲，你老实点，让我看看。"说着，苏芒就踮起了脚尖，仔细地查看郑楚的伤口，小声问："疼不疼？"

"不疼……"郑楚说。

苏芒看了看郑楚，转身欲走。郑楚又及时地拉回了她，问道：

"我都这样了，你还生气啊？"

苏芒翻了个大白眼，说："你都哪样了？膘肥体壮的，不过一点小伤而已。"

"额头上的伤是只有这点，可我这儿还被打了一下，我……"郑楚一脸委屈地指着自己的胸口说。

苏芒蹙眉问："你身上也受伤了？我看看被打成什么样了。"苏芒说着，就上前解开郑楚上衣扣子想查看他的伤。

"这样不好吧？大庭广众之下就脱我衣服。有人看着呢。"郑楚调笑着指了指墙角的摄像头，对苏芒说道。

苏芒一愣，脸瞬间就红了："你……"

看苏芒一副恼羞成怒的样子，郑楚知道再开玩笑真的会惹恼她，便再次拉着她说道："别走，我给你带了礼物！"

"你给我买礼物了？"苏芒不敢相信地看着郑楚问。

郑楚迅速回家，再回来时手里拿着一个抱枕。他将抱枕塞到苏芒手里，说："送你的！你不是喜欢接吻鱼抱枕吗？控制好情绪，别感动得哭天抢地。"

苏芒心满意足地抱着抱枕，笑道："谢啦，我先回家咯。"

她刚要走，却似乎忽然想起了什么，回头说道："不对，差点给忘了，我还有大事没说呢！"

于是，苏芒带着郑楚回了家。郑楚看到桌子上有一大堆资料，一旁的打印机还在不停打印着资料，便问道："这是要干吗？"苏芒拿起资料对郑楚说："郑楚，我决定，从今天开始，绝对不能再亏待我家宝宝，要给他最好的营养和生长环境。你看，这是我搜集的营养菜谱。"

郑楚纳闷地看着她问："这就是你所说的大事？孕妇营养菜谱大全？你要我把这些菜都学会做吗？"

苏芒拍桌子道："你做还是不做？"

"行行行，我做，我做。苏芒，我上辈子肯定是欠了你的。"郑楚愁眉苦脸地点头答应。

苏芒整理着资料，郑楚倚在边上问："想不想听听他的声音？"

"什么意思？"苏芒回头问。

"等着！"郑楚匆忙跑回家，片刻后回来，手里多了一个胎心仪，他将它递给苏芒，"以后你和宝宝的交流就靠它了，来试试。"

苏芒好奇地听着胎音，片刻之后，惊喜地说道："我好像听到了，太神奇了！快快，你也听一下。"

郑楚凑过去，蹲在旁边贴近苏芒的肚子听，边听边说："嘿，这小子一定很调皮！"

说话间，郑楚不经意地抬起头，二人的目光忽然衔接上，近在咫尺的距离让此时律动更快的变成了二人的心跳……

气氛有些尴尬，苏芒开口说道："我替宝宝谢谢你。"

郑楚笑了笑："他刚才已经谢过了！好了，已经这么晚了，我先回去了，你也早点休息吧。"

苏芒点点头。郑楚离开后，她拿着胎心仪，轻轻抚摸着肚子，却不知道什么时候已经略微红了脸，嘴角浮现出一丝笑意。

第二天，苏芒回到公司，手里拿着一个信封，去了市场部。费奕见是苏芒，问道："这么快就恢复了？"

苏芒笑笑，递过信封说道："这是那天医院的挂号费和检查费。我看了看单据，总计268块，剩下那32块就当是小费了。"

费奕一愣，看了看苏芒，问："你平时跟郑楚也算得这么清楚？"

苏芒刚要走，听费奕这么问，又站住答道："当然不。他是计调部的人，自己人好说话。我呢，还是挺讲究'看人下菜碟儿'的，知道谁的钱可以花，谁的钱不可以。"

苏芒刚关门离开，费奕便唇角微扬，别有深意地笑着。这时电话响了起来，费奕接起电话："罗总？好的，我这就过去。"

总经理办公室内，罗总叫来费奕询问昨天的事。说了一会儿，他若有所思地说道："她最近风头有点盛啊，同事关系再处不好，很容易出现问题……"

费奕忽然打断罗总的话，说："罗总，我说句很不好听的话，你好我好和谐共处，那是街道居委会做的事，我们是MG公司，您就当她苏芒是个工作机器，能好好赚钱，让您最大限度地榨取剩余价值就行，要那么好的名声做什么？"

苏芒回到办公室，拿出手机，看到了严晓秋的微信，说有事找她，现在就在大厦外面。苏芒出了大厦，见严晓秋背对她站在喷泉边上，背影单薄却优美，让人想走近她仔细欣赏。

苏芒走过去问道："晓秋，你这么急找我有什么事？"

严晓秋回过头来，微笑着从包里拿出首饰盒，递给苏芒说道："怕你等得着急，就给你送过来。"

苏芒迫不及待地打开首饰盒，看着里面如同崭新的项链，又是惊喜，又是佩服："这么快就修好了？你真的好厉害。其实你打个电话叫我去拿就可以了，还麻烦你跑一趟。"

"没事啦，我也是路过。要不要我帮你试戴一下？"严晓秋笑盈盈地问道。

苏芒连连点头："好啊！"

苏芒低下头来，严晓秋帮她戴上项链，说："好啦，效果还不错哦，和你很配。嗯，如果没事儿的话，我先走啦。"

苏芒忽然喊住要走的晓秋："晓秋！"

"还有事吗？"严晓秋回头问。

苏芒说："大老远你还专门跑来给我送项链，要不要找个地方坐一坐？"

眼看着晓秋想要拒绝，苏芒却不给她说话的机会，拉着她的胳膊边走边说："走啦走啦，是我想和你聊天。我知道一个咖啡店，还蛮不错的。"

晚上回到家，苏芒坐在沙发上摆弄着iPad。郑楚刷完碗后，擦了擦手，从背后靠近苏芒，问道："看什么呢？"

苏芒放下iPad，回头看着郑楚笑："对了，我今天学了一样本事。"

"什么啊？"

"算命。不用你说，我就可以知道你过去五年里经历了什么事。要不要试试？"苏芒阴笑道。

郑楚好笑地看着她，凑过去坐在旁边说："总监不做，改行当神棍了？好，试试就试试。"

苏芒一本正经地说："伸出手来。对了，先说好啊，我会用笔在你手心里做标记，但你不准看，我画完之后你要立即攥起拳头，放在背后。我说什么时候能看，你才可以看，否则就不准了。"

郑楚伸手，苏芒拿出笔，在他手心随便画了几下，然后闭着眼睛，一副念念有词的样子，片刻之后才说："好了。"

"算出什么来了？"郑楚强忍着笑意问。

苏芒盯着他说："五年前，你因为和人打架差点被开除学籍；四年前，你骑自行车被一辆左拐的出租车撞倒，你看司机是下岗工人，不仅没要他赔医药费，还把自己兼职的工资给了他老婆，因为他老婆是肺癌晚期，你觉得他们家很可怜。"

郑楚一听，惊讶得张大了嘴巴："你怎么知道？"

"别急，这事还没完呢。他们家还有个上大二的女儿，你的壮举感动了她，从那以后，她差点就以身相许，非你不嫁了。我算得对不对？"苏芒看着郑楚，得意地问。

"你去找唐明了？"郑楚怀疑地盯着她。

苏芒翻了个白眼："我为什么要找他？"

郑楚满脸吃惊，纳闷地追问："那你去见谁了？总不能去找果果了吧？不对。你刚和她闹过，她是不会告诉你这些的。老实交代，谁告诉你这些事的？"

"你先如实回答我一个问题。郑楚，你究竟有几个前女友？"苏芒凑过去逼问。

郑楚一愣，说道："一个啊，就陈姗姗，你见过的。"

"还敢撒谎？"

"我为什么要撒谎？你不会把那大二女生也算进去了吧？她就喜欢了我一个学期。我发誓，我就请她吃过一顿麦当劳，连牵手都没有！那时候我还和姗姗在一起呢。我郑楚是脚踩两只船的人吗？"郑楚立刻反应过来，举起手发誓道。

苏芒抓过桌子上的纸巾盒，作势要扔向他："郑楚，不给你用点刑罚，你真的不会招认是不是？"

郑楚满脸委屈地分辩："我招认什么啊？到底是谁跟你乱讲了？"

"严晓秋的妹妹！你还和她妹妹好过！"苏芒说。

"晓秋？你去找她了？她跟你这么说的？"

苏芒点点头，冷笑道："晓秋来给我送项链。她没有明说，但是我看她欲言又止的样子，就知道你和她妹妹肯定有故事！行啊，郑楚，历史够辉煌的啊！你现在摊开手掌心，看我算得准不准？"

郑楚摊开手，只见手心画了个王八，简直是哭笑不得……

"你还笑！"

"有件事你没算到，晓秋有没有告诉你，她的妹妹就是陈姗姗？"郑楚摆着一张笑脸问。

"什么？"这次，倒是换做苏芒大吃一惊了。

苏芒难以置信地扯着郑楚问道："所以……她们俩是亲姐妹？"

"对，晓秋没告诉你，一定有她的顾虑。一直以来，她和姗姗关系都不太好。如果晓秋以后没有提这件事，你就当做不知道吧，毕竟是她们姐妹俩的私事。"郑楚提醒苏芒。

苏芒恍然大悟地点了点头："哦……我又不傻，还用你提醒！"

郑楚嗤笑道："哼，一孕傻三年！"

是夜，交织在上海夜晚的霓虹灯在各个街头绽放着，穿梭在街头的是那一辆又一辆的汽车，还有形形色色的行人点缀着夜色。

唐明开着车，漫无目的地跑着，不停地切换广播频道，有些心烦意乱。

不知道走了多远，当他再抬头想要看看这是哪里的时候，却发现自己不知为什么，开着开着就到了严晓秋家楼下了。

屋内，书房台灯下，严晓秋正专心地画着设计图，旁边摆放着一沓首饰设计图。这时候，手机忽然响了，看了看来电人，晓秋一愣，是唐明。

片刻之后，晓秋还是接起了电话。

"晓秋，你在哪儿？"唐明的声音从电话里传出来。

晓秋说道："我在家啊！有什么事吗？"

那边的唐明迟疑了一会儿，开口道："我就在你家楼下，方便出来吗？"

严晓秋换好了衣服出来，见唐明正倚在车头，她走过去问道："唐医生，你怎么这个时间过来了？"

唐明说："没什么事，就是心情不太好，出来吹吹风。也不知道怎么了，开着开着就转到你这儿来了。没打扰你休息吧？"

"没有。"严晓秋摇了摇头。

唐明似乎想要说什么，只不过停顿了一下才说："你是不是还在生我的气？你还叫我唐医生，明显是没有原谅我。"

严晓秋笑了笑："你说得没错，一个人如果讨厌我，我也不会死皮赖脸贴上去。可我们冷战了这么久，我发现我还是不想失去你这个……朋友。我现在没事了。你刚刚说心情不好，是不是还有别的事？"

"我跟郑楚闹翻了。"唐明的脸色有些难看。

"郑楚？"晓秋纳闷地问。

唐明无奈地点点头："是啊，我把他狠狠揍了一顿。这么多年的兄弟感情，估计现在剩不下多少了。"

夜色微凉，路灯下，二人的身影被拉得老长，直到看不见的黑夜深处。

白天，郑楚提着超市购物袋来到苏芒家门口，只见门口堆放着一整箱各类零食、几条毯子和各式杂物。郑楚惊呆了，连忙敲开了门，问："你家又招贼了？"

苏芒满脸兴奋地拉着郑楚进门，解释道："来来来，看看我这两天的成果。"

郑楚进门，只见玄关处竖着一个小黑板，上面写着：距离芒宝宝出生还有195天。窗帘已经换成粉蓝色色调，客厅开了三个空气净化器，茶几上的茶具也焕然一新。

郑楚边四处查看边说："窗帘也换了，你是要将客厅布置成一个大型儿童房吗？"

"不错吧？营造健康育儿氛围，从点滴小事做起。"苏芒骄傲地说。

郑楚好笑又好奇地摆弄着屋子里的东西，苏芒扒拉他说："别愣着了，快帮我收拾东西啊！"

郑楚哭笑不得地帮苏芒收拾东西，刚欲开口说什么，手机就响了。他掏出来一看，是唐明的微信："有空没？约架。"

郑楚皱了皱眉，回道："有。"

苏芒凑上来看了看，问道："又找你打架？不会出什么事吧。"

郑楚无奈地耸了耸肩："毕竟是我对不起果果在先，只要他能出气，让我做什么都行。"

苏芒翻了个白眼，郑楚又说："我先走了。"

看着郑楚离开，苏芒倒是有些泄气，坐在沙发上也没了收拾东西的兴致。想来想去，她猛地起身，迅速穿好衣服，抓着手机下了楼。

大街上，苏芒开着手机地图导航，蹙眉环顾，跟着走了许久，总觉得有些不对。刚巧旁边有人路过，她忙上前问道："您好，请问这个拳馆在哪里？"

遗憾的是，路人并不知道她导航上显示的拳馆在哪。苏芒有些无奈，此时，身后突然传来严晓秋的声音："苏芒？"

苏芒一愣，转头看到严晓秋，也很惊讶，她有些疑惑地叫了声："晓秋？"

严晓秋点点头："我就看着像你！"

苏芒随口说了几句，想起地图的事，忙问道："对了，你知不知道这个拳馆在哪里？"

严晓秋凑到苏芒面前看了一眼手机，说道："这个拳馆……不是唐明打拳的地方么？"

"你知道？那太好啦。快带我过去。"苏芒惊喜地拉着晓秋说。

严晓秋不解地问："你一个孕妇，去那干吗？看到前面那座天桥了吗？走过去你就会看到一座很高的楼，就在那座大厦楼下。"

苏芒急匆匆地解释说："回头再说，我先走了，去晚了就要出人命啦。"

郑楚一进拳馆，就见唐明已武装好等在那里。

郑楚看着他说："来得这么早？兄弟，你先给我打支预防针，这次打完之后，能解气吗？"

唐明一脸冷漠："如果我说不能呢？"

"继续打！你想怎么打我都奉陪，绝对不吭一声！"郑楚一副舍命陪君子的样子。

唐明嗤声道："说得好听，你……"

不等话说完，唐明就瞟见郑楚身后的人影，瞪圆了眼睛问："你怎么把她也带来了？"

"谁啊？"郑楚纳闷地一回头，见苏芒就在自己的身后，不禁皱起眉头问道："苏芒？你怎么来了？"

苏芒白了郑楚一眼，凑上前说道："事情因我而起，我当然要来，你以为我真的见死不救啊？"

郑楚头疼地揽着苏芒的肩膀，意图让她走："这不关你的事，快回去！"

苏芒挣脱，与唐明握手道："你好，唐医生，那天是这样的，果果闯到我办公室，质问我孩子是不是郑楚的。我那天身体本来就有些不舒服，加上果果不小心撞了我一下，郑楚误会她是故意撞我，这才动了手，事情就是这样。在任何情况下，郑楚打人都是不对的。如果因为我这点小事，就毁了你们多年的兄弟感情，很不值。至于果果问我孩子爸爸是谁，这是我的事，相信唐先生你不会也这么八卦吧？"

苏芒解释了一通，唐明沉默许久才开口："你多心了，我对你的私事并不感兴趣。你的话我是听明白了，不过男人有男人的处理方式。老规矩，三局两胜，怎么样？"

拳台上，郑楚一次次被唐明打翻在地，唐明出拳凶狠，郑楚却从不反击。苏芒在一边看得胆战心惊，却又明白这是他们之间的事，自己不好再插手，只能站在一边静静地等。

耳边传来的是一声声沉闷的撞击和对打声，两人低沉的闷哼让气氛格外紧张，苏芒不由得摸了摸肚子，皱紧了眉头。

三局下来，两人都累得不像样子，瘫倒在拳台中央，大口地喘气。没多久，唐明先站起来，伸手将郑楚拉了起来。

将这一切看在眼里的苏芒，知道这个时候输赢已经不重要了，重要的是，这两个冤家已经冰释前嫌了。

餐馆内，三人围坐在一桌，唐明在郑楚旁边小声地说道："误会彻底澄清了，兄弟一拳泯恩仇。不过，我看苏芒对你真是不错，怕你受委屈，居然找我伸张正义来了。今天要不是她，这事还不算完！"

郑楚也小声地说："她这次总算是有点良心。"

"你俩瞎嘀咕什么呢？"坐在对面的苏芒忍不住问道。

唐明笑道："其实今天你不来也可以，兄弟间没有隔夜仇。何况我昨天还得到一个大师的开解。郑楚，我们兄弟这点事儿，还劳驾俩女人为我们说情。"

郑楚疑惑地问："俩女人？还有一个是谁啊？"

"晓秋啊！"唐明说。

苏芒连忙开口问："晓秋？"

唐明惊讶地看着苏芒问："苏总，你也认识晓秋？"

苏芒点点头："是啊，还是她带我到这儿来的呢，人漂亮又善解人意，温柔贤淑。"

这下三人才知道，原来大家都认识晓秋。

吃完了饭，三人站在餐厅门口，苏芒说道："我去医院拿报告单。"

郑楚说："我回……"

只是不等他说完，苏芒就打断了他的话，接茬说："他也去。"

唐明点了点头，笑道："苏芒，现在我们也算是朋友了，果果那边，我会教育她的，她是任性了点，但心眼绝对不坏。"

"我知道，果果其实是个单纯的姑娘。"苏芒大方地说。

"我还有事，就先走了，回见。"

郑楚看着唐明离开后，才回过头来一脸不情愿地问苏芒："你就去拿个单子，干吗还让我跟着啊？医生不是说没什么问题吗？"

苏芒在前面边走边说："'保姆工作条例'第三条：无论雇主在做什么，保姆都需要无条件跟随，以免发生意外。"

郑楚哭丧着脸问："哪来的'保姆工作条例'？"

苏芒突然停住，回头得意地看着他："我刚颁布的，即日生效。"

郑楚哑口无言地怔在原处，苏芒给他一个大大的笑脸，继续往前走。无奈，郑楚只能一边喊着苦，一边快步跟了上去。

27

第二十七章

清晨，唐果果的公寓内响起一阵急促的敲门声。

睡在床上的唐果果不耐烦地翻了个身，原本想着继续睡，可那催命般的敲门声着实不让人安生。

唐果果只好一边嘟囔，一边起身去开门："来啦！大清早谁来烦人啊！"

她睡眼惺忪地将门打开，只见唐明站在门前。果果没说什么，唐明走了进来，发现客厅乱七八糟的。

"哥……你怎么来了？"唐果果边揉眼睛边问。

唐明看着四周，皱眉说道："我来看看你，郑楚那一巴掌把你打傻了吗？看看你自己，头上都快长草了。这是女孩子的房间吗？你就不打扫一下？"

唐果果一边收拾着，一边仍有怨气地说："不怪郑楚，都是因为那个苏芒！"

"苏芒也打你了？"唐明吃惊地问。

唐果果翻了个白眼："那倒没有，不过，要不是她，郑楚怎么会打我？"

唐明摇了摇头，将唐果果按坐在沙发上，说："我今天见到苏芒了，她跟我解释了那天的事。你也有错，谁让你出言不逊的，居然还失手推了她。郑楚打你，也是怕你做出更不合身份的事。我觉得……你得和她好好谈谈。"

唐果果一听，顿时炸了毛："我凭什么和她谈？要谈也是和郑楚谈！"

唐明笑道："真是不凑巧，郑楚陪苏芒去医院了，恐怕两个小时也赶不到你这儿来。"

"我一不在，他们就又勾搭在一块儿了！不行，我得赶紧振作起来！"唐果果闻言，愤然起身奔向了浴室。

唐明无奈地摇了摇头，掏出手机，给郑楚打了电话："郑楚，做好心理准备，我家这枚小钢炮又要向你发动攻击了。"

医院内，还在队伍末梢排队的郑楚愣了片刻："果果要来找我？"

唐明说："是啊，我觉得这事的关键不在于她和你，而是她和苏芒。如果她们俩能聊聊，解开心结就好了。"

郑楚觉得他简直是在开玩笑，一口否决道："她们俩怎么可能心平气和地坐下来谈？"

唐明却说："所以要制造机会啊，以后总得见面吧，难道你希望她们总这么针锋相对？"

"好吧，我明白了。"郑楚回答道。

苏芒从一边走了过来，见郑楚一直点头。挂断电话之后，他借口人多，要下午再来排队，将苏芒带到了附近新开的一家奶茶店。

两人到了奶茶店，刚一进门，郑楚就忽然捂住了肚子："苏芒，我突然有些不舒服，去趟洗手间，你先上去吧。房间别走错了啊！"

苏芒木讷地走了几步，又忽然折回来盯着他问："不对，郑楚，你是不是有事瞒着我？"

郑楚边跑边喊："绝对没有！不说了！"

说完，郑楚飞快地走向洗手间。苏芒边上楼边回头看郑楚，总觉得他今天有点反常。

来到洗手间门外，郑楚看着苏芒上了楼，才敢给唐明打电话："唐明，你确定她们俩不会打起来？"

那边的唐明说道："你不相信我，总该相信晓秋吧。"

另一边，苏芒一进房间，就发现严晓秋正坐在对面，惊喜地问道："晓秋，你怎么也在这？"

晓秋起身说道："我在这儿等你啊。对了，看看，喜不喜欢？"

她一边说着，一边递给苏芒一条手链。苏芒接过一看，惊讶地说："这个……和我那条项链风格好像！你要送给我？"

严晓秋点点头："你喜欢就好。"

苏芒兴奋地上前抱住严晓秋说："我好喜欢！晓秋，谢谢你！"

苏芒和严晓秋两人正拥抱，包房的门突然被打开，唐果果毫无预兆地走了进来："楚楚，我来了！我……晓秋，苏芒？"

看呆的不止唐果果一个人，还有苏芒。

唐果果二话不说，转身出了房间，大喊："郑楚！郑楚！他人呢？"

苏芒回过神来，原来郑楚打的是这个主意，于是她镇定地说道："别喊了，他不在。你还看不出来吗？我和你都是被他忽悠过来的，这时候他还敢在这儿待着？晓秋，你说是吧？"

晓秋也忙点头："对，我今天是受人所托，做你们的和事佬。"

唐果果翻了个白眼："莫名其妙的……谁要和她和好！"

见唐果果转身要走，晓秋赶紧上前拉住她。苏芒深吸了一口气，问道："唐果果，想知道我离婚的事吗？"

"苏芒……"晓秋皱眉看她。

苏芒则是无所谓地笑了笑："不用担心啦，晓秋，本来也没什么好隐瞒的。果果，想知道的话，现在就坐下来。"

唐果果止住了脚步，怀疑地看了一眼苏芒，还是选择了坐下来。

苏芒开始缓缓说道："我不知道你是从谁嘴里听说的，没错，我是离过婚，对方也算是豪门大户。这婚结了不到一个月吧。"

时间不停地走，挂在墙上的时钟也不知转了几圈，坐在楼下的郑楚忐忑不安地看着手机，时不时抬头观察着楼上的动静。

包间内，苏芒像是倒出了窝在心中许久的脏水一般，长舒一口气，说道："好了，故事讲完了，就是这么回事。"

唐果果听得入神，更是生气，猛拍桌子恼怒道："原来是那男人出轨了？你怎么这么软弱啊？什么豪门，还真以为自己了不起了！如果你离婚的时候有我在，就不会受这样的欺负！"

苏芒无奈地笑了笑："还好啦，人这一辈子其实有个定数，该经历什么样的事，想躲也躲不了，所以，既来之，则安之，看开点就好了。"

唐果果翻了个白眼，说："你是看开了，可就便宜渣男了！"

"我倒是理解苏芒的做法。如果没了感情，再追究多少事都没有意思。"晓秋在一旁说道。

"嗯。所以果果，孩子和郑楚真的一点关系都没有。我知道你喜欢郑楚，但你可能需要认真想想你对他是爱，还是依赖？"苏芒忽然抬头问起了唐果果。

唐果果一愣，对于这个问题，说实话，可能连她自己也没有真正地去考虑过。现在面对苏芒的突然发问，她根本没时间思考，不知道要如何回答。

于是，沉默了片刻之后，唐果果才说："别这么问我，我分不清楚。我就问你一句话，你对他真的一点别的心思都没有？"

苏芒嗤笑一声，一脸坏笑地说："我为什么要回答你？能不能追到他，要看你自己的本事。"

闻言，唐果果忽然起身，满口坚定地说道："苏芒你等着！我一定会让郑楚喜欢我的！"

说完，唐果果转身出了房间，苏芒和晓秋则是相视一笑。晓秋有些尴尬地说："陈姗姗是我妹妹的事……看样子，你像是已经知道了……其实我只是觉得……"

苏芒打断了她的话，微笑着说："不用解释啦，我都懂的。就像你也从来不问我孩子的父亲是谁，不过我倒是越来越喜欢唐果果了。"

严晓秋摇了摇头："你这阵营变得也太快了。"

"本来也没什么深仇大恨，果果是直来直去，没有心机。如果我有妹妹，估计也会把她宠成果果这样。"苏芒大方地说道。

两人走下了楼，见唐果果和郑楚正在说话，严晓秋上前询问："哎，唐医生呢？"

郑楚说："刚走没一会儿，他接了个电话，说有点事。对了果果，Tony刚才不还说找你有急事吗？你快走吧。"

唐果果忽然想起来的确有这么回事，猛地点头说："对对对！苏芒，现在我就当着你的面，再向郑楚表白一次！"

说着，唐果果转头看向了郑楚："郑楚，再给我一些时间，我一定会让你喜欢上我的！"

站在一边的苏芒和严晓秋都觉得好笑，只有郑楚满脸的尴尬。唐果果说完就跑了，只不过刚一跑到门口，就像是又想起了什么一样，转身回到苏芒身边，说："苏芒，忘记提醒你一件事，回去赶紧把那个Ella开除了，你的事都是她告诉我的。"

唐果果走后，郑楚满是得意地笑道："看来谈话很成功嘛，你们三个真成好闺蜜了？"

严晓秋说："闺蜜谈不上，大家都是讲道理的人，事情说开了就没事了。"

"行啊，郑楚，设局骗人，诱我深入！你长本事了啊！"苏芒对着郑楚猛踩了一脚。

郑楚一边喊疼一边委屈地说："我还不是为你们好？"

回到医院，苏芒把血液报告单递给医生，医生浏览后神情严肃："之前知道自己有地贫吗？"

苏芒一脸茫然地问道："什么是地贫天贫的？"

医生解释说："地中海贫血。根据报告单来看，你有轻度的地中海贫血症。"

苏芒愣了一下，赶紧追问："地中海贫血？医生，这病严不严重？会不会影响孩子健康？"

"你是极轻度的地中海贫血，一般不用担心，但这个病可能会影响到胎儿，如果和你一样极轻度那还好，如果中度或重度就必须考虑采取一些措施。这样，你让孩子爸爸也过来抽个血，如果他完全正常，或者和你一样是轻度的，孩子还可以考虑留下来。"医生说。

苏芒脑子一晕，又问："但如果他是重度的呢？"

"风险很大，考虑引产。"

苏芒脸色苍白地拿着检查单走出科室，郑楚忙迎上去："苏芒，没事儿吧？"

苏芒什么都不说，只是紧紧地攥着报告单。郑楚见此，夺过报告单，边查看边问："苏芒，你别不说话啊！孩子没事吧？地中海贫血？什么是地中海贫血？严重吗？"

回到家中，苏芒坐在电脑前，浏览关于地中海贫血的一切网站。各大帖子上的内容看起来有些触目惊心，她的表情也显得很痛苦。

郑楚一路从医院追回了苏芒家，焦急地砸着苏芒的家门："苏芒，你别吓我好不好，有什么事我们一起解决！苏芒，你让我进去！"

可是不管他怎么敲，里面却毫无动静。郑楚知道，一直这样下去根本不是办法，他急得在门口转来转去，甚至考虑是不是要撞开门。他正准备想别的办法进去，苏芒却突然开门了。看到苏芒的第一眼，郑楚发现她面色苍白得实在吓人。

苏芒站在门前，指了指肚子，带着哭腔说道："怎么办，郑楚？宝宝可能出事了。"

郑楚瞪圆了眼睛，赶紧冲上去说："什么叫宝宝出事了？苏芒，你别吓自己。"

"都是我的错。我不知道我有地中海贫血症，这病还会遗传给孩子，怎么办啊？"此刻的苏芒，眼里再也没有了往日的倔强，更多的是无助。

这一刻，郑楚觉得心头一颤，她的目光让自己觉得很无奈。他走上前揽过苏芒的肩头，轻轻地抚慰道："你先别害怕，放轻松，一切有我呢。"

两人进了苏芒家，桌边有一沓摆起来的资料，苏芒将它们拿起来递给郑楚翻阅："你看看，这是我刚搜集到的，地中海贫血好像是特别严重的病。"

郑楚边接资料边皱眉道："听着苏芒，我们不能自乱阵脚。网上的话从来就不能全信，重点是医生怎么说？"

"医生说我有轻度地中海贫血，至于后边怎么办，还要看孩子父亲的验血报告。"苏芒将医生的话告诉了郑楚。

郑楚脱口说道："那你让孩子爸爸去验血啊！"

苏芒一愣，面露为难之色："可孩子爸爸……孩子爸爸他……"

郑楚看出苏芒的别扭，接过话头问道："不方便？"

苏芒重重地点了点头。

郑楚沉默片刻，抬头说道："你等着，我去问问唐明。他也是医生，应该比我们清楚。"

说着，郑楚便抄起了手机，迅速给唐明打电话："唐明，我有急事问你。"

郑楚问清楚唐明便挂了电话，坐回苏芒的身边，小心地看着苏芒的脸色说："苏芒，唐明也是这么说的，你就让孩子爸爸去验血吧。大人之间就算闹得再不愉快，也得考虑孩子吧。"

他以为苏芒会像以往一样，一口拒绝，或者抱怨自己什么都不知道，可是她没有。她只是苦笑道："好，我明白，你先回家吧。"

"苏芒……你……"面对苏芒如此平静的反应，郑楚突然很不适应，也不知道要怎么办才好了。

苏芒看出他的意思来了，不过还是强撑着虚弱的笑容说道："我没事，你回去吧，我想自己待会儿。"

郑楚连看几次苏芒，最终欲言又止，关门离去。苏芒跌坐在沙发上，眼角挂着泪水，一边抚摸着肚子，一边小声地自言自语道："宝宝啊，你是在惩罚妈妈吗？孩子爸爸……他们都让我找孩子爸爸，可我怎么知道你爸爸在哪儿？"

英国，夜已深，郑美玲正伏案工作，助理Cora走了进来，小声询问："郑总，医院又来电话，要您亲自接听。"

郑美玲头也不抬地说道："没看到我正忙着吗？说我没时间。"

Cora并未离去，而是凑上前继续说道："郑总，您的私人医生David来了。"

郑美玲生气地把笔一摔，低声恼怒："到底有完没完了？为什么一定要这个时候来找我？"

Cora说："他说有非常重要的事情，一定要当面通知您。"

"让他进来。但愿他的事情真的非——常——重——要。"郑美玲不耐烦地一摆手说道。

Cora开门出去片刻，带David进入了办公室。

郑美玲看着David说："说吧，David，究竟什么事这么急？五分钟后，我还要开会。"

David一脸严肃地说道："这是一件很严肃的事情。检查结果显示，您有乳腺瘤。根据我们的观察，它很有可能不是良性瘤，所以我才急着来见你。"

郑美玲脸色一变："你什么意思？"

David深吸一口气，认真地告诉郑美玲："乳腺癌的可能性比较大。"

郑美玲僵硬地笑道："我可不喜欢开玩笑……"

"根据它的生长部位、形态以及发展速度判断，癌的可能性要占80%左右。要想进一步确诊，Melinda，你必须跟我去医院做完后续检查。"David说。

次日，医院内，郑美玲已经开始出入于超声室、X光线室、化验室等科室做各类检查。此刻她刚走出化验室，按住刚抽过血的手臂，Cora为她披上外套。

护士走过来说："Melinda，您的检查已经做完了，报告结果已经交给David，具体情况请向他咨询。"

科室内，David拿着检查结果细看，一脸严肃。

一旁的郑美玲担忧地询问道："David，看了这么长时间，我这肿块没事儿吧？"

David说："不太好啊！Melinda，你的肿块几乎可以确诊了，就是恶性肿瘤。"

郑美玲一听，指着自己的乳房难以置信地说："怎么可能？我身体好得很，这里从来都不肿不疼没疙瘩的。"

David皱眉道："很多病人发病前都没有明显症状。这样吧，你还是尽快入院进行一下系统治疗，我会让他们尽快办好住院手续。"

郑美玲闻言，二话不说，转身就要走。David连忙起身叫道："你去哪儿？你必须住院！"

郑美玲忽然回头，只见她眼眶红红的，情绪也有些失控，她大声嚷道："住院？住什么院？我还有一大堆事情要处理，这样的情况下你让我怎么住院？不就是癌吗？就算是明天要死，我也得忙完工作再死！"

郑美玲说完，头也不回地冲出了乳腺科。

David从没见过这样不把自己身体当回事的人，他无可奈何地看着郑美玲冲出去的背影，轻轻地叹了口气。

而此时的国内，已经是深夜两点了，郑楚仍坐在电脑桌前，忙于查阅各种地贫资料，桌子上乱七八糟地放着一沓纸张，一旁的电话多次响起，他接了挂，挂了接。郑楚忙碌的身影，似乎与这个上海的黑夜有些格格不入。

屋内响起他小声打电话的声音，一个又一个。

"好的，谢谢哥们儿了，下次再联系啊！"

"喂，对……只是轻度地中海贫血，你的意思也是要爸爸来验血吗？"

"什么啊，是我一个很重要的朋友啦。"

第二天一早，郑楚就跑到了苏芒家门口敲门。苏芒正准备出门，看起来刚要上班，见他在这，便问道："你找我有事？"

郑楚说："哦，没事……不，有事。苏芒，一起上班去吧。"

苏芒奇怪地看着他："你不是有自行车吗？"

"我车坏了。"郑楚随口说。

"坏了？"

郑楚点点头："对，我也奇怪了，它怎么坏得就这么不是时候……"

苏芒翻了个白眼："两分钟。"

郑楚一愣："什么？"

"难道你要穿成这样去公司？给你两分钟换衣服，快点。"苏芒一脸嫌弃地上下打量着他说道。

苏芒驾车载着郑楚，郑楚小心看着她脸色。二人沉默良久，郑楚才开口说道："孩子的事儿你先别担心，唐明都说了，那只是个几率问题。这些是我昨天查到的资料，我还咨询了很多在国外学医的朋友，他们的意见都是不要太悲观。你现在最重要的是照顾好自己的身体，你垮了宝宝怎么办？"

苏芒瞟了他一眼，笑道："这些都是你昨晚查的？谢谢你。其实我已经有应对方案了。昨天我太不冷静了，如果自己都没有信心，还有什么资格保护宝宝？我先去公司处理一下工作，然后再去医院，重新做地贫检查。"

进了公司，苏芒就听见计调部的员工在小声议论着市场部有员工被费奕辞退的事。苏芒回到办公室，准备将手头上的工作都好好处理一下，忙着忙着，就到了中午。

抬头看了下时间，苏芒捏了捏脖子，准备去医院。进了电梯，电梯门刚要关上，费奕匆忙挤了进来。

站稳之后，费奕瞟了苏芒一眼，问道："出去？"

苏芒点点头："嗯，去医院做个检查。"

费奕调侃道："哟，这次没人跟着护驾啊？"

苏芒翻了个白眼，笑道："费总，我本来还要感谢你的，可你这张嘴实在太讨厌了。"

"我做了什么值得你感谢的事吗？"费奕问。

苏芒答道："因为有人说我们闲话，你是不是辞退了几个员工？"

费奕听完，嗤笑一声，说："放心，一不是为你，二不是为你们计调部。我的团队只要还在喘气，那就必须干活。"

"有你这种上司，我真替他们感到悲哀。"苏芒冷笑着摇了摇头。

说话间，电梯门打开了，费奕看到郑楚就等在电梯外面，话里有话地对苏芒笑："跟班还是来了。"

出了电梯间，苏芒看着郑楚问："你跟来干什么？"

"陪你去医院啊！"他一副理所当然的样子。

苏芒说："今天不用你陪。"

郑楚却又义不容辞地站在苏芒旁边说道："工作都安排好了，苏总请放心。再说还有'保姆工作条例'第三条啊，无论雇主做什么，保姆都要无条件跟随。您刚颁布的，已经生效两天了。"

苏芒看了郑楚一眼，没再说什么，走到自己车前，上了车，郑楚随即跟了上去。

次日，苏芒还在计调部忙工作，手机突然响了起来。她将文件推到一边，抓起手机看了一眼，是晓秋打来的，她连忙接起电话："喂，晓秋，什么？你在我们公司楼下？好，我马上下去。"

苏芒放下手机，从计调部跑到楼下，见晓秋在不远处等着自己，连忙迎上前，拉着严晓秋的手问道："晓秋，你怎么来啦？要不要去我办公室坐坐？"

严晓秋笑了笑："不用了，我就是来看看你。你……复查出结果了吗？"

苏芒一愣，挎着严晓秋的胳膊一边走一边说："你也知道我地中海贫血的事了？唉，唐明告诉你的吧？走吧，那边说。"

两人来到公司附近不远处的一个露天咖啡厅，坐下之后，严晓秋才说："苏芒，你之前没做过孕前检查吗？唐明说，这应该是必查的项目。"

苏芒皱眉说："我做了，可当时没有任何问题。"

"那现在怎么会……"晓秋疑惑道。

"但愿是误诊吧。你是不知道，每次产检我都像是在闯关。先是害怕宫外孕，后来又担心没有胎心，再后来又担心孩子生长缓慢，现在呢，又面临着地贫问题。即使地贫难关过了，以后还会有唐筛、糖耐、B超的大排畸检查……总之，这其中要过的关卡，多得简直难以想象。"苏芒很是无奈地说。

看着此时苏芒这张惆怅又显得无助的脸，晓秋心里也很不是滋味，安慰道："苏芒，你现在是个母亲，这些都是你的责任。你平时总是不服输，难道因为这点事情就要放弃一个生命吗？"

苏芒摇了摇头："我不是要放弃，我就是心里难受。谢谢你啊，晓秋，这些话憋在我心里很久了，现在能和你说一说，我舒服了很多。"

"傻瓜，你既然当我是闺蜜，闺蜜就是要在关键的时候当你的垃圾桶啊！"晓秋笑眯眯地说。

两人正说着，苏芒的手机又响起来了，她拿起手机一看，是医院来的短信，不禁脸色微变。

"有事儿吗？"严晓秋问。

苏芒将手机递过去，给严晓秋看短信，只见屏幕上显示着几行字："您的地中海贫血验血结果已出，请于五日之内，凭有效身份证件至血液科12号窗口提取报告。"

苏芒苦笑道："终于来了，这几天一直盼着结果，可现在居然有些害怕。"

严晓秋抓着苏芒的手说："别害怕，我陪你一起去。"

"好。"苏芒这才点了点头。

医院内，苏芒神情紧张地坐在医生对面，严晓秋站在旁边，手搭在苏芒肩膀上，轻轻地安抚着。

苏芒一脸难以置信地问道："医生，你确定没事了？我一切正常，什么事都没有？"

医生说："从数据来看，完全正常。"

"可我上次怎么验出地贫了呢？医生还说这虽然是轻度，但很有可能影响到孩子，害我担心了好久。"苏芒长舒了一口气，心头大石终于落下，又略带抱怨。

"再精准的仪器也有一定的误诊率。上次肯定是误诊了，你可以放心。"医生言之凿凿。

苏芒点点头："好……那谢谢医生了。"

两人一出门，就见郑楚也来了，苏芒有些讶异地问："你怎么来了？"

郑楚快步走过来说道："去办公室找你你不在，我又问了唐明，他说今天可能会出结果，我就猜你在医院。对了，医生怎么说？"

苏芒故作淡定地回答："没事，说上次是误诊。"

郑楚一听，立刻激动地说："我就说嘛，果然是虚惊一场！不过苏芒你也真是'幸运'，医院误诊率是很低的，这事居然让你给碰上了。"

"不行，所以，为了宝宝，我要做个全身的系统检查。郑楚，你留下来陪我。晓秋你已经陪我这么久了，先回去工作吧，有事儿随时联系。"苏芒说道。

严晓秋见苏芒的情绪有了好转，对郑楚说道："好，那苏芒就交给你了。"

于是，郑楚便又陪着苏芒穿梭于医院内的各种科室，进行各项检查，他就像个跟班一样，跟在苏芒身边跑前跑后。

刚拿着检验报告出来，苏芒突然接到公司的电话，只见她边接电话眉头边皱了起来："喂……什么？好的，我马上回去。"

放下电话，郑楚凑上来问道："怎么了？"

苏芒表情严峻地说："罗总突然要开会。"

两人急忙赶回公司。走到会议室门外，Ella跟在二人身后，苏芒问道："罗总到会议室了？"

Ella点点头，尴尬地笑道："是的，苏总。不过您最好当心点儿，罗总脸色很差。"

苏芒看着转身要走的郑楚，说："我明白了。哎，走什么？你也来开会。"

郑楚摇了摇手里的文件夹，说："我也去？苏总，这可是个高层会议。我只是过来给你们送项目资料的，送完就走。"

苏芒轻笑："让你来你就来。如果没猜错，我们都是搭班子唱戏的，你才是主角呢。"

"我……"

不等郑楚说话，苏芒已经推开了会议室的门。

他俩同时走进了会议室，在场的人不由自主地将目光都放到了二人身上。罗总坐在巨大的会议桌中间，费奕等人则是分别坐在两侧，显得气氛异常严肃。

苏芒在费奕身边坐下，对罗总招呼："罗总好。"随后又指着自己的旁边，对郑楚说："你坐这。"

费奕看着郑楚问："我们开会，你怎么把他给带来了？"

苏芒笑："今天的会，难道和他没关系吗？"

罗总开口道："来了也好。小郑，听说艾美的郑总是你姑姑？"

郑楚点点头："对。"

"艾美是国际知名的大公司，我们也很珍惜和艾美的合作机会，但这次的项目合作前提，是你必须成为项目负责人，你姑姑这么做是不是有点越矩了？"罗总说。

郑楚一愣："罗总，我姑姑她……"

不等郑楚说完，苏芒则接过话茬说："罗总，我和您的看法略有不同。中国是人情社会，如果郑楚这个侄子不在我们公司，当姑姑的未必能这么爽快就把项目给我们。"

费奕在一边冷笑："一句人情社会就能改变我们MG的规章制度？合作可以，但他们却执意指派我方总负责人，苏总，你不觉得艾美的手伸得太长了吗？"

郑楚有点着急，插嘴道："费总，我姑姑的意思是……"

"郑楚！费总，手伸长有什么关系，郑楚完全有能力担起这个工作。"苏芒一口咬定。

费奕则不服气地说："苏总，你这太护短了吧？他要是真这么优秀，那你们计调部的晋升名单上，怎么从来没有他？"

苏芒笑道："费总也说了，这是我们计调部的事，所以和费总的市场部有什么关系？郑总毕竟是看在计调部员工的面子上，才给我们合作机会的。我认为，在这个时候质疑郑楚的能力，不太妥当。"

罗总在一边一直没说话，见两个人火药味越来越大，不得不拍桌制止道："行了行了，大家都在正常探讨工作，没必要搞得这么剑拔弩张。"

郑楚则是一脸尴尬。

没多久，苏芒和费奕又同时站起来，互不相让地瞪着对方。费奕说道："罗总，对不起，我无话可说。要是让郑楚来做总负责人，那就由他们计调部独立完成整个案子吧。"

苏芒也说："罗总，如果这个案子在郑楚牵头的情况下没达到预期效果，不用您惩罚郑楚，我苏芒马上引咎辞职，怎么样？反过来，如果我们把这个项目做成了，费总是不是也该有点表示？"

"你……"郑楚在下面简直不知道要说什么。

费奕不甘示弱："好，要是能完成得不错，我当全公司人的面向他道歉。"

苏芒笑了笑，回头对罗总说："罗总，'不拘一格降人才'，您就给郑楚一次机会吧。您要是觉得刚才的方案可行，请尽快让人事部下达任命通知，我会立即给艾美郑总发过去。一旦确定郑楚是负责人，我相信合作会迅速展开。"

罗总看向费奕，费奕无奈地点点头，罗总说："好，我让他们发通知。"

"罗总，我……"郑楚一副想说什么的样子，却被苏芒在桌子下面猛地踩了一脚，他忍着痛，连忙改口，"我会好好做的！"

苏芒回到办公室，郑楚也跟了进来，问："中午有没有时间？"

"干吗？"苏芒问。

郑楚笑眯眯地说："逛街啊，我发现一个特别适合你的地方。"

苏芒怀疑地盯着他，满脸疑惑地说："无事献殷勤，非奸即盗！"

于是，郑楚带着苏芒来到一处专业的母婴商店。苏芒满眼好奇地看向周围店铺，回头问道："你说的逛街就是逛这儿？你怎么知道这个地方的？"

郑楚说："上次约客户出来见面，无意中发现这个地方啦，当时就觉得很适合你，你肯定会喜欢。这里有张VIP钻石卡，我提前办好的，用的是你名字，密码也是你生日。据说，用这张卡购物可以累计积分换取折扣的。"

苏芒接过卡，看着郑楚道："可以嘛。"

"什么可以？"郑楚问。

苏芒说："我忽然觉得，你以后也许会是很好的父亲。"

"不是也许，是一定！"郑楚坚定地说。

苏芒不屑地翻了个白眼："别夸你两句你就骄傲了。想做一名好父亲，前提是你要成为父亲。连孩子都没有的人在这儿大谈育儿之道，这只是纸上谈兵。"

"那不如先尝试做你孩子的父亲，怎么样？"郑楚半开玩笑地对着苏芒说。

30

第三十章

晌午，严晓秋正在家中下厨，门铃忽然响了，她跑过去开门，见唐明正提着装着药品的袋子站在门外。

晓秋惊喜地看着唐明问道："是你？"

唐明笑了笑，从门外走进了屋内，将药袋子放到一边，使劲儿地嗅了嗅："你在做饭吗？这么香。"

"是啊，刚炒菜，你就来了，给钱。"严晓秋说着，擦了擦手，做出问他要钱的样子。

唐明一愣："什么钱？"

严晓秋说："无事不登三宝殿。说吧，今天又是谁和谁闹起来了？我决定以后不提供无偿服务了，要收你调解费。"

唐明听完，忍俊不禁道："你以为我身边都是战争贩子呐，怎么可能天天吵架？叔叔的药应该快吃完了吧？"

这时，严父从房间里走了出来，问道："谁啊？"

192

Across the
ocean to see you

晓秋说："爸，是唐医生。"

"唐医生？你可是稀客。快坐下快坐下。"严父见到唐明，赶忙热情地拉着他坐到一边。

唐明告诉严父，自己是来送药的。严父一高兴，愣是要留唐明吃饭，唐明也没拒绝，便留了下来。三人围坐在一张桌子旁吃饭，有说有笑，显得其乐融融。

吃过饭后，严晓秋整理好厨房，回到客厅，却没看见唐明。严晓秋问坐在一边的严父："爸，唐医生呢？回去了吗？"

严父说："在你房间呢。"

"我房间？"严晓秋惊讶道。

严晓秋进了卧室，见唐明正坐在她的工作台前，翻看她的设计图。

严晓秋凑上前问道："唐大医生，你这叫不请自来吗？随随便便就进女生闺房。"

唐明回过头来，看了看晓秋，指着旁边的设计图说："叔叔刚说你为了参加设计比赛，每天都很晚才睡，这些都是你画的？"

严晓秋点了点头："是啊，这周四呢，就要交出设计图。通过初审之后，再过一个星期，就要开始选材料制作。时间特别紧，我却偏偏没什么灵感。"

唐明随手拿了一张设计图，对晓秋说道："这个不行吗？我看你起名叫'禁忌之爱'，这个设计像是苹果，正好象征着禁果，意境很美啊！"

"如果我不说它叫'禁忌之爱'，你会看出意思来吗？只是个普通的苹果罢了。"严晓秋笑了笑，有些烦躁。

唐明说："你对自己要求太高了。"

严晓秋苦笑道："也许我真的不适合做这一行。设计的东西越来越没有灵性，别说比赛了，自己看着都烦。"

"怎么能轻易说不适合？如果经历过手术失败的医生都质疑自己，那医院就不会再有医生了。"唐明安慰着晓秋。

"可我……"严晓秋似乎还要说什么。

只是还不等她说完，唐明就突然拉她起来，晓秋奇怪地问道："你要干什么啊？"

唐明一边拉着她往外走，一边笑道："为了感谢你的招待，我带你去找灵感。"

下午，苏芒回到公司，费奕拿着U盘直接进了苏芒的办公室。

苏芒抬头看他，说道："费总，上次还是你教育我，进别人办公室要先敲门。怎么？在会议室没吵够，又跑到我这来继续了？"

费奕将U盘扔在苏芒的办公桌上，说道："我没那么无聊。"

"这是什么？"苏芒不解地问。

费奕说："证据。苏总，你不会天真地以为，那些流言蜚语只是同事间无聊的闲话吧？我查过了，你们部门有内贼，是那个叫Ella的搜集了你在英国的家事，故意在公司传播。你现在可以清理门户了。"

苏芒还没反应过来，费奕便转身要走，走到门口却又回头说道："对了，这里面还有她和前总监赫赫联合做假账的证据，继续往后查，说不定还能钓出一条大鱼。"

"你特地去查的？你是不是利用Ella的身份，截取了她和赫赫的聊天资料？"苏芒满是疑惑地看着费奕问。

费奕并没有直接回答苏芒，而是说道："你知道是她捣鬼，还把她留在身边？"

"我有我对待员工的方法。"苏芒冷眼说道。

费奕停顿了一下，笑了笑，说："我看你就是太自信了。算了，就当是我多管闲事。"

见费奕转身要走，苏芒又开口叫住他："费总！"

费奕停住了脚步，苏芒从椅子上起身，走到费奕面前说道："谢谢你。不过'艾美之旅'这个案子，还希望我们两个部门再次愉快合作。"

苏芒伸出手去，一脸的真诚，可费奕并未伸手，只是冷笑道："我会尽量配合，但合作愉快的可能性，不大。"

费奕说完，快步离开了她的办公室。苏芒看着他离开的背影，浅浅地笑了一下。

此时，Ella正躲在洗手间内，偷偷地给赫赫打电话。

电话终于接通了，那边却响起一个陌生女人的声音："你是谁啊？"

Ella一愣，小声道："我要找赫赫说话。你告诉他，他敢不接，我就去死。"

"亲爱的，快来接电话，有个女人说你不接电话她就去死呢。"那边响起陌生女人提高一个音调的呼喊声。

赫赫接过电话，不耐烦地吼道："真他妈烦！我已经和你说过很多次了，Ella，我们分手了。"

Ella仍旧不死心地说："可你答应我的，要带我去英国！"

那边的赫赫嗤声道："你就当那是放屁吧。"

"赫赫！你不能这么无情！你再这样，信不信我把你让我做的那些事都捅出去？你让我做假账，让我买通客户拿回扣，你还想尽办法陷害苏芒……"Ella半掩着口，低声喊道。

赫赫冷笑："你有证据就去说啊！还有，那个市场部总监费奕不错。你有工夫和我磨叽，倒不如想想怎么爬上他的床……"

"你……"话未说完，那边的电话就已经被挂断了，Ella捧着手机，蹲在地上泣不成声。

挂断电话没多久，便是苏芒打来的电话，Ella心头一颤，此时的电话铃声就好像是一道催命符一样，她完全不知道自己该不该接这个电话，或者说，她有些不敢。

只不过电话一直在响，等会儿也是要回过去的，Ella一咬牙，将电话接了起来，好在不是别的，是苏芒叫自己等下去开会而已。

从洗手间出来，Ella调整了一下情绪，使劲儿地洗了一把脸，走去了会议室。

计调部的会议室内，正在开"艾美之旅"前期准备会议，幻灯片上显示着关于艾美集团的资料。一旁的小黑板上写着"艾美之旅"四个字，郑楚在不停地写写画画。计调部众员工认真倾听做笔记，唯独Ella看起来一副精神恍惚的样子，根本不在状态。

"大家都看明白了么？"郑楚问。

众人齐声说道："明白了！"

郑楚点点头："时间紧迫，大家加油！"

众人离开后，苏芒走到郑楚面前说："项目分工不错，思维很缜密嘛。"

郑楚笑道："多谢夸奖！"

"夸你两句还得瑟上了，别得意忘形啊！不过我还在想怎么激励她们呢，要不等这次项目结束，把你的年终奖分给大家？"苏芒调侃完郑楚，轻笑着走出了会议室，郑楚也跟了出去。

郑楚将U盘递给苏芒，说道："这是关于艾美集团的资料汇总以及对他们以往销售模块的分析，包括他们曾经做过的一次公益活动策划案，我已经看过了，你先研究一下。明天开会要用，你看完记得让

Ella拿给我。"

苏芒抬头看他："行啊，郑总，领导架子端得不错啊，不但使唤我，还使唤我的助理。"

郑楚嘿嘿一笑："不敢不敢，我这是谦虚求教。"

"我知道了，郑总！"苏芒故意说道。

郑楚一脸尴尬地说："你还是叫我郑楚吧。郑总？怎么听怎么酸！"

郑楚离开后，苏芒打开U盘查看资料。没多久，她将U盘扔在桌子上，起身离开了，却未发现，此时的办公桌上躺着两个一模一样的U盘……

另一边，唐明带着严晓秋来到了击剑馆。严晓秋有些惊讶地问道："击剑馆？"

唐明点点头："对啊，运动让人产生能量，比那苦思冥想要好很多。其实我最爱的还是拳击，但拳击对于你这样的女孩子，实在是太野蛮了。"

"原来你还会击剑啊！"严晓秋对唐明不禁又多了一分好奇。

唐明带着她来到内馆，笑道："我会的多着呢。今天我们就比试一场，放心，念你初学，我可以无条件让你N局。"

严晓秋也笑："好啊！"说完，她冲唐明狡黠地一笑。

不多久，二人都换好衣服，开始比试。唐明起初尚可，后来渐渐抵挡不住红色衣服的"神秘剑客"的攻击，接连中招。剑术馆里，两人打得激烈。

再次交手，还是红方获胜。比赛精彩，引得其他剑客纷纷驻足观看。唐明忍不住暂停，取下面罩说道："不打了不打了，我认输。"

神秘剑客摘下面罩，长发飘逸，严晓秋笑问："真的认输了吗，唐大医生？"

　　唐明难以置信地看着晓秋，惊叹道："你居然会击剑？不不不，是你剑法怎么这么好？坏了坏了，本来是想显摆一下自己的，现在倒成班门弄斧了。"

　　晓秋笑眯眯地说："我在大学期间曾经有个外号，叫'杂家'，什么都会一点，什么都不精通。"

　　唐明走过去，认真地看着晓秋："晓秋，你真是越来越让我惊喜了。你还有什么是我不知道的？"

　　"我这个人……我好像真的有灵感了！不行，我要赶紧回家画图。"严晓秋说着，急急忙忙地换衣服，抓着包就要离开。

　　唐明赶紧追在她身后喊："别急啊，我送你！"

31 第三十一章

送晓秋回到家的时候，天色已经晚了，唐明将她送到楼下，说道："晓秋，你上楼吧，早点休息。"

晓秋点了点头，笑说："你也早点回去吧。"

目送着严晓秋进了楼门，唐明才露出一个笑脸，转身掏出手机给郑楚打电话说："哥们儿有空出来玩一下吗？对，今天我心情好……好的，老地方见。"

两人约在经常去的露天酒吧，唐明早早就到了，桌子上摆了几瓶酒，等着郑楚。没过一会儿，见郑楚小跑着过来，唐明问道："怎么这么晚才来？"

郑楚一边喘气，一边落座，说道："拜托，你看看几点了？在这个时间，你能随叫随到的也就是我了。这是交桃花运了？"

唐明皱眉笑："也差不多，总之心情不错。看你心情也很好啊？"

"我当然很好。对了，今天苏芒的复查结果出来了，是你们医院误诊，其实没有问题。"郑楚的笑脸也是显而易见。

唐明盯着他看了几眼，凑过去问："人有失足，马有失蹄嘛，这检测仪器也有出问题的时候。不过她复查通过了，你干吗那么高兴？郑楚，你不会是要来真的吧？"

郑楚喝了一口酒，说："我就是来了，又能怎么样？"

唐明一愣，继续说："别怪我没提醒你，苏芒人是不错，但她可是离过婚，还带着孩子。还有……苏芒的孩子不是你的。我再问你一次，你真的不在乎这个？"

郑楚听完，一脸无所谓地笑道："唐明，捐精的事情是你帮我安排的，我想过很多次了，也许在某个地方，真的有一个和我有血缘关系的小生命存在。这样说的话，我也有个孩子呢，又有什么资格要求苏芒？我很确定，我不会在乎她肚子里的孩子是谁的。说来奇怪，最近我有了家的感觉，苏芒每次做孕检，我比她还紧张。"

"既然你这样确定，我就没话说了。其实我也不知道我是该高兴还是……最好的哥们儿有了心上人了吧，按道理我该高兴，但是，想到我家那个小祖宗……估计她该伤心死了。"唐明无奈地摇了摇头。

郑楚释然，说："感情的事勉强不来的。何况，我觉得果果也不是像她想象中的那么喜欢我，她对我……更多的是对哥哥那样的信赖吧。"

唐明点了点头，拿起酒杯笑道："不管怎么说，祝福你。"

"多谢。"

夜色下，二人的酒杯在嘈杂的人声中发出一声清脆的碰撞声，隐喻出二人此时的心情。

次日，市场部与计调部正在开"艾美之旅"项目的第一次会议，郑楚在前面做着介绍，费奕等人坐在下面认真倾听。

郑楚说："费总，苏总，这就是艾美对外宣传方面的大体情况。我们认为，如果想做出一个成功的方案，还需要对他们以往的销售模块进行分析。Ella，资料呢？"

Ella神色恍惚，完全不在状态，郑楚喊了好几声，她才回过神来。她心不在焉地回到苏芒办公室，顺手拿了一个U盘回到会议室，递给了郑楚。

郑楚一边插好U盘，一边介绍说："大家马上就可以看到我们整合的数据报告，我们……"

话未说完，只见幻灯片播放，画面竟是Ella与前总监赫赫的聊天记录，两人做假账的罪证也随之曝光。

全场顿时一片哗然，郑楚更是完全呆滞在原处。

"Ella！"郑楚恼怒地说。

小顾也在一边愤然说道："Ella，你平时使小坏也就算了，居然还跟赫赫做了这种事。"

费奕见此，起身说："我想是你们计调部还没准备好，我们市场部先撤了。本来我不想说的，不过计调部包容性这么强吗？就这样的员工，还能留下来继续工作？"

费奕说完，带着市场部的员工离开了会议室。

苏芒也是一脸惊讶，没想到Ella居然拿错了U盘。苏芒脸色难看地对一边等着宣判"死刑"的Ella说道："Ella，待会儿去财务部领工资。我会让人事给你出个推荐信，以后找工作也不算太难。"

Ella顿时浑身一颤，带着哭腔哀求道："苏总，我不能走！求您别让我走。"

苏芒皱眉说："Ella，你以前小错不断也就罢了，我可以容忍，你年龄小，还有发展空间。这件事我本来想着自己知道就行了，谁让你自作孽，拿错了U盘，现在大家都知道了，我也只能按着公司规矩来。"

气氛似乎瞬间降到了冰点，会议室内一片死寂，无人开口。片刻之后，Ella却盯着苏芒的眼睛说："苏总，您不能辞退我！我……我怀孕了。"

"什么？"苏芒一惊。

"我怀孕了，国家法律规定，公司不能辞退怀孕员工。"Ella把心一横，对苏芒说道。

苏芒什么都没再说，只是盯着Ella的眼睛和她对视。没多久，Ella还是低下了头。

回到办公室，苏芒叫Ella过来一趟。很快，Ella敲门进来，苏芒指着桌上的一个箱子说道："Ella，这里面呢，全都是孕初期需要用的东西。看看你缺什么，赶紧拿过去。"

Ella推托着说："苏总，这……这就不用了吧。"

苏芒坐回椅子上，抬头问："对了，你怀孕多久了？"

Ella想了想："啊？大概是……20多天吧……"

苏芒笑了一下，继续问："上次例假是什么时候，不会连这个都不记得了吧？"

Ella支支吾吾地说："11月……11月6号。"

苏芒扫了一眼办公桌上的电脑，上面显示的日期是12月26日，不由得笑了一下："嗯，20多天正是危险期。你做过B超了吗？胎心应该有了吧？宫内还是宫外孕确定没有？"

"谢谢苏总关心。忙完这阵子我就去看，没什么事我先出去了。"Ella迷茫地回答着，其实她又何尝不知道这是苏芒对自己的一个试探，只不过事到如今，她就是咬着牙，也要将这个慌撒下去。可她怕继续在苏芒面前撒谎，自己的马脚会越露越多。

"哎，等等！"苏芒忽然叫住了她。

Ella问："苏总，还有什么事么？"

苏芒起身，一边拿起包一边拉着Ella说："我刚刚已经约好医生了，他让我们现在就去医院。愣着干吗，走啊！"

Ella下意识地挣扎，苏芒看着她欲哭无泪的脸，放开了她，盯着她一脸严肃地说："Ella，到这份儿上了，你还想再瞒我？"

"对不起苏总，是我不对，我骗了你。我根本就没怀孕。我……我太怕被公司辞退了。苏总，我……"Ella想哭，却强忍着泪水，无奈之下，才不得不对苏芒说了实情，却又不知道对于自己的这些事，该如何开口。

苏芒看着她欲言又止的样子，片刻之后，深吸了一口气，说："附近有个奶茶店，我们去那说吧。"

公司附近的奶茶店内，苏芒和Ella坐在二楼的包间里，Ella泪眼朦胧地对苏芒陈述着事情的经过。

苏芒听完之后，皱眉问道："你的意思是，赫赫把你抛弃了？"

Ella哽咽着说："更确切地说，是用完才把我抛弃的。这么多年，我帮他干了多少事，好的，坏的，几乎全是经我的手。可他呢？到了英国之后就对我不管不问，连电话都不接。你知道吗，他本来还说要带我去英国结婚的……"

"他有老婆，你不知道？"苏芒问。

"什么？"Ella难以置信地看着苏芒。

苏芒说："他老婆就在英国，据说已经结婚八年了。"

Ella瞪圆了眼睛，连连摇头："他没告诉过我！"

苏芒则是叹了口气，无奈地摇了摇头。

"苏总，是我对不起你。赫赫一直认为是你把他挤走的，就在外面调查了很多你的事，让我在公司里到处传。他还要我跟踪你，公司论坛上的那些偷拍视频和照片，都是他要我拍的……他还设了个局，让我栽赃你在公司有财务问题。苏总，但我最后没做！他太坏了，我实在是下不了手……"Ella说着说着，眼泪又开始噼里啪啦地往下掉。

苏芒递过一张纸巾，说："很多事，我大概也能猜到。"

"你都知道？那为什么还让我做你助理？"Ella满脸疑惑地问道。

苏芒解释道："我没大家想的那么大方，就是觉得，你也没犯什么大错误，你工作还做得不错，所以留下你是想给你个机会。"

"对不起，我真的知道错了。我现在只希望，如果能找到新工作，还能遇到像你这样的好上司。"Ella的泪水在眼圈打转儿，说着便起身要走。

"你去哪？"苏芒问。

"我没脸在MG待下去了，这顿甜品我请客，就当是感谢你一直以来对我的照顾。你多保重，我走了。"Ella低头说。

苏芒嗤笑一声，像是完全没听到她刚刚的话一样，自顾自地说道："明天十点，你跟我去开个会，具体内容我一会儿发到你邮箱，提前准备一下。对了，这次要认真仔细，别再出任何差错。"

"什么？"Ella有点怀疑自己的耳朵听错了。

"你可以继续留在公司。当然，还是待在我身边。"苏芒说。

Ella破涕为笑，惊喜地再三询问："我真的还能留下？"

苏芒微笑着点点头："不过为了给大家一个交代，你写一份5000字的深刻检讨，扣除季度奖金。今天这样的错误，全公司通报是免不了的。至于赫赫那事，就当买个教训，以后要学会分辨男人的好坏。吃一次亏是福，吃两次亏就是傻了。"

Ella用力地点点头，满眼感激地看着苏芒说："谢谢苏总，谢谢苏总！"

医院内，唐明正在看着病历，忽然收到严晓秋的微信。

严晓秋发来了一张首饰设计图，是情侣项链，一个是长剑，另一个则是盾，采用中国传统云纹图案，浪漫与大气兼备。下面写道："托你的福，终于设计出我想要的东西了。给我灵感的大恩人，给它起个名字吧？"

唐明看了看图片，回复："你又整晚没睡？"

"让你起名字呢。"严晓秋说。

唐明捏着手机，盯着图片，思索了好一阵子，才回道："不如就叫'一剑穿心'？"

"感觉还不错，我再想想。"

唐明笑了笑，刚要收起手机，就接到了唐母的电话："儿子，上次那副玉石麻将是你哪个朋友送的？你答应妈，今天必须带她来家里做客。妈告诉你，自从用了那副麻将，妈局局都赢，运气好得不得了。"

唐明听唐母这样说，无奈道："妈，赢是好事儿啊，那是你技术好，和麻将有什么关系？"

"你懂什么？肯定是那副麻将让我手气好，要不然我以前怎么不赢？说定了，今天妈在家等你们！"唐母言之凿凿地说道，口气丝毫不容商量。

挂断电话，唐明叹了口气，无奈地将电话又打给了陈姗姗："姗姗，晚上有时间吗？"

晚上下班，唐明依约带着陈姗姗回了家。一进门，唐明就给唐母介绍着："妈，这是陈姗姗，就是她送给你麻将的。姗姗，这是我妈。"

陈姗姗礼貌地笑道："阿姨好。"

"陈姗姗？"唐母惊讶地抬头，低声说道。

陈姗姗问："是啊，阿姨，您知道我？"

"我知……哦，不是，我是听唐明说过你。唐明跟我去二楼，帮我选件礼物，我要送给姗姗。"唐母有些别扭地看了眼陈姗姗，尴尬地对唐明笑道。

一进卧室，唐母就关上卧室门，将唐明拉到身边，压低了声音问："儿子，她就是陈姗姗？"

唐明点头："是啊！"

唐母坐在一边，有些纳闷地说："你爸为什么讨厌她呢？我看这女孩挺好的啊，待人接物很讲礼数。你爸为什么不同意你俩交往？"

"妈，我和姗姗没有在交往。"唐明无奈道。

"可你爸明明说……"

"那是他误会了。我和姗姗真的只是普通朋友。我什么时候骗过您？好啦，我们下去吧，她还在楼下呢。"唐明一边打断唐母的话，一边催促道。

唐母被唐明推着走到门口，却又忽然折回去说："对了，还没拿东西呢。"

唐明和唐母下了楼，三人聊了一会儿，唐母带着陈姗姗来到餐厅吃饭，三人边吃边聊，气氛倒也不错。

饭刚吃完的时候，唐明接到一个电话，只听他说："好的，我查一下。"

"妈，我处理一下工作。姗姗……你们先聊。"放下电话，唐明看了眼唐母，对陈姗姗说道。

唐母收回目光，对陈姗姗笑了笑："你啊，成天瞎忙……姗姗，过来，阿姨送你个小礼物。"

唐母说着，将刚刚在屋内拿出来的绿色盒子递给了陈姗姗。陈姗姗打开盒子，见里面是一对金耳钉，连忙推辞道："阿姨，这太贵重了……我不能要。"

唐母忙笑："能要能要，你还帮我赢了不少钱呢！"

陈姗姗委婉地收下礼物，随后似是不经意地询问："谢谢阿姨……阿姨，您刚才问我是不是陈姗姗，是不是唐叔叔向您说起什么来了？他……好像不太喜欢我。"

见陈姗姗带着委屈，唐母才说："你们之间是不是有点误会？其实事情说开了就好，你唐叔叔也是脾气急。倒是我，一看你就是个乖孩子。姗姗啊，你和我家唐明是不是在交往了？"

陈姗姗一愣，随后则是一脸羞涩地回答："其实我们就是朋友……"

"现在不是没关系，看得出来你在我家唐明心里是不一样的。这么多年，他从没往家里带过女孩子……不不不，还真带回来一个。"唐母像是忽然想起了什么。

陈姗姗皱了下眉，询问："谁啊？"

唐母边思索边说："那个叫什么晓秋的。我记错了，那是果果带来的，不算是唐明带来的。"

陈姗姗一听这个熟悉的名字，立刻就猜到了那人是谁，心中一堵，脸色微变："晓秋？严晓秋？"

唐母连连点头："对对对。你们认识啊？"

正说着，那边唐明已经穿上外套，走下了楼，笑着问："妈，姗姗，你们聊什么聊得这么热闹？"

唐母笑说："在说你的朋友们，有些人姗姗好像也认识。哎，外套都穿上了，你要走啊？"

"是啊，医院临时有事。姗姗，不好意思，今天不能陪你了，我送你？"唐明看着陈姗姗问。

陈姗姗点头，起身笑道："好。阿姨，谢谢您的款待，我们下次再见咯。"

说完，陈姗姗随着唐明走出了唐家。唐明开车将她送了回去。从车上下来，陈姗姗挥手与唐明告别，直到唐明驾车离开，她才收敛了笑容，面色变得苍白，放在腿边的拳头松了又握，深吸了一口气，暗道："唐明哥应该还不知我和严晓秋的关系，那女人肯定也不会乱说。严晓秋，怎么挡我路的人，偏偏会是你呢？"

翌日，公司计调部内，办公室的进度板上写着"艾美之旅"的具体进度，办公室一派繁忙，不时有同事前来咨询郑楚相关情况，郑楚则是耐心解答，频频点头。

费奕走了过来，将文件递给郑楚说："郑主管果然雷厉风行，我们市场部这次推广预算不是一般的大，就担心你们的路线和规划会浪费我的推广资源。"

"我们管挣钱，你们管花钱，从这层面讲，费总花的每一分钱都有计调部的血汗，羊毛出在羊身上，你说呢？"郑楚笑道。

费奕则是别有深意地牵扯了一下嘴角，说："跟着苏芒久了就是不一样。"

"彼此彼此。"

英国，还靠在病床上的郑美玲叫来了助理询问："'艾美之旅'这事，MG进行得怎么样了？"

Cora说："MG很重视我们的项目，每天都会发进度表来告知工作情况，所有细则基本都是超进度完成。郑总，据策划部总监讲，在我们这么多合作商中，与MG的合作是最愉快的。苏总那边来消息说，为了突出项目的公益性，已经向集团申请用这次'艾美之旅'的所有收入与我们成立关爱基金，捐助无助患者。"

"是苏芒亲自申请的？"郑美玲有点不相信。

Cora却点头说："是的，她已经和小郑总安排重新规划路线，志愿者招募也已经启动，集团的社会影响力大增。"

"明白了。看来她确实很强。你下去吧。"Cora走后，郑美玲又禁不住小声道，"如果没那么好强就好了。"

由日至夜，上海已经完全被笼罩在了夜色之下，苏芒和郑楚还在办公室加班。郑楚不时在题板上奋笔疾书，苏芒边吃东西边与他讨论着。

时钟走走停停，二人终于做完了手头的工作，这才并肩走出公司，一同回了家。车上，两人还在有一搭没一搭地聊着，郑楚的手机响了，苏芒瞟了他一眼，郑楚接起来说："喂，果果。不行，最近没时间出去玩……好好好，我们楼下见。"

电话刚一挂断，苏芒猛踩油门，瞬间提速。郑楚一下撞到靠背上，惊魂未定地问："怎么了？"

苏芒瞥了一眼郑楚，冷声说："你家大明星不是要来吗，当然不能让大明星久等咯。"

郑楚皱眉道："你慢点，不知道自己是孕妇啊？"

回到家，苏芒抱着接吻鱼抱枕站在阳台，看到郑楚和唐果果正在楼下说话。

唐果果拉扯着郑楚，郑楚微笑相对，两人看起来美好而和谐。

苏芒不知道自己站在这失神了多久，直到身后传来一阵敲门声。苏芒见楼下没了人，心知是郑楚，却故意不出声，也不开门。

第二天一大早，催命一般的敲门声又早早地响了起来，苏芒不耐烦地起床，跑过去开门，见郑楚站在门口，手里拿着不少食材。

苏芒一开门，郑楚就二话不说，直接抱着食材钻进了厨房，开始自顾自地忙了起来。苏芒忽然不知道现在要说些什么，只是木讷地跟着他去了厨房。郑楚熟练地做饭，苏芒则倚在厨房门口看着他忙碌，自己在一旁发呆。

郑楚边开火边说："昨晚怎么不开门，我以为你死在屋里了呢。本来想着今天来看看你活着没，既然活着，那正好乖乖地把早饭吃了，你现在是孕妇，早饭一定要……"

不等郑楚唠叨完，苏芒就忽然打断了他的话，问道："问你个问题。你为什么帮我，对我这么好？"

郑楚拿着锅铲的手僵了一下，愣了一会儿神，随后故作轻松地说："我，我对你很好吗？我对弱者一向都很好，何况你是我的Boss，还怀着宝宝，作为男人……"

未等郑楚说完，苏芒就转身回了卧室，猛地关上了门。

郑楚追过去敲了几下门，无奈道："你又犯病了吗，记得吃早餐啊！今天是周末，我去买点东西回来给你加餐！"

郑楚离开后，苏芒才打开卧室门出来。看着桌上盛好的早餐，还有一张纸条——不吃早餐对宝宝不好，记得去上瑜伽课——她的嘴角不由得泛起了笑容，开心地坐下享受着早餐。

33 第三十三章

唐果果最近商演接得逐渐少了，但大概也是因为最近发生的事太多，嗓子有些哑。唐明好不容易抽了空子，将这个小祖宗约了出来。

酒吧内，唐果果和唐明一边喝着咖啡，一边聊天。没多久，唐明掏出了一张卡，递给果果说道："给你。我这刚连夜做了一台大手术，还没合眼就给你送来了。"

唐果果没接，而是询问道："干什么？"

唐明说："爸给你的，他怕你没商演接，日子不好过，再委屈着自己。"

唐果果一听却急了，从位子上站起来说道："哥，你们都把我当成什么人了？都说了，我是在蛰伏。过几天等着看吧，我会玩个大的。"

"闪婚吗？跟郑楚？"唐明调侃着果果，打了两个哈欠。

唐果果用手掐了唐明一下："哥！你怎么老刺激我？快清醒一

下，你这么三步一哈欠的怎么陪我？"

唐明连忙闪躲着，说："快别胡闹！"

唐果果停了一下，目视着远方，眼珠子一转，坏笑道："啊，我知道怎么让你清醒了！"

唐明正疑惑着，就见唐果果冲着自己的身后热情地喊道："晓秋，这边！"

"你把晓秋也叫来了？"看着晓秋远远地走过来，唐明纳闷地问。

果果得意地笑道："当然，别看你现在哈欠连天，再过几秒钟肯定要唠叨我。我这么做，是为了防止你唐僧念经。晓秋，这边坐。"

晓秋走了过来，看见唐明，惊喜地笑道："唐明，你也在啊！"

唐明耸了耸肩，说："是啊，来给她送钱。不过有你在我就放心多了，两个人受折磨总比一个人强。"

"哥！你什么意思啊！"唐果果不满地撅起了嘴，惹得晓秋发笑。

三人随意地聊着，欢声笑语不断，却不知道酒吧的某角落里，陈姗姗正换了个打扮，在暗处看着他们，此时见到唐明三人这般其乐融融的样子，不由得咬牙切齿道："就知道你们有猫腻，还好我一路跟过来……严晓秋，今天我就跟你耗到底了！我倒是要看看，你能和唐明玩出什么花样。"

随后，看着三人离开了酒吧，上了车，陈姗姗压了压帽檐，也立刻紧跟了上去，在路边忙拦下一辆出租车，刚一上车就说道："师傅，等前面那辆车一开，立即跟紧他们。"

唐果果带着唐明和严晓秋出去玩，三人来到了张爱玲的旧居，唐明和严晓秋都对此处有很多感触。正聊得高兴，唐明的手机忽然响了。

不远处，陈姗姗正躲在墙角暗处给唐明打着电话。唐果果看唐明脸色不对，忍不住问道："哥，谁的电话啊？不会是陈妖……妖精吧？"

"怎么说话呢！"唐明皱了下眉，刚要接，却被唐果果夺了过去，说道："不准接。哥，你要百分之百地信任我，那个女人真有急事就不会来找你了。"

"果果你……万一她有什么事呢？"唐明有些急。

严晓秋有些莫名其妙，不等她开口，不远处的陈姗姗就走了过来："唐明哥！"

唐明一时间愣住了，果果和晓秋看向陈姗姗，她在逐渐地靠近。而此时显得更加错愕的，却是严晓秋。

唐明皱了下眉："姗姗，你怎么在这里？"

"我有个同事住附近，我来找她玩儿。"陈姗姗眼睛也不眨一下地说道，顺带向严晓秋伸出了手，"你好，我是陈姗姗。"

晓秋尴尬地说道："你……你好……唐明，你们认识啊？"

不等唐明搭话，陈姗姗就上前挽住了唐明的胳膊，满脸笑意地说："我们当然认识，不仅认识，关系还不错呢！唐明哥，你说是不是？"

唐明面色僵硬地抽出胳膊，无奈点头道："是，晓秋，我和姗姗是朋友。"

严晓秋看向陈姗姗和唐明，脸色发白，表情更是复杂。

不得已，最后还是四个人一起吃了饭。陈姗姗一副有说有笑的样子；果果满脸的郁闷，时不时地对她翻着白眼；严晓秋没出声，只是安静地低头吃饭。

面对陈姗姗的各种话题，唐明有口无心地接着，可却总是时不时看向晓秋。这一切陈姗姗都看在眼里，不禁对晓秋更加多了几分敌意。

唐果果实在忍受不住，找借口支开了唐明和严晓秋之后，对陈姗姗问道："陈姗姗，你到底想怎样？他们俩傻，我可不傻。你是故意跟踪我们来的，对吧？"

陈姗姗一脸无辜地说："我说偶遇，唐明哥就信是偶遇，你觉得他会信谁？"

"陈姗姗，你太过分了！小心我把你和晓秋的事告诉我哥！到时候我哥肯定会觉得你欺骗他，再也不会理你这个大骗子！"唐果果气愤地说。

陈姗姗却满是无所谓地笑了笑："我承认你们家除了唐明，没人喜欢我。我们俩怎么说也是多年同学，你从小性子倔，小姐脾气大，我是深有体会的，但唐果果，你说在你我之间，你哥更信得过谁？"

"你太看得起自己了。"唐果果冷笑。

陈姗姗擦了擦嘴，端起一杯水问："是吗？"

随后，伴随着陈姗姗"啊"的一声尖叫，她的前衣已经湿透了，唐果果还没反应过来，唐明和严晓秋就已经回来了。

唐明见此，一把拉起了唐果果："果果，你怎么又做这种事？"

唐果果连连摇头："哥，我没有！这次我真的没有！"

"你没有？那姗姗会往自己身上泼水吗？幸好不是开水！他们说得对，我和爸妈就是平时太纵容你了，所以你才无法无天，越来越不像话！"唐明恼怒地斥责果果。

唐果果不知道要怎么解释，只是满眼委屈地盯着唐明问道："哥，你宁愿相信她都不愿意相信我是吗？"

唐明一摆手，说："我知道你任性惯了，一时改不过来。你自己好好反省，回头我再找你算账。”

最后，果果拿起包愤然离去，陈姗姗借口回家换衣服，拉走了唐明，晓秋看着陈姗姗和唐明离开的背影，有些失神。

晓秋回到家，却接到了陈姗姗的电话，电话里陈姗姗约她下去谈一谈，晓秋怕她上来闹事，无奈只好下了楼。

“姗姗，唐明不是送你回家了吗？”晓秋走过去问。

陈姗姗回过头，冷脸看她：“严晓秋，没想到你看着冰清玉洁，其实够有心机啊，不声不响的，居然连唐明哥都勾搭上了。”

晓秋一愣，忙解释：“姗姗，我不是你想的那样。我也不知道你会和唐明认识！”

陈姗姗一副咄咄逼人的样子，冷笑道：“那现在你知道咯？我来就是想告诉你，我喜欢唐明，他是我的人。我要是你，就会识相一点，不会告诉唐明我们俩的关系。”

陈姗姗说完，冷哼一声离开，晓秋站在原处许久，不知道现在的自己到底要怎么做。

另一边，计调部内，Ella敲门进了苏芒的办公室，将赫赫之前做坏事的证据都拿给了苏芒。临出门的时候，Ella又转头对苏芒说道：“这次的事让我明白了很多，也看清了很多，人这一辈子看着长，能遇到个好男人其实特别不容易。苏总，郑楚是个好男人，而你的宝宝，其实也需要爸爸。”

Ella的话，不禁让苏芒失神许久。这个时候，费奕来了，这次还意外地给她带了午餐，顺带告诉她自己有两张音乐会的票，想请她一起去。

苏芒当然是一口回绝了，费奕无奈离开。

费奕走后，苏芒刚准备吃饭，却像是想起了什么一样，拿起手机，见朋友圈里郑楚发的他和几个摩梭女孩的合影，心里忽然很不是滋味，拍了张午餐的照片发去朋友圈，顺带配上文字：同事的爱心午餐！

刚一发完，郑楚就打来了视频电话："你吃什么呢？是不是费奕买的？"

苏芒点头道："是啊，费总很细心，还知道把香菜去掉。你要汇报工作吗？"

郑楚翻了个白眼："那你就好好享受吧，别浪费了狒狒的一片美意。我去献爱心了！"

电话被挂断，苏芒看着饭盒，皱了皱眉，想起之前郑楚为自己点菜的场景，发觉最熟悉和了解自己的只有他。

翌日，唐果果正窝在公寓内无所事事，耳边响起了敲门声。她跑过去开门一看，竟是晓秋。

"晓秋，你怎么来了？"唐果果问。

严晓秋笑了笑，说道："这几天太忙，那天分开后我就有点不放心你，毕竟你受了那么大的委屈。果果，你还好吧？"

唐果果一愣，盯着严晓秋问："晓秋，你相信我对吗？你觉得我不会向她泼水的，对吧？"

晓秋点了点头："我这几天一直担心你和你哥因为这件事情闹不愉快，我信你！"

唐果果激动地抱住晓秋，随后拉着她坐下，给她看网上黑粉们对自己的诋毁和谩骂，使劲儿地抱怨了一通。而说起陈姗姗，唐果果气就不打一处来，还说准备将晓秋和陈姗姗的关系告诉唐明，却被晓秋阻止了。

唐果果又是生气又是心疼地看着晓秋说道："你真的是太为她着想了。好，这是你们姐妹俩的事情，我尊重你。可你和我哥呢？你和我哥怎么办？"

　　晓秋则是无奈地笑了笑："我和唐明……应该还会是朋友吧。好了，时间不早了，我也该回家了。果果，不要老看网上那些乱七八糟的评论，大家其实都还是很喜欢你的，真的。"

　　唐果果点点头："我知道啦，你快回去吧。"

晚上，唐明载着郑楚，将车停在郑楚家门口，询问道："你不是过几天才回来吗？什么情况？"

郑楚没回答，而是伸手指着前面说道："一直往前开，去淮海中路。"

唐明边按照郑楚的指示开车，边锲而不舍地追问："不回家啊？大晚上去哪儿啊？"

郑楚说："当然是有重要的事！"

"哈哈，知道了，你是怕后院起火吧？怎么，分开三天就没安全感了？不像你郑楚的作风啊！"唐明笑着调侃道。

郑楚翻了个白眼："开玩笑，我的安全感不是女人给的。如果不是那个做饭的阿姨抱怨苏芒太挑剔不干了，我现在还在泸沽湖风花雪月呢。"

唐明叹了口气："说来说去还不是为了她。我看你是动真的了，我可从来没见你这么担心过一个人。以前和姗姗在一起的时候你也没……"

"往事不要再提，人生已多风雨……"不等唐明说完，郑楚就开了唱腔，打断了他的话。

唐明意味深长地笑了笑，继续开车行驶在上海的夜色中。

下了班，苏芒一出公司门，就见郑楚靠在不远处的树旁，向自己吹着口哨。

苏芒惊喜地过去问道："你什么时候回来的？来查岗？"

郑楚半抱着肩膀，点了点头："你还挺自觉，不错，有进步。说说为什么把阿姨气走？你这几天吃什么过的？"

苏芒边走边乐："我啊，每天都有好心人送吃的，你也太低估我了，别以为你这个保姆不在，我就没法儿活了！"

"是啊，小心吃人家嘴软，特别是别有用心的人。"郑楚跟在苏芒身后说。

苏芒翻了个白眼："你别阴阳怪气的。我告诉你，你姑姑那边已经催我好几次了，这周再不确定路线和活动时间，她就要飞过来亲自处理。郑大主管，限你明天把出差计划给我。"

郑楚停住了脚步，叉着腰盯着苏芒，一副无奈的样子，说："让我说你什么好呢，没有一丢丢女人柔软的性格，你真是没看见泸沽湖那里的……"

苏芒没等郑楚说完，就完全黑了脸："你有完没完！"

郑楚刚要搭话，就见苏芒快步上了车，锁上了门，发动了车子开走，简直是一气呵成。

郑楚慌了，边跑边喊道："等会，喂，苏芒，你停下！"

最后，看出苏芒仍是铁了心将自己丢在这，他才无奈地停下来，喘着粗气抱怨道："疯女人！"

苏芒从车的后视镜看到郑楚一直追在后边，最后放弃蹲在路边，得意地笑着："让你嘚瑟！"

另一边，唐明刚回家不久，郑楚就来了。见唐明出来，郑楚才将车钥匙扔给他。

唐明接过钥匙问道："什么情况？苏芒呢？没接到啊？"

郑楚懊恼地一摆手："别提了，这疯女人。我怀疑她是不是早更了！对了，你那天和我说严晓秋怎么了？"

唐明沉默了一阵子，说道："我、姗姗和晓秋前两天碰到了一起。"

郑楚一听，也停顿了一下才说："她们是姐妹啊，怎么可能不见面？"

唐明却很是不解："问题是我也在场啊，她们好像故意装作不认识，特别客气。我看姗姗还好，晓秋整个人都变得不自然了。郑楚，你能明白我的感受吗？我明明知道她们是姐妹，又不敢说，就怕令她们的关系变得更僵。"

"你打算怎么做？"郑楚问。

唐明白了郑楚一眼："我知道的话还用问你？"

郑楚想了想，皱眉说道："想听我的建议？那我的建议是，遵从她们的想法，顺其自然。既然她们不想让你知道，那你索性配合，就当不知道。一旦戳破，你们三个人都会尴尬。尤其是晓秋，她这样做肯定有自己的理由。"

"嗯……唉……"唐明无奈地叹了口气，点了点头。

郑楚倚在车边，盯着唐明问："都这么久了，你难道看不出姗姗的心思吗？"

唐明说："我承认，我之前是对姗姗有好感，但是最近我发现，我和她真的不合适，我们各方面的想法都是不一致的。当然，我会找时间和她说清楚。"

　　"你是不是越来越感觉，晓秋才是和你志同道合的那个人？"郑楚凑过去问唐明。

　　唐明却沉默许久，没有回答。或许郑楚也知道，此时的唐明，面对这个问题，自己心里早就有了答案，只是他不愿意去面对罢了。

　　"唐明，你敢说自己对晓秋没有一点好感？"郑楚想好好地逼问他一下，让他在感情面前，必须直面自己的内心。

　　唐明却忽然站直了身子，有些不满地说："我说过多少次了，我和她只是好朋友！"

　　郑楚起身，拍了拍唐明的肩膀，说："唐大少爷，你知不知道什么叫做欲盖弥彰？唉，不承认就算了，我走了。你这是剪不断，理还乱，好好想清楚了，别干傻事！"

　　虽然话是这么说，可是送走郑楚之后，唐明却仍旧心神不宁，似乎有什么东西在自己的胸口压着，有些难以呼吸。

　　回到家，唐明躺在床上，拿起床头的一本医学书刚翻了两页，手机就响了起来，抓起来一看，是严晓秋的微信。

　　严晓秋："抽空你要向果果道歉，相信我，泼水的事情确实不是她做的，你错怪她了。"

　　唐明思索了片刻，回复道："你是怎么知道的？"

　　"其实，果果也很不容易，最近事业处于低谷期，你还冤枉她，她会感到挫败的。她不是那个你们哄一下宠一下就可以心满意足的小妹妹，她有她自己的内心世界。唐明，作为她的亲哥哥，你需要走近她，多关心她一点。"严晓秋说。

　　"谢谢你这么关心果果。但是，你发来消息，只是为了说这个吗？"

唐明回复完，紧盯着手机，似乎有些迫切地想要等晓秋的回答，但是，手机屏幕的光已经开始渐渐暗了下去，晓秋一直没有回复。

唐明躺在床上，手里拿着手机，页面一直停留在他给严晓秋发的最后一条消息上，可是晓秋却始终没回他。

唐明不禁想起那天的一幕：

陈姗姗将手伸向晓秋，说道："我有个同事住附近，我来找她玩儿。你好，我是陈姗姗。"

晓秋看着自己，指向陈姗姗："你……你好……唐明，你们认识啊？"

陈姗姗听完，上前挽住自己的胳膊，笑道："我们当然认识，不仅认识，关系还不错呢！唐明哥，你说是不是？"

回想起当日，唐明不禁闭上眼睛，感叹道："晓秋啊晓秋，你一直让我走进果果的内心世界，可你的世界，又有谁能走进去呢？"

苏芒回到家，刚放下拎包准备脱衣服，就接到了蔡玲的电话。苏芒边接电话边换衣服："喂，玲姐……"

随后，苏芒的动作忽然僵住了，满脸惊讶地问道："陈嘉明破产了？你是特地打电话告诉我这个好消息的吗？……什么啊，我们都离婚了，他破产负债和我有什么关系？放心啦，不会影响到我的。"

挂了蔡玲的电话，苏芒神色有些复杂，一屁股坐在沙发上，也忘了要换衣服。若说难过倒是谈不上，毕竟陈嘉明伤害了自己，自己对他早就没有任何感情了，大概只是消息突然，有些吃惊罢了。

正发着呆，手机又响了，苏芒以为还是蔡玲的电话，可接起来才知道是律师："什么？您是律师？不不不，您听我说，我们已经离婚了，所以，陈嘉明是否破产，是否背负债务，和我一点关系都没有。

223

我只是他的前妻，明白吗？"

那边的律师说："苏小姐，债务是在你与陈先生夫妻关系存续的期间产生的，因此等同于夫妻共同财产，理应由你们共同承担。"

苏芒一听，立刻激动道："离婚的时候，他的钱我一分也没要，现在你却跑出来和我说，我要负担他破产造成的债务？对不起，这样的法律常识我无法理解，也不想理解。"

不等律师继续说，苏芒就一下子挂断了电话，跌坐在沙发上……

沉默片刻之后，苏芒又给蔡玲打了过去："玲姐，陈嘉明的律师刚给我打电话，说陈嘉明破产了，但是，他要我负担一半债务。"

"他要你负担债务？"蔡玲那边明显地提高了一个声调。

苏芒再次激动地说："你也很惊讶对不对？结婚时，我们财产互相独立，彼此从不过问对方的经济情况，我也没花过他陈嘉明的一分钱。而现在，他却一个电话打过来让我帮忙还钱。这到底是为什么？"

蔡玲叹了口气，安慰道："别急，你还怀着孩子呢，不能这么激动。听说他父亲都病倒了。"

苏芒满是无助地问："我该怎么办？我哪有那么多钱？"

蔡玲想了想，答道："我帮你找律师，你不能傻，这些债务不是小数目。"

"虽然我和陈嘉明没什么了，但毕竟他们两个老人待我不错，我还是希望这件事不要让他们两个难过。"苏芒无奈地说完，突然想放声大哭，却发现自己连哭都哭不出来。

陈嘉明的事情让苏芒一阵烦躁，她想了想，抓起钱包出了门。

附近的商场正在打折，苏芒转了一天，拎着一堆东西回家。在家的郑楚听到动静，赶紧打开门，斜倚在门边，对着上楼的苏芒狂抛媚眼。

"Hello啊，美孕妇。"

苏芒瞪了他一眼："知不知道孕妇需要保持好心情，我好不容易刚刚购物回来心情很好，好狗不挡道。"

说着，她拿包砸了郑楚一下。

郑楚看着苏芒拎着的大包小包，蹙了下眉头。

"你怎么买这么多东西？你这是有购物癖吧？你先进门，我马上过去。"

苏芒嘟囔着："神经病。"

苏芒拎着大包小包东西进了门，身后郑楚拿着本小册子进来了。

"你把这些题目答一下，看看能得几分？"

苏芒无奈地拿过来，开始做题。半个小时以后，题做完了，把册子扔给郑楚，她伸了个懒腰没好气地问："你这又是什么东西啊？"

郑楚看着答完的题，眉头越皱越紧："苏芒，这些题目，得分40分以下的正常；40-60分的有购物癖倾向，需反思自己的购物习惯；60分以上的就会被确认为购物癖，必须治疗。苏芒，你猜你多少分了？"郑楚停顿看一下，说："你都已经93分了！"

苏芒愣了两秒，无所谓地说："哈，还差7分满分啊！那我下次努力，争取满分交卷。"

郑楚严肃地说："苏芒，我是认真的！你不要当儿戏，这可是纽约埃伦斯学院出的测试题，他们是全世界致力于购物癖研究的最权威机构！苏芒，你是不是早就知道自己有购物癖？"

苏芒嘴硬地强撑着："我赚的钱，我自己花掉，犯法了吗？我又没偷没抢，有什么不可以？怎么就扯上购物癖了？"

郑楚看着她这样，也是无奈："没什么不可以。可是你现在是有宝宝的人了，难道你希望他看到一个没有自控力的母亲？"

苏芒不满地说："那你说要怎么办？"

郑楚问道："你都听我的？"

苏芒犹豫几秒，点头。

郑楚说："好，那明天早上等我一起上班。"

第二天，苏芒刚出门，郑楚就站在门口，伸出手看着她。

苏芒诧异地说："郑楚，你有病啊？赶紧走，上班要迟到了。"

郑楚挑了挑眉："要我走可以，把钱包打开。你不打开的话，我帮你打开。"

苏芒忙护住自己的钱包："别别别，我自己来。"

郑楚看着打开的钱包认真地开始数里面的钞票，边数边惊讶地说："一二三……九张信用卡！3459块钱！苏芒，你平时带这么多卡和现金干吗？"

郑楚说着，随手就抽走了苏芒钱包里好几张卡和一叠钱。

"这些我先帮你保管，你只留一张卡和200块足够了！"

苏芒瞠目结舌地看着郑楚，下一秒苦着脸哀求道："拜托，这点银子真的不够花，我包包里没卡就没有安全感。我保证不乱花钱，不买没用的东西！"

郑楚坚决地摇头："不行。你在这件事情上信用是零。我现在就是替你整理凌乱的生活。"

苏芒看着郑楚，气得直跺脚，看了下表，也不搭理郑楚，直接转身下楼去开车。郑楚一看，赶紧从后面追上去。

"今天我开车吧，你一个孕妇总开车不好。"

苏芒冷笑一声，推开郑楚，坐上驾驶座发动车子，把郑楚抛在车外。

"开车不利于锻炼身体，郑楚，骑骑单车更快乐。"车启动了，苏芒一踩油门，车驶远了。

"苏芒，你……"郑楚莫名其妙地看着绝尘而去的车，不知道这个女人今天又犯了什么病。

苏芒疾驶走远，郑楚在后面哭笑不得。

百变魔术馆里，苏畅突然接到果果的经纪人Tony的电话。

"呦，你怎么想起来给我打电话了？我最近可没缠着果果。"

"苏畅，其实我这次打电话来就是希望你能来缠着果果，果果的嗓子出了问题，这几天一直不对劲，我其实能看得出来你对果果是真心的，你能来帮这个忙么？"

苏畅沉默了一会儿，还是同意了，跟Tony相约去了果果家。

唐果果开门的一瞬间，惊讶得张大了嘴。

"你们俩怎么在一块？"

苏畅转头看着Tony，Tony开口说："我们一致认为，以你目前的状况，必须去医院看看嗓子。我知道你想说什么，最讨厌去医院嘛。我俩都商量好了。"

Tony说完，对着苏畅一使眼色，苏畅立即领会。

两个人一起上前一步，架起唐果果转身就走。

唐果果一路尖叫到了医院，被逼着做了一系列检查，然后拿着检查结果给了专家医生看。

只是从医院出来的时候，苏畅和Tony的脸色并不好。

唐果果看着沮丧的两个人，强颜欢笑地安慰："我只是嗓子坏了，又不是人没了，你们能不能别这样。"

Tony突然发问："你是不是早就看过医生了？"

唐果果勉强地笑了笑："Tony，你忽然这么聪明，我怎么一点也高兴不起来？"

Tony蹙着眉，不言不语地深深看着唐果果。

苏畅看着两个人这样，只得出面活跃气氛："反正已经这样了，不如彻底放纵一把。走，跟我来！"

说着，他就拽着两人狂奔而去。

另一边，苏芒还是没按捺住自己的购物欲望，背着郑楚偷偷买了一堆东西。下了班，她请了送货人员，鬼鬼祟祟地一路上楼，左看右看才小心开门。

"怎么感觉像是在花别人的钱……好刺激！"苏芒一边看送货人员把大包小包的东西放到家里，一边低声嘟囔着。

"小姐，东西放好了，您看您是怎么付款？"

"啊，我刷卡。"

苏芒兴冲冲地打开冰箱，拿出一个硕大的冰块，看得送货人员瞠目结舌。

好……好丢脸，但这可是她背着郑楚偷偷藏起来的一张卡，当然要仔细存放。

苏芒硬着头皮对送货的人招呼道："不好意思啊，这个……请稍微等一下。"

说着，也顾不上他们的脸色，她直接拿起小锤子使劲砸冰块，过了一会儿，终于把卡拿了出来。

苏芒擦了擦手，愉快地刷着卡。一边刷卡，她心里还有点暗暗得意，这就叫道高一尺，魔高一丈，郑楚，没想到我还有这手吧？

刷完卡，苏芒连说带比划地嘱咐道："谢谢你们了。对了，你们出去时如果遇到一个这么高的男人，千万别说是送东西到我家，就说……就说是我朋友，我……"

"谁是你朋友啊？"

拖着长音的男声响起，郑楚突然出现在了门口，靠在门框上，双手抱臂，看着苏芒。

苏芒的动作瞬间僵硬，下一秒赶紧跟送货人员说："谢谢了啊，那什么，没什么事儿你们快走吧。啊，再见，再见！"说着，她就想跟着送货人一起从郑楚身边蹭过去。

郑楚一把拉住苏芒，声音凉凉地传来："他们都走了，你去哪儿？"

苏芒一看这招不灵，赶紧撒娇："郑楚，不要这样嘛。你知道的，春节期间打折活动实在是太、太、太多了。"说着，她还举起手发誓："真的，我也没买多少，这些东西看着多，总共就1000块钱……"

话未落，送货人员却再上楼来到苏芒跟前。

"不好意思，小姐，刚才是我们算错了。您消费超过两万人民币，我们提供免费送货服务，所以这服务费得退给您。另外，我们还会送您一张VIP钻石卡。"

苏芒紧张地觑着郑楚的脸色："这是小费，卡我也不要了，你们……"

郑楚却突然伸出手，接过退的钱和卡："谢谢你们，那就不送了。"

直到送货人员已经走了，郑楚还是不出声。

苏芒心虚地想解释："郑楚，你听我说……算了，还是不说了，我回房间……"

郑楚拉住苏芒："我们得谈谈。"

进到苏芒家，郑楚皱眉看着地上破碎的冰块、桌子上的银行卡和现金，苏芒一脸紧张地站在旁边。

郑楚蹙着眉问："就这么多了？"

苏芒赶紧点着头："嗯，我真的把全部家当都拿出来了。你不信的话，可以在家里翻，找到算你的。"

郑楚想到苏芒藏卡的样子，有点想笑，赶紧强自按下笑意，绷着脸继续说："苏芒，藏现金，把卡冻在冰箱里，你怎么会做这么幼稚的事情？你不是说已经戒掉购物瘾了么？不是说把以前买的多余的东西都卖掉了么？还……"

郑楚说到这，突然眯起眼睛看向苏芒的卧室。

苏芒呆滞两秒，冲向卧室。

郑楚冲到她前面，打开立柜，一堆被压在柜子里的衣服喷涌而出。郑楚被埋在里边，半天没有动静。

苏芒忙一边扒拉开衣服，一边关心地问："郑楚，郑楚你没事吧？"

郑楚慢慢伸出头，嘴里是一只丝袜。苏芒看着他的样子，忍不住大笑。

郑楚："你给我暗度陈仓是吧？"

苏芒咬着唇，强调道："我已经好很多了啊，就像一个人生病了，总要允许他有个恢复的过程吧。"

郑楚冷着脸："过程要多久？半年？一年？"

苏芒："我……"

郑楚看了苏芒一眼，冷淡道："算了，你说得对，这本来就是你的事，和我没什么关系，我走了。"

郑楚转身就走，苏芒追在后面。

"郑楚，你听我解释呀！"

"砰！"郑楚摔门而去。

苏芒站在原地，撇了撇嘴，怎么有点想哭呢。

过了一会儿，苏芒想了想，还是走到郑楚家门口，敲了敲门。

"郑楚，郑楚，我真的不是有意骗你的……"

郑楚深呼吸一口气，打开门，冷冷地说："苏芒，我确实是多管闲事了，你没必要跟我道歉。"

这男人，真生气了？是要不管她了吗？想及此，苏芒一阵慌乱，手忙脚乱地要去拉郑楚的衣角。

"郑楚，你别……"

郑楚摇了摇头，把苏芒的手拉下来，关上了门。苏芒愣在了门口，哪知门却马上又被打开了。

苏芒一脸兴奋地刚要开口，郑楚却先说话了："你今年在哪过年？"

苏芒一脸茫然，不是说购物癖的事吗，怎么突然问到过年了？她有些懵，但还是一头雾水地回答："我就在这啊……"

郑楚面无表情地继续说："哦，对了，这是你的卡和现金，我一分都没动。如果不放心，你可以去查。"他一边说一边递过来一叠卡片和现金。

苏芒接过来无措地看着郑楚："郑楚，我……"

郑楚终于笑了一下，可说出来的话却让苏芒觉得有点委屈："苏芒，从此以后没人管你了，你想买什么就买什么。你，自由了。"

话音刚落，也不等苏芒说话，门再次被关上了。

苏芒失落地低声嘟囔："你就不能让我说句完整的话吗？"她抬起手来想要再敲门，却终归还是离开了。

郑楚将耳朵贴在门上，听到苏芒离开，叹了一口气。

第二天，苏芒正在办公，小顾敲门进来汇报工作。

"苏总，这是'艾美之旅'项目的进展情况，楚哥做了A、B两套方案，A方案偏商业，仍沿袭艾美之前的风格，以几大城市的各大商场为主要发起点开展商演；B方案是在大城市的基础上，深入到中小城市，楚哥想策划一场公益活动。苏总，具体您看……"

苏芒打断小顾的话："郑楚人呢？"

小顾一愣："他就在外面。"

苏芒一听，就知道郑楚还在生气，只得大致交代了工作，就让小顾离开了。小顾打开门的一瞬间，她一眼就看到郑楚和佳佳有说有笑。

苏芒只得等小顾离开以后，咬牙切齿地吐槽："这叫身体不舒服？小心眼的男人，怎么不气死你呢！"

这样下去可不行，可郑楚一直不理她，难道真要去堵门吗？

晚上，苏芒早早下班回到家，郑楚一回来，她马上开门蹿了出来。

"郑楚，我们谈谈。"

郑楚一脸冰冷："有什么好谈的？"

苏芒气急败坏地说："郑楚，我不就是瞒着你藏了钱和卡吗？我都承认错误了，你还想怎么样？我知道我辜负了你的期待，可你至于摆这么久的脸色给我看吗？你不累啊？"

郑楚继续保持冰山脸："你承认你错了？"

苏芒一愣，赶紧答道："对，我承认！"

郑楚接着挖坑："那是不是要做些事来弥补？"

苏芒一脸茫然："做什么？"

郑楚开了门，拉着苏芒进屋。苏芒刚坐定，就听到郑楚说话了："你不是说要弥补吗？那跟我回苏州吧。苏州是我老家，跟我回去过年。"

苏芒呆住了："你疯了？"

"你一个人留在上海跟谁过？苏畅吗？不好意思，他说他今年有事，不能陪你。"

苏芒假装不在意地说："大不了就一个人过年咯，又不会少块肉。你让我去苏州，除非给我更充分的理由。"

郑楚像是早有准备似的，拿出一份材料递给苏芒。

"有。'艾美之旅'苏州分会场的工作，你不是一直很看重吗？这么重要的工作，当然得由苏总您亲自来把关。"

苏芒一呆："郑楚，你这是精心设计了一个套让我钻啊，原来之前摆脸色都是你预谋好的！"

郑楚一脸得意："你可以这么理解吧。还有一件事。"

苏芒一脸诧异："还有？"

郑楚又拿出一张机票，递给苏芒："这是你的，我们明天出发。"

苏芒嗔怪地瞪着郑楚："声东击西，先斩后奏，郑楚，你还有什么招没使？"

郑楚露出满足的笑。

一声高过一声的鬼哭狼嚎，唱得人撕心裂肺，苏畅和Tony看着果果的样子跟着一起难过。

"果果，你不能这么唱，声带会彻底毁掉的。"

"你懂什么？我算是明白了，我以前唱的那些歌充其量就是无病呻吟，唱歌就是释放，要像现在这样才酷！唉，你不行，太内敛。苏畅呢？下一首是男女对唱，苏畅，你过来，我们一起唱！"

"哎，来了来了。"苏畅答应了果果一下，又对着手里的电话嘶吼："行，楚哥！你照顾好我姐，我自己过年没问题。挂了啊，果果叫我。"

……

就这样，一夜过去了。

果果迷迷糊糊地醒来，看到旁边趴着的Tony和苏畅，狡黠一笑。她偷偷点了一首《我的歌声里》，音乐声起的刹那，迅速跑到苏畅旁边，对着他的耳朵开始唱。

苏畅和Tony吓得差点没蹦起来，都一脸愕然地看着唐果果。

听着听着，Tony却突然关掉伴奏。

"果果，你再唱一遍！"

果果一脸茫然，但还是重新唱了一遍。

听完，Tony激动地看向苏畅："苏畅，你觉得怎么样？"

苏畅奇怪地看了Tony一眼，挠了挠头："我觉得……还可以吧，就是……怪了点。"Tony激动地一拍大腿:"就是要这种怪!现在嗓子好的人多了去了,唱来唱去,大家很容易审美疲劳。唐果果,你有希望了!我有预感,你会比之前更红!"说完,他一把抓住果果的手。

唐果果翻了个白眼,把手挣脱出来:"什么跟什么啊!Tony,你没睡醒吧,别做梦了!"

苏畅却似乎同意Tony的话,一把拉过果果和Tony,三人拥抱在一起。

医院里,严晓秋来看唐明。

唐明有点疑惑:"上次我带过去的药都吃完了?"

严晓秋柔柔一笑:"没有,不过我们要回丽江老家过年,所以……"

唐明听了心中一惊,忙打断晓秋的话问道:"你要回丽江?"

"对啊!"

唐明一下子站了起来,语气急促地追问:"什么时候?"

意识到自己太激动,唐明尴尬地咳嗽了一下,又缓缓坐了下去。

"咳,我是想问你什么时候走,这样好根据时间给你爸开药。"

"明天。"

唐明神色复杂地看了眼晓秋,还是将药方开了出来。晓秋接过药方,欲言又止,可最后还是什么都没说,道了声谢就转身要走。

唐明看着晓秋的背影,问道:"晓秋,如果我没记错,一个月后叔叔还要过来复查。上次我带过去的药,足够这段时间用了。你来应该是为了其他事吧?"

严晓秋转回身,犹豫了一下,羞涩一笑,将包包里的首饰盒递给唐明:"我是想送给你这个。"

唐明接过，打开一看，眼神立马亮了："这就是'一剑穿心'？"

"对，不过正式版还没上市，这件是我手工做的，可能看着有些粗糙。对了，还有个好消息，这件作品得了一等奖。唐明，这也有你的功劳。"

唐明一笑："我可不敢居功，是你有这能力。晓秋，你真是太棒了。这下，你应该不用屈居助理之位了！"

晓秋腼腆一笑："能不能升职还不一定呢。好啦，药开了，礼物也送了，这回我真的要走咯，拜拜。"

说完，严晓秋转身离开。唐明注视着她的背影，有些出神。

没走多远，严晓秋再次回头，犹豫了一下还是问出了口："唐明，如果有一天，你发现我有事瞒着你，会不会很生气？"

唐明目光炯炯地看着她："如果是别人，我会很生气很生气，但是晓秋，你做事有你的理由，所以，我不会怪你。"

严晓秋微微一笑，转身离开。

一天的工作结束，晚上唐明回到家，打开电脑搜索上海飞丽江的班机。他心神不宁地踱来踱去，突然站定，转头看着电脑上显示的班机时间。手机突然响起，电话上显示是陈姗姗，他烦躁地挂断，紧接着又拨通了另外的电话："你好，我想订一张明天去丽江的机票。"

陈姗姗看着手机，眉头紧锁。奇怪，怎么又不接我电话？

她略一思索，拨通了唐明家的电话："您好，阿姨，我是姗姗，我这里又新淘了些好东西，嗯好，明天见。"

第二天，她来到唐家，随着唐母进门，递上自己带来的东西。

"阿姨，这是我淘来的东西，您看看。"

唐母看着陈姗姗递过来的东西，不住地点头。

"姗姗啊，还是你的品味好。"

"阿姨，您客气了，我还有些给唐明哥带的东西，但是没联系到他，您能联系到他么？"

"他去丽江了啊！怎么，他没告诉你？"

"去丽江？哦，是我忘记这事了。阿姨，我还有点事，先走了，下次再来好好陪您。"

陈姗姗走出唐家大门不远，便掏出手机，心事重重地打电话。

"小蕾，你今晚是不是飞丽江？这样吧，我代你飞。放心，不收你代班费。"

……

新春将至，丽江春节气氛已然很浓。

严晓秋正在收拾东西，严父在卧室里。严父像是突然想起什么，告诉晓秋："哎，晓秋你手机刚才响了。"

严晓秋急忙找手机，打开一看，表情失落。严父走到她身后，若有所思地问道："不是唐医生的电话？"

晓秋下意识地回答："不是。"等反应过来，她立即羞红了脸道："爸！"

严父慈祥一笑："你别瞒我，以前老说手机是累赘，这两天却看得紧紧的。知女莫若父啊，说真的，唐医生人不错。"

严晓秋有点失落地道："爸，是我的总会属于我，不是我的，想抓也抓不到。何况我在丽江，他人还在上海呢。"

话落，门铃突响。

严父一笑："你说会不会是唐医生？"

晓秋一边开门，一边嗔怪道："爸！您今天怎么老开我玩笑？"

哪知打开门一看，竟真的是唐明。

严晓秋一愣："唐……唐医生？你怎么来了？"

唐明一笑："晓秋，好久不见。不，好像也没几天。"

严晓秋反应过来，回头喊："爸，是不是你捣的鬼？"

严父一摇一摆地晃过来："我只不过说了个地址，其他可什么都没做。唐医生，既然你来了，我呀，就回房间睡大觉去咯。"

"爸！"

……

接下来的几天，晓秋带着唐明游览了丽江各个名胜景点，唐明时不时地晒风景照到朋友圈，陈姗姗每每看到，都恨得牙痒痒。

这一天，严父一人在家。敲门声起，打开门的一瞬间，严父愣了一下，随即是满心的惊喜。

"姗姗？你……你终于肯回家了？"

"嗯。"

严父把陈姗姗迎进门，忙乎着准备吃的喝的，跟陈姗姗回忆往昔。

陈姗姗冷眼看着，待到他说得差不多，只淡淡地说了一句："说完了吗？你说完该我说了。养不教，父之过，这句话对不对？"

"对。"

陈姗姗轻蔑一笑："知道对就好。你的好女儿严晓秋，现在拐了我的男朋友去爬雪山。你作为父亲，是不是要好好管管？"

严父听了激动地站了起来："你说什么？唐医生是你男朋友？"

陈姗姗哼笑，抬腿就走。

"姗姗！姗姗！"

对身后严父的呼喊，她就像是没听到一般。

晚上，唐明和晓秋回到家，本来挺开心的，严父却突然让唐明帮忙出去买药。唐明离开，房间里只剩下严晓秋和严父两人。

严父叹息了一声："之前，姗姗来过家里了。唐医生知不知道你们是姐妹？"

严晓秋一愣："应该不知道吧，他没问过。"

严父欲言又止，看了看晓秋，终于还是说出来了："爸知道你从小就懂事，一直很让着姗姗，唐医生的事，你也让一下姗姗，行不行？"

严晓秋满脸的难以置信，眼眶都红了："爸！唐明不是物品，他是人。如果他喜欢姗姗，那我无话可说。爸，我什么都能听您的，可我是真的喜欢唐明，我不会放手的。"

"晓秋，你……"

严晓秋气冲冲地跑进自己房间，砰地关上了门。严父看着关上的房门，叹了一口气。

一大早，苏芒尚未起床，门外就传来敲门声。她挣扎起来开门。

"在家敲敲敲，来这儿还敲敲敲，又有什么事啊？"一看是郑楚，她气就上来了。

郑楚挑眉道："有件好事，有件坏事，先听哪件？"

苏芒也学他眉头一挑："好事。"

"我姑姑春节会回来，她点名要见你。"

苏芒直接翻了个白眼，转身进屋："你姑姑回来这能叫好事？"

郑楚跟进来："话还没说完呢，她说了，这次项目做得不错，决定追加合同金额。"

苏芒一听，马上追问："真的？追加多少？"

郑楚一脸嫌弃的样子："你看看你，还真钻钱眼里去了。具体数额不知道，但肯定不会太少，否则也不会要求和你面谈。"

苏芒转身继续往前："那坏事呢？"

郑楚："我爸妈也点名要见你。"

苏芒一脸疑惑："你爸妈？他们为什么要见我？"

郑楚一副面瘫相，说："因为我说，我这次带了女朋友回家。苏芒你听我说，我爸妈催婚很久了，这次就麻烦你假扮我女朋友……"

苏芒炸了："我不——同——意！还真是小看你了，你这一招用得好啊，先把我骗到苏州来，再威逼利诱让我假扮你女朋友！休想！"

郑楚继续面瘫地说："晚了。"

"你到底什么意思？"

"十分钟后，我爸妈会派车来这里接我们。当然，最重要的是接你。"郑楚拿化妆包往苏芒身上一塞，"你准备一下吧。"

果然，郑父郑母很快就来接了人。回到郑楚家，苏芒局促地坐在沙发上，被郑父郑母各种盘问，苏芒向郑楚投去求救的眼神。

郑楚见状，赶紧插话："妈，我饿了，要不这样，您先做饭，我带苏芒看看客房。"

说完，拉着苏芒赶紧进了卧室，郑楚把门反锁了，苏芒又再打开。

"大白天锁什么门，让你爸妈看见，还以为我们要做什么呢。"苏芒边开门边嚷嚷，生怕让人误会他俩在房间里干什么坏事。

郑楚说道："我是怕他们突然冲进来围观。你这还没说几句话呢，婆媳信任就建立起来了？"

苏芒斜眼看着他："你嫌太快？那我一会儿就把实话告诉他们怎么样？"

郑楚吓坏了："苏芒，你可别吓我爸妈！"

苏芒坏笑："那就要看你怎么伺候我咯。万一哪天我心情不好，不小心说漏嘴，到时候——"

"有你这么落井下石的吗？我——"郑楚话没说完，却突然把手指放在嘴上，示意苏芒不要说话，然后猛地拉开了门。

门外，郑母差点跌进房间。

"妈，可以啊，偷听都学会了？"

郑母尴尬地一笑："你哪只眼看到我偷听了，我……"

郑楚刚想说话，郑父咳嗽一声："我们有正事，你姑姑回来了，让你去接机。"

郑楚和苏芒连忙赶去机场大厅。郑楚在前面快走，苏芒在后面悠闲慢步。郑楚突然回头，上下打量了苏芒一阵。

"不对啊，苏芒，现在应该是你六神无主的时候啊！我姑姑驾到，肯定要问起我带女朋友回家的事。我之前还跟她说我们俩什么关系都没有，她一回来不就露馅了吗？而且你们俩又互相看不顺眼，你打算怎么办？"

"我慌什么？戏是你排的，我只是一名无辜的女演员。你到底想好对策没有？再想不出来可就晚了啊！"苏芒说到这里，已经远远看到了郑美玲，坏笑道，"不，已经晚了。"

郑楚回头，郑美玲正推着行李箱站在后面。

郑楚迎上去，一脸讨好地笑道："姑姑，一路辛苦了！"

郑美玲一脸诧异地看着苏芒："你怎么在这里？小楚，你不要告诉姑姑，苏总就是你带回家的女朋友吧？"

郑楚一脸谄媚地笑道："姑姑，你听我说，事情是这样的，我……"

三人打了一辆车回家，路上郑楚把原因解释给郑美玲听。

进门前，郑楚跟郑美玲说："姑姑，我们算是达成协议了啊，您不能在爸妈面前戳穿我。"

"可以，但有个前提，你得保证这事就是假的，不能弄假成真，回上海以后，你俩该是什么关系，还得是什么关系。"

郑楚连忙保证。话音未落，房间内传出"啊"的一声尖叫。三人对视一眼，同时进了家门。

苏芒："发生什么事情了？"

郑母冲到他们面前，满脸惊喜地问苏芒："苏芒，这是喜事啊，为什么不好意思说？美玲，告诉你一个特大喜讯——我要当奶奶了！"

"奶奶？"郑美玲看向苏芒、郑楚，二人都呈呆滞状。

"不是说他们不知道这事吗？那……"

场面一片混乱，众人七嘴八舌。

郑母洋洋得意地说："苏芒你就别害羞了，我查过，这是孕妇才能吃的。对了，我和你爸都说好了，过完年，我们要跟你们回上海，专门照顾你的生活……"

苏芒一脸不知所措地说："我爸？"

郑母理所当然地看着苏芒："当然该叫爸啊！孩子都有了，这婚期也得商量好。哎，苏芒你赶紧过来，我给你做了人参鸡汤，你现在最需要营养。"

郑父也紧跟着表态："美玲，腊月二十七不是你生日吗？你的生日宴和郑楚的订婚宴在一起办，怎么样！双喜临门啊，到时候大家好好庆祝！"

苏芒和郑美玲一听，同时出声："不行！"

郑父郑母顿时呆住了，苏芒眼底的愧疚一闪而过，拿起药瓶，转身上楼。郑美玲也气呼呼地进了房间，只留下了面面相觑的郑家三口。

隔天，郑楚为了让苏芒开心，带着她一起上街看热闹。回到家，累了一天的两人都很快洗洗睡了。

苏芒睡下不久，敲门声响起。苏芒以为是郑楚，猛地开门，却意外地看见了郑美玲。

　　"郑总？"

　　苏芒让郑美玲进了屋，镇定了一下情绪，开门见山地问："郑总是有话要和我说吧？"

　　郑美玲女王范十足地问道："苏总，你这孩子是谁的？是你前夫的？"她抚了下手腕，轻笑一声。她的问题虽然问得语气清淡，但内容却咄咄逼人，又说："实不相瞒，在英国的时候，我对你前夫家进行了一些调查。你的前夫陈嘉明，貌似有生殖系统方面的缺陷吧？那么你这个孩子，是从哪里来的？"

　　苏芒脸色一冷："郑总，这是我的私事！您调查我，是在侵犯我的隐私！"

　　郑美玲抬眸凌厉地看向苏芒。

　　"没错，如果不牵扯郑楚，我对你的私事一点兴趣都没有。只是，你真的除了上下级之外，不会牵扯到郑楚，不会跟他有别的关系？"

　　苏芒一阵难堪："不会牵扯到郑楚的！您放心，我肯定会离开，而且不会和郑楚在一起。"

　　郑美玲看了苏芒半晌，最终起身道："苏芒，刚才的事我无心冒犯，但很多事情牵一发而动全身，走了就不能再回头，你最好想清楚。"

　　苏芒勉强地撑起嘴角："谢了。"

　　这一晚，苏芒辗转难眠，而身在丽江的严晓秋，也没好到哪里去。想着父亲的话，好不容易快要睡着，手机却突然响起，晓秋拿过手机一看，原来是唐明发的微信。

　　"晓秋，这两天我过得很开心，谢谢你。明天下午我就要回上海了，中午一起吃饭，好吗？"

严晓秋盯着手机良久，想到父亲的话和陈姗姗的态度，心内一阵痛苦，唐明，我该拿你怎么办？

第二天，严晓秋犹豫了许久，最终还是应约前来。可还没开口说话，陈姗姗却突然出现。

唐明一脸诧异："姗姗，你怎么会在这儿？"

陈姗姗亲热地拉着唐明的胳膊，娇俏地说："之前说好的啊，你在哪我就要在哪。怎么，就准你跑来度假，不准我来偷懒啊？"

唐明欲抽胳膊，却被陈姗姗抱紧，气氛十分尴尬。

陈姗姗恍若未觉，欢快地东拉西扯。严晓秋一阵难过，只低头吃饭。唐明看着这样的晓秋，无奈胳膊上还挂着个陈姗姗，想到她们的关系，唐明欲言又止。

吃完饭，晓秋借口有事，就离开了。剩下陈姗姗一人，兴高采烈地拉着唐明去了机场。唐明心不在焉地应付着，时不时地给严晓秋打电话，但都是关机。无奈之下，他只好跟陈姗姗先回了上海。

38 第三十八章

　　这一天，是郑美玲的生日。郑美玲坐在餐桌主位上，看着餐桌上摆着的生日蛋糕，微笑吟吟。

　　郑父端起酒杯来敬酒："美玲，今天是你生日，哥祝你身体健康，事业蒸蒸日上。"

　　郑美玲想到自己的身体，只苦涩一笑，端起桌前的酒杯来一饮而尽："谢谢哥。"

　　郑母则在一旁使劲给苏芒夹菜。

　　郑楚看得直打趣："妈，今天可是姑姑生日，就吃个饭您还要搞双重待遇。"

　　郑母一边夹菜一边回应："你懂什么？孕妇最重要。"

　　她说到这却放下筷子，拿来一个饰品盒，递到苏芒面前，打开来，是一枚翡翠戒指。

　　"小苏，这是给你的。"

247

苏芒忙起身拒绝："阿姨，这礼物太贵重了，我不能要！"

"好了，一家人就不要客气了，来来来，我给你戴上。"

郑母抓过苏芒的手，欲给她戴戒指。

一直没说话的郑美玲悠悠地开口："苏总，这戒指戴是好戴，想摘可就不容易了。"

苏芒紧抿唇瓣，突然起身，鞠了一躬。

"叔叔阿姨对不起，我骗了你们。我确实怀孕了，但这孩子不是郑楚的。我和郑楚也只是普通的上下级关系，根本就不是什么男女朋友。还有郑总，谢谢您，谢谢您为保全我的面子，没有拆穿我。对不起大家，我得走了。"

苏芒说完，匆忙起身回客房去收拾东西。

整个客厅瞬间安静，过了两秒众人才反应过来，郑父郑母有些不相信，板着脸问郑楚真相，但郑楚全部忽略，转身去追苏芒。

"苏芒，苏芒，你开门！"

郑楚急切地一直敲门，过了一会儿，苏芒拖着行李箱打开了门。

郑楚拉住苏芒的胳膊："苏芒，你要走？"

苏芒看了郑楚一眼，走到郑父郑母跟前满脸真诚地说："叔叔阿姨，这几天你们对我的好，我记在心里。我父母已经不在了，但是你们却让我感受到了家的温暖，是我对不起你们。"

苏芒说完，顾不上流泪的郑母，拖着行李箱，推开郑楚就走了出去。郑楚紧追上去，任凭父母在身后叫他，也不回头。

火车站内人来人往，郑楚急切地在人群里寻找苏芒，终于，他在售票口看到了她。

"苏芒！"郑楚一边叫着一边冲了过去。

苏芒一见是他，转身就要走，郑楚赶紧上前拉住她。

苏芒甩开郑楚的胳膊："郑楚，你就放了我行不行？"她几乎要失控了，"也许你觉得没什么，但我很内疚很内疚！是你说一切没问题的，我们只是假扮情侣，可是现在呢？现在这种结果，谁来负责？我求你了，你放过我吧，我——"

苏芒话音未落，郑楚却突然捧住她的脸，吻了上来。

被吻了的苏芒大脑一片空白。

一吻罢，郑楚温柔地看着苏芒的眼睛："我来负责，我来负责还不行吗？苏芒，我喜欢你！我喜欢你很久了。"

苏芒一脸懵然："郑楚，你疯了？我离过婚，还怀着孩子。郑楚，虽然这很可笑，但真的连我自己都不知道这孩子的爸爸是谁，我……"

郑楚紧握着苏芒的双肩，有力的双臂让苏芒渐渐冷静了下来。

"他有爸爸，苏芒，他的爸爸可以叫郑楚。"

苏芒听到这里，已经热泪盈眶："可你的家人呢？郑楚，我是经历过婚姻的人，现在还有一个不知道父亲是谁的孩子，我已经承受了太多，我……"

郑楚的手机突然响起，苏芒擦掉眼泪说："你先接电话吧，手机一直在响。"

郑楚接起电话就说："我说了，我要和苏芒在一起，对，我就是要回上海……什么？姑姑晕倒了？好好好，我知道了。"

说完，郑楚挂断了电话。

苏芒赶紧说："郑总病了？那你快回去吧。"

郑楚很为难："可你——"

苏芒看着郑楚，心里一阵波动，这个男人为她付出实在太多，路就在那里，不走一走，怎么知道结果怎样？

想到这里，苏芒微微一笑："郑楚，我们已经错了一次，不能再错下去。无论如何，你姑姑病了是大事。你放心去吧，既然已经明白了你的心意，那我在上海等你。"

郑楚终于等来了苏芒的这句话，他激动地拥抱了一下苏芒，深情地在她耳边说："等我回去！"

郑楚松开了苏芒，跑远了。

苏芒看着郑楚远去的背影发呆，他那句"我喜欢你"在耳边久久不散。

苏芒回到上海以后，总是想起往常和郑楚在一起的种种，无奈自嘲。她正想着，手机响起，是郑楚的电话。电话里，苏芒才得知，他到了医院，原来郑美玲竟然得了乳腺癌。

电话打到一半，郑父郑母来了，郑楚赶紧挂掉电话，迎了上去。

郑父一脸严肃地看着郑楚："刚才是和苏芒打电话？"

郑楚看着父亲的脸色，轻轻点头。

郑父恨铁不成钢地说："郑楚，你能不能懂事一些？姑姑都被气病了，现在你还有心情谈情说爱？还是和一个骗子？不行！"郑父气得一阵哆嗦，又说："别的事我们可以让步，这事绝对不行！"

郑楚刚想回嘴，房间里传出咳嗽声，郑美玲醒来了。

"吵吵吵，好好的梦都被你们吵醒了。"

三人赶紧走进病房。郑美玲躺在病床上，众人围在一旁，嘘寒问暖。

郑美玲一笑："你们能不能一个个地问呐？还好啦，虽然是癌症，但你们放心，暂时还死不了。本来是想过一段时间再说的，但没想到晕倒得这么突然，倒把你们给吓到了。"

郑父一脸疼惜地看着妹妹："美玲，回这边来住吧，好歹我们都在身边，也能照顾你。"

郑美玲摆摆手："哥，嫂子，那些都是后话。你们能不能暂时先出去一下，我有话想和小楚说。"

郑父郑母离开，郑美玲慈爱地看向郑楚。

"是不是被姑姑吓到了？"

郑楚一脸的难过："姑姑，我——"

郑美玲打断他的话："小楚，知道姑姑为什么要让你负责'艾美之旅'吗？姑姑等不及了，必须历练你。小楚，即使明天就会死掉，姑姑今晚照样可以谈笑风生，再谈几个项目。姑姑不怕死，怕的是一辈子打拼的事业就这么没了。姑姑想好了，艾美必须交给你。"

郑楚一惊，站起来："什么？姑姑，我能力不行的！再说了，您长命百岁，肯定可以跨过这道坎的。"

郑美玲却还是打定了主意："你行不行，没有人比姑姑明白。你要是还认我是你姑姑，这事就这么定了。我相信你肯定能让公司越来越好。还有一件事，我要和你谈谈，你和那个苏芒不适合，也绝对不能在一起。"

顿了顿，郑美玲接着说："如果你是普通人，我可以劝你爸妈接受苏芒。我也看出来了，苏芒不是一个坏女人。可现在你不是普通人，你是要接掌艾美的人！艾美马上要上市了，集团CEO的夫人不能被人指指点点、说三道四，不能是个有污点的女人！就凭这一点，你们就不能在一起！"

郑楚倔强地说："姑姑，如果我不接受艾美呢？在别人眼里，艾美是多少人梦寐以求的大集团。可在我眼里，它不是。姑姑，你看错我了，我吧，就想和苏芒在一起，踏踏实实地过我们的小日子。"

郑美玲难地说："你考虑好了，打算抛下姑姑了？哪怕苏芒怀的是别人的孩子，你都不介意？"

郑楚看着一向对自己很好的姑姑，手渐渐捏成了拳："我……对，我不介意。"

郑美玲无奈地闭上眼睛，长长叹了一口气："既然你拿定了主意，姑姑也不勉强你。你爸妈估计更不好接受，你要多体谅他们。"

郑楚看着虚弱的郑美玲，一阵难过："谢谢姑姑。"

第
三
十
九
章

丽江风景如画，可自从唐明走后，严晓秋的心里就很难过。

这一天，已经是不知道第几次收拾屋子了。当她再踮起脚尖，欲要擦老吊扇的时候，严父终于看不下去。

"够了！晓秋，到底出什么事情了？"

严晓秋摇头。

严父担忧地说："你只要心里有事，就会疯狂地打扫卫生。晓秋，你瞒不住爸爸的。到底怎么了？和……唐医生有关？"

严晓秋再也忍不住，泪如雨下："爸，你说得对，姗姗和他才是一对，我实在太傻了。"说完，她却是更加用力擦吊扇，像是发泄。

严父看在眼里，却什么都说不出来。

当夜就是除夕。唐明跟家人一起守岁，可时不时地就要看看手机。严晓秋的朋友圈动态，还是停留在雪山上发的那一条。他再一次看了下那条消息，烦躁地把手机扔在了一边。

就这样，各有各的心事，这个年过完了。

年后第一个上班日，办公室充斥着春节喜庆气氛。

MG旅游集团总部，苏芒办公室的门半开着，计调部的员工一个个鱼贯而入，排队等着领取红包，大家都说了些新年的祝福给苏芒。

新年伊始，公司总是要聚餐的。下班时分，整个MG集团的员工就聚集在了一起。聚餐结束后，费奕送苏芒回家。进到苏芒家楼梯间，楼道漆黑，隐隐从外面投来昏黄的光。

费奕看着眼前的环境，蹙着眉道："你家这物业的投诉电话是多少？灯坏了也不修，万一摔倒了，他们负责？"

苏芒耐心解释道："这不怪物业，昨天这灯还是好好的。我……啊！"

话未说完，苏芒被东西一绊，身体朝前一跌。费奕长臂一伸，搂住了她。

"苏芒，你没事儿吧？"他关心地问道。

苏芒惊魂未定地点点头："我没……"

苏芒话音未落，郑楚却突然出现，将苏芒拉到自己身边。

苏芒惊喜地看着他："郑楚，你回来了？"

郑楚却不说话，直接从苏芒包里掏出钥匙，转身开门。

刚要关门，苏芒扯了扯他的衣袖："哎，费奕还在外面呢……"

郑楚扭头不满地看了费奕一眼："他不需要你担心。费总，这点夜路就不用我送你了吧？"

还不等费奕回答，郑楚关上门。费奕轻笑了一声，转身离开。郑楚进入苏芒家，苏芒看着他的样子，有些好笑。唉，吃醋的男人真的好幼稚，好想逗逗他啊……

"你回来这么急干什么？郑总催着要方案吗？"

郑楚狠瞪苏芒，突然起身欲走，却是走向厨房。

苏芒好笑地说："哎，大门在那儿呢。"

"谁说我要走了，我要检查我不在的这几天，某人自不自觉，有没有好好吃饭。"

郑楚快走到厨房时，苏芒突然从背后抱紧他，闭上眼睛。郑楚呆住，握着苏芒的手。两人静静地相拥，享受这片刻的美好。

隔天，郑美玲提出要看现阶段"艾美之旅"的方案，苏芒和郑楚一起前去作了相关说明。郑美玲看着眼前的郑楚，分外欣慰。

会议结束之后，郑美玲把郑楚打发走了，说要跟苏芒详谈。开始的时候，一切还是之前说过的话，什么她离过婚，有孩子，诸如此类，苏芒却只说她一切都听郑楚的。直到郑美玲说到一个问题，苏芒才有所犹豫。

郑美玲直接地问："苏芒，你真的想拿下'艾美之旅'项目吗？很简单，想要的话，就让郑楚辞职。你说得对，感情控制不了，反正我得休养，我要他去英国继承我的艾美集团。"

苏芒呆住了。

郑美玲再说："所以年轻人，感情不等于全世界。要郑楚还是要项目？你是真正爱郑楚，还是只在乎自己的感情而已？回去好好想想。不用那么快回答我，现在，我有的是时间等你的答案。"

郑美玲说完，打开房门，径直走了出去。

郑楚守在门口，看到苏芒出来的时候脸色特别不好，他一阵担心。

"苏芒，你没事儿吧？"

他看苏芒没反应，又转过头去看郑美玲。

"姑姑，你们谈什么谈了这么久，居然还把房门锁起来了。"

郑美玲说："我们还能谈什么，当然是谈'艾美之旅'的合作啊！苏总，我们今天谈得很愉快，对不对？"

苏芒抬起头，勉强自己露出微笑："对，很愉快。郑总，今天就不打扰了，我先走了。"

苏芒走得极快，郑楚看了眼郑美玲，随即跟上。

郑美玲笑容渐渐敛起，重重叹了口气。

医院里，唐明正在办公室看医学资料，再看手机，仍是没有严晓秋的消息。他烦躁地合上书，突然想起第一次跟她见面的首饰店，于是赶紧拿起外套冲出办公室。

首饰店里，严晓秋去前台交资料，远远看到唐明过来，赶紧躲了起来。

唐明走进首饰店，眼神逡巡了一圈，却没发现晓秋的身影，一阵失落，沮丧离去。严晓秋注视着他的背影，正在犹豫要不要出来，手机响起，是唐明的电话。

既然要断，就断干净吧。

严晓秋挂断电话，果断抠出手机SIM卡扔到垃圾桶。

她很快更换了手机号码，给除了唐明之外的人都发了换号通知。

苏芒看着电脑在工作，脑海里却浮现出与郑美玲的对话。突然接到晓秋的短信，她想了想，给严晓秋打了过去。

"喂，晓秋，有时间吗？对啊，不找你吐槽找谁啊？你干吗换手机号啊？好吧，等一下见。"

她想了想，把见面地点定在了郑美玲公司附近，然后又给郑美玲打了电话约她见面。

一见到郑美玲，苏芒开门见山地表达了自己意思，郑楚和"艾美之旅"项目，她都要，而且志在必得。郑美玲气不过，晾了她一下午。结果苏芒气定神闲，看得郑美玲佩服不已。最终，郑美玲还是签了那份合同，但提出了一个要求，让唐果果做"艾美之旅"活动的代言人。

苏芒一愣，回复道："很好，果果很适合啊！"

郑美玲说："我想了一下午，既然'艾美之旅'对你来说筹码太低，那我换个怎么样？只要你放弃郑楚，艾美以后可以长期和MG合作，并指定所有的路线都交给你来负责，这样，你在MG的地位就牢不可破了，升职加薪是必然的。"

苏芒皱眉，刚想反驳，郑美玲又语重心长地说了起来。

"有些话虽然是老生常谈，但我还是忍不住想说。苏总，假设你肚子里这个孩子在20年后带了一个女人回家，口口声声说非她不娶，而这个女人肚子里还怀着别人的孩子，身为母亲的你，心里舒服吗？如果我是你，我就会想想郑楚的父母和郑楚的未来，想想郑楚成为艾美的CEO却有一个不知道父亲是谁的孩子，别人会怎么看他。当这些压力都在你身上的时候，你能不能扛得住？我会给郑楚艾美，你呢？你除了送给他一个和他没关系的孩子，还能带来什么？"

苏芒渐渐攥紧拳头，低头沉默片刻，说："我明白了，郑总，我会认真想想。"

与郑美玲谈完之后，苏芒离开她公司楼下，去找严晓秋，见面以后忍不住把郑楚带自己回苏州，跟自己表白，以及郑家人的反应统统告诉了她。

严晓秋了解完事情经过，只剩下感叹了。

苏芒一巴掌拍在晓秋的额头："我约你出来，不是要听你'天呐天呐'的。你帮我出个主意吧。"

严晓秋抓住苏芒的手："苏芒，你那么聪明，我觉得，我的立场你已经猜到了。"

苏芒看着严晓秋一脸的不赞同，叹了口气，懒懒地趴在了桌子上。

严晓秋苦笑了一下："我要和你怎么说？说苏芒，别害怕，不要管其他人的目光，想爱就爱吧？那太假了。你离过婚，有了孩子，这孩子还不是郑楚的。这在任何家庭看来，只要有一项就是死罪，你还数罪并罚，理所应当量刑更重啊！"

苏芒眉头皱着，叹了口气："唉，其实这些都不算什么。我担心的是——"

"郑楚？他说为了你，可以放弃艾美？"

苏芒声音闷闷地问："嗯，你信不信这样的话？"

严晓秋苦笑了一下："我如果相信男人们这话，就不会到现在都没嫁出去了。"

苏芒瞪了她一眼："严晓秋！你就不能对爱情有点美好的憧憬啊？"

严晓秋抚了下耳边的发丝，用淡淡的带着愁绪的声音说："因为两个人的感情不可能一直都好啊，不可能永远这么你侬我侬、如胶似漆的。等以后吵架的时候，他可能会冒出来一句这样的话：苏芒，当初为了你，我连艾美都不要了，为什么你现在这么对我？你拿什么反驳？你承担得起这个责任吗？"

苏芒沮丧地低下头："你真是一语中的，我确实担心这个。"

"你说你想和郑楚再生一个属于你们俩自己的孩子，但那是未知数，不能拿它说服他家里人。"

苏芒的头越来越低："你是说，我们要分手，对吗？"

严晓秋握着苏芒的手紧了紧，语重心长地说："苏芒，我只是怕你受伤。"

同一个时间段，郑楚也约了唐明，两个人在拳击馆一边对战，一边吐露心事。

　　郑楚是遭到家人反对，而唐明却连表白的话还没说出口，就已经被严晓秋隔绝了。两个失意人对战完，又直接喝得酩酊大醉。

　　苏芒回家，郑楚正坐在她家门口，像是睡着了似的，一身酒气。苏芒叫了他两声，又拍了拍他的脸，郑楚毫无反应。苏芒叹了口气，将他带回家里。

　　她费力地将郑楚扶进卧室，坐在床边打量郑楚。一边看着他，一边不由得用手轻抚他的面庞，目光中透着丝丝缕缕的留恋。

　　过了一会儿，苏芒将门轻关，回到客厅，坐到沙发上发呆。其实她心里比谁都清楚这段感情的不合适，比谁都明白郑楚为自己的付出。可事到如今，不被家人和朋友看好和祝福的感情，怎么才能走得下去呢？

　　苏芒的眼角，一颗硕大的泪珠滑落。心痛得无以复加，可她明白，是时候放弃了。

苏芒在办公室正忙，郑楚匆匆闯入。

郑楚胡子没刮，脸没洗的样子，引得众人的目光一路跟随着他，一脸看八卦的表情议论纷纷。

"苏芒，你这是什么意思？"郑楚说完，"啪"的一下把一张纸条拍在了苏芒的办公桌上。

苏芒深吸一口气："没什么意思，你把门关上。"

郑楚关上门，转回身来继续逼问。

"什么叫'我们算了吧'？苏芒，你能不能给我解释一下？"

顿了一下，他又想到了什么似的，说："我知道了，是不是我姑姑跟你说了什么？"

苏芒强压下心里的难过，努力挤出一个笑容："郑楚，你要相信我，没有人逼我，只是我突然想通了。我，一个离异孕妇，你，也许是以后要成为艾美集团董事长的人，怎么看怎么都不搭调，所以与其以后唧唧歪歪分手，不如现在就分开。长痛不如短痛，我们要快刀斩乱麻啊！"

郑楚的眼眶都红了，压低声音怒吼道："如果我说不呢！什么艾美集团，除了你之外，那都和我没有关系！"

苏芒冷着脸说："你了解我的，郑楚。一旦下定决心，我不会改变，你出去吧。对了，你和唐果果联系一下，她是'艾美之旅'的代言人，有些工作需要她来一下。"

郑楚盯着苏芒良久，她这样让他感觉很心疼，也很陌生，可这是公司，他也知道不适合多说，最终还是退出了苏芒的办公室。

门关上的刹那，苏芒手中钢笔落下，捂着脸终于哭出了声。

郑楚一出门，就找了个拐角给唐果果打电话，告诉了她关于"艾美之旅"代言人的事情，果果高兴得连忙答应了签合同。

郑楚刚打完电话，却看到苏芒从罗总办公室出来，迎面和费奕遇上。苏芒看了一眼费奕，侧身走开，费奕跟上，两人边走边说话。

"罗总和你说什么了？"

苏芒头也不回："那你去问罗总啊！"

"我去问罗总，还不如看你那张脸。看你眼圈发黑，眼底通红，眼眶微肿，怎么，失恋了？"

苏芒停下脚步："费奕你是不是改行算命去了？"

费奕也跟着停了下来："郑楚的姑姑很难搞定吧？"

苏芒苦笑了一声："这有什么难搞的。事情就怕想不清楚，只要想清楚，作决定就好了。"

费奕："我很少佩服女人，但佩服你的还就是这点，手起刀落，刀法干净，该断就断，心肠硬得都不像是女人。"

苏芒强自安慰自己："我就当这话是夸奖了。其实也没什么难选的，对吧？费总数学好，'艾美之旅'项目一旦拿下来，我可以得到多少提成，这个估计你也有数。与其想着一段不太可能实现的感情，还不如攥紧手里能拿到的，你说是不是？"

费奕看到苏芒身后的郑楚："也对，你能想通就很好，不过——"

苏芒回头，郑楚正在身后有些不敢置信地看着她。苏芒一脸淡然地经过郑楚。

"郑主管，与唐果果签订代言合同后，麻烦再整理一下发布会的流程，把各媒体名单发到我邮箱。"说完，苏芒昂首离开，留下郑楚呆站在原地。

费奕拍拍郑楚的肩膀，调侃道："我就知道我还有机会。"

郑楚心塞的同时，严晓秋也是抑郁无比。

她没有想到躲了那么久的人，会在眼前这种情况下见面。

陈姗姗突然来找她的时候，她还觉得高兴，妹妹终于肯认她这个姐姐了。

可当在餐厅见到唐明的一刹那，严晓秋拔腿就想往外走，却被陈姗姗死拖活拽地拉到了餐桌前坐下。唐明看到严晓秋，惊喜后表情复杂："晓秋，你来啦？"

严晓秋压抑住心里的难受，疏离地问好："唐明，你好。"

陈姗姗一脸天真地说："唐明哥，我这次把晓秋带过来，就是要向你承认错误。其实晓秋是我亲姐姐，如假包换。姐，我就这么把我们是姐妹的事儿向唐明哥说了，你不会怪我吧？唐明哥，我之前说要告诉你的，可是晓秋不让，你不会怪我姐的，对吧？"

严晓秋不敢置信地看着陈姗姗，陈姗姗的笑容无辜甜美。

唐明尴尬一笑："当然不会。"

这一顿饭，三人吃得各有心思。饭后晓秋再一次借口公司有事，不等唐明说什么，先行告辞。

唐明伸出手要拽住晓秋："哎，晓秋……"他却被陈姗姗一把抱住伸出去的胳膊。"好啦，唐明哥，我们也走啦。"

唐明只好失落地离开，而陈姗姗却一脸掩藏不住的胜利的笑。

MG集团，"艾美之旅"的项目正在按进度每天推进，只是项目的主负责人郑楚和苏芒之间的气氛，却是说不出的诡异。

两人再没一起出双入对过，苏芒脸上的笑容少了，而郑楚却每每在跟相关人员沟通的时候望着苏芒的背影发呆。

很快，就到了活动发布会的这一天。

发布会正式开始的时候，唐果果犹如天使般从天而降，众记者蜂拥着围上去拍摄，唐果果的微笑自信又阳光。整场活动按照流程顺利进行。

坐在台下的郑美玲目露骄傲，接受着大家的祝贺。

不远处，苏芒跟郑楚擦肩而过，苏芒对他视而不见，郑楚则是一脸漠然。郑美玲将这一幕看在眼里。

很快，活动结束，午宴开始。不知是谁安排的，郑美玲、费奕、苏芒、郑楚在同一桌。不停有人给郑美玲敬酒，郑美玲都以身体不适为由婉拒。有人给苏芒敬酒，费奕却帮着挡酒，两人的互动犹如情侣。郑美玲看在眼里，看向郑楚，郑楚仿若没看见。一场宴会结束，几乎全公司的人都知道了苏芒跟费奕在一起的传闻。

郑楚黑着脸回家，等在苏芒家门口。好不容易等到她回来，郑楚拉着她想说些什么，两人一阵争执，苏芒却突然接到陈嘉明的电话。

"你好。什么？陈嘉明？你要回国？"

电话挂断，苏芒一脸呆滞，他回国是要做什么？

郑楚看着苏芒的样子，一阵烦躁，大声问："谁是陈嘉明？"

苏芒反应过来，苦恼地吼道："前夫！他是我前夫！郑楚，我已经够乱了，你就让我静静吧！"

苏芒转身"砰"的一声摔上了门。郑楚呆站在门口，神色莫测。

第二天，关于"艾美之旅"的会议结束，费奕和苏芒还是当郑楚不存在一样。

郑楚看着两人的背影，脸色难看，他劝自己不要再去想这个女人，也不要为她的事操心，但实在是放心不下苏芒，又约了苏畅，想要从苏畅那里了解关于陈嘉明的事情，但苏畅也只了解个大概，聊了半天，他也没打听到什么有用的信息。聊完以后，郑楚回家，发现有个陌生男人在自家门口，正坐在行李箱上。

这个男人垂着头，左手拿烟，正打着电话："好了，Lisa别闹了，只要我回英国，别说爱马仕了，玛莎拉蒂也能给你买啊！放心，我开完会就回去。"

郑楚瞥了陌生男人一眼，直皱眉头。

电话再响起，这个男人又接起电话："李总，我真的会很快给你钱的，我已经在努力想办法了好不好？真的，这次说话算数！"

他挂断电话，将烟扔到地上，烦躁地碾了几脚。

郑楚此时问道："您找谁？"

陈嘉明一脸的不耐烦："我找这家的女人。对了，你知不知道她去了哪里？"

郑楚一顿，心中已经了然，没好气地回答："你是陈嘉明？苏芒不住在这儿，你找错地方了。"

陈嘉明："我……"

郑楚不等他说完，回了家猛地关上门。他一进屋就赶紧给苏芒打电话，可电话还没拨通，就听见了房门外苏芒的惊呼声。

郑楚猛地开门，只见陈嘉明一把将苏芒揽在怀里。

"苏芒，你怎么现在才回来？我等你很久了。"

苏芒推拒着陈嘉明，一脸厌恶："你来干什么？"

陈嘉明厚着脸皮嬉笑道："还有什么，当然是想你了啊……好吧，是还有些事情。我们回家说。"

苏芒的表情有一丝犹豫，陈嘉明看出来了。

"苏芒，你不怕邻居听见我就在这儿讲。"

苏芒犹豫片刻打开了房门，郑楚蹿出来，拽住她的胳膊。苏芒看了他一眼，使劲挣脱他的手，关上了房门。

郑楚看着紧闭的房门，一脸哀伤。

41 第四十一章

进了家门，苏芒冷着脸问陈嘉明什么事，结果还真是如她所想的那样，陈嘉明居然厚着脸皮要她一起还债。

怒不可遏的苏芒拒绝了陈嘉明，谁知道陈嘉明居然拿苏芒人工受孕来说事，说得肮脏龌龊。苏芒忍无可忍之下，用手推了陈嘉明，要赶他离开，陈嘉明反手一推，居然就推到了苏芒的肚子上。

苏芒猛地往后一跌，坐在了地上，表情痛苦。

一直在阳台上偷偷关注的郑楚一看，赶紧越过自家阳台，直接跳进苏芒家里。

"苏芒，苏芒，你没事儿吧？"

苏芒摇了摇头。

郑楚心疼不已，起身，冲陈嘉明就是一拳。

陈嘉明擦了一下嘴角的血迹，不要脸地说："呦，你算哪棵葱？我告诉你，我是她前夫！这房子是她苏芒买的吧？她为什么有钱买房子？是因为和我离婚分割了我的财产！既然钱是我的，这房子也是我的！倒是你，你要当第三者吗？"

"你！畜生！"

郑楚揪着陈嘉明的衣领又要扭打在一起。

苏芒此时站起，沉声说："郑楚，你走吧，我的事不用你管。"

郑楚的拳头还没落下去，一脸惊呆地看着苏芒，苏芒却哭着推他走。

"你还没看够热闹是不是？走啊！你快走啊！"

郑楚被推出了门外，只好给苏畅打了电话，让他过来帮苏芒。

很快，苏畅就赶了过来，他之前偷偷配的备用钥匙派上了用场，开门进家，却只见苏芒呆坐在沙发上，家里一片狼藉。

苏畅一脸紧张："姐？姐，你没事儿吧？"

苏芒擦一把脸上的泪，看了过去："你怎么来了？"

苏畅心疼地看着苏芒："楚哥不放心，打电话让我过来。姐，那孙子呢？"

苏芒苦笑一声，指了指卧室："在里面睡觉。"

"什么？把你害成这样，他还在你房间里睡觉？姐，你看我不整死这王八蛋！"

苏芒要阻拦，可她一个孕妇，又怎么能追得上苏畅？苏畅已经抄起一把扫帚，走向了卧室，一脚踹开了卧室门，对着床上的陈嘉明就是一扫帚。

苏畅："嘿，别做春梦了！起来！"

陈嘉明迷迷糊糊睁开眼，看见苏畅，还没开口，就被一顿好打。两人从卧室打到客厅。苏芒拉架拉不住，眼看着直着急。这时候郑楚也从开着的门外走了进来，跟苏畅眼神一对，拉着苏芒就把她关进了卧室，然后把门给反锁上了。

没有了苏芒在一旁拉架，两个人合力揍得陈嘉明拎着行李箱落荒而逃。苏畅拍了拍手，把门关上，跟郑楚相视而笑。

"事情这不就解决了？但楚哥，这人肯定不会就此罢手的。在家里我可以负责我姐安全，在公司，我姐就交给你了。"

郑楚仗义地拍了拍苏畅的肩："没问题。"

苏芒在卧室里听到他们的对话，直流泪。

隔天，苏芒带着新写好的策划案来找郑美玲谈工作。她提议郑美玲以患者代表的身份，亲自参与到"艾美之旅"中。郑美玲同意的同时，又暗自感叹，觉得如果不是有个孩子，苏芒真是个很好的女人。

商谈好合作的具体细节后，苏芒刚出郑美玲办公室，便接到电话。

苏芒神色一紧，忙接起："贾律师，之前拜托您的事情查得怎么样了？什么？真的是陈嘉明说的那样么？好的，我明白了，谢谢。"

苏芒挂断电话，心内无比沮丧地往公司走，却不知道陈嘉明已经到她公司去闹事。

郑楚出去让他离开，可他居然说郑楚是苏芒养的小白脸。眼看郑楚又要忍不住动武，费奕这时候出现，邀陈嘉明去贵宾休息室等着。

郑楚看向费奕，费奕向他使了个眼色。郑楚无奈，只能带陈嘉明前去。

苏芒一回公司就听说了此事，赶紧走到贵宾休息室，推门而入。屋里只有两个人，陈嘉明如同少爷般赖在沙发上，郑楚紧盯着他。

郑楚起身："苏芒，你回来了？"

苏芒一脸冰冷地说："嗯。你出去工作吧，我刚出去和郑总谈了些事情，资料在你桌子上放着，给你两个小时时间再细化一下。"

郑楚看了陈嘉明一眼，又深深地看向苏芒："好。有事儿电话我，我先出去了。"

很快，苏芒跟陈嘉明就谈完了，回到了自己的办公室。郑楚一看，赶紧拿着心不在焉地整理的资料敲门而入，苏芒正在办公。

郑楚把资料往桌子上一放："这是我整理的资料。"

苏芒头也不抬："好。"

郑楚犹豫了一下，问道："那个……陈嘉明走了？你们没什么事儿吧？"

苏芒依然一脸冷淡："嗯，没有。"

郑楚看了苏芒一眼，转身要走。

正当他快要出房间时，突然手机响起，他接起电话："什么？妈，你来上海了？你就在我家门口？什么？对门门口也有一个老太太？"

苏芒听到这，抬头看向郑楚，郑楚挂断电话，呈呆滞茫然状。

"苏芒，我妈来了，她还说，你家门口也有一个老太太。你妈不是不在了吗？"

苏芒一脸茫然，说："我妈确实不在了，我……坏了！"

说到这里，她好像想起了什么，赶紧起身，抓起衣服就走。

两人回到家的时候，就看到门口的郑母跟陈嘉明的母亲正要吵架。

郑楚："妈！"

苏芒："阿姨？"

郑母、陈母呆滞，面面相觑。

郑母不可置信地看着陈母："苏芒，苏芒就是你说的前儿媳？"

陈母一脸理所当然："是啊！我儿媳妇你认识？"

郑母一脸惊恐地看向郑楚："郑楚，你们俩住在一起？"

郑楚欲拽郑母，另一边苏芒也拉着陈母，两边各自将长辈拉回了自己家。

郑楚家，郑母追着他喋喋不休地询问关于苏芒的事，郑楚崩溃之下，只好把自己关进房间。

苏芒家，陈母摆着一副婆婆的样子，检视起苏芒的房子。

这时，苏芒接到陈嘉明的电话，看来之前自己为了打发这个瘟神同意还债也没能让他满足，此刻陈嘉明在电话里居然说在她还钱之前，就让陈母住在她家里。

挂断电话，苏芒无语地看着陈母。哪知道陈母居然又说起孩子的问题，声称孩子可能是陈嘉明的。

苏芒无奈之下，只好说："您住在这里我不介意。但您也知道，我和陈嘉明离婚了，所以，请不要再干涉我的生活。"

陈母："唉，苏芒——"

苏芒提包，关门离开。她出门遇到了郑楚，两人刚想一起上班，结果郑母就纠缠了上来。苏芒没说话，看了一眼郑楚，转身就走了。

郑母还要跟上去，郑楚咆哮道："妈，你就饶了我吧！"

公司里的绯闻已经闹到沸反盈天，可苏芒还是昂首挺胸地来来去去。

下班的时候，苏芒要去医院做产检，郑楚刚想跟上，郑母却又突然出现。

苏芒凄然一笑："郑楚，做你的乖宝宝吧。"

说完，她开门上车，很快发动汽车，一脚油门就踩了出去，却没看到身后费奕的车子悄悄地跟了上来。

苏芒刚到医院门口，便遇见费奕，苏芒很诧异："费奕，你怎么在这儿？"

费奕看了一眼手表："果然，我那句话还是对的，女人开车不靠谱。大家一起走的，我已经在这儿等了八分钟。"

苏芒不确定地问："你在这儿等我？你要陪我产检？"

费奕点了点头："有什么问题吗？快走，再啰唆下去，人家医院都要下班了。"说罢，他转身就走在了前面。苏芒无奈，只能跟上去。

检查完出来，费奕问苏芒的情况。苏芒看着宝宝的B超照，兴奋地介绍着，却突然发现身边久久没有声音。

苏芒抬头看费奕，见费奕表情古怪。"怎么了？"她不知道他葫芦里又在卖什么药。

费奕木着脸说："你刚才一直在叫我郑楚。"费奕说完，也不等苏芒反应，转身快走。苏芒呆了几秒，赶紧跟上。

一路上，两人再无其他话。费奕把苏芒送到楼下，就走了。

苏芒回家，却恰巧遇到郑楚。郑楚捧着饭盒，刚要给她送饭，身后门突然被拉开，郑母虎视眈眈地看着他们。郑楚脸色一变，转而走向刚走上楼的刘阿姨，说："刘阿姨啊，我这新做了红烧肉，你要不要尝两口？"

说话间，他经过苏芒身边，仿若不识。苏芒轻笑，转身进入自己家门。

另一边，唐果果接到了不少演唱会嘉宾的邀约，却在去试唱的时候才得知，原来是唐父给她带了赞助，冲动之下，带着苏畅就跑回家质问唐父，还脱口而出说苏畅是她男朋友。

跟父亲大吵了一架之后，唐果果沮丧地跟着苏畅来到酒吧。苏畅连果果承认他男朋友身份这件事都没来得及高兴，只能陪着她一杯接着一杯地喝酒。

果果一杯接一杯地喝酒，苏畅和Tony坐在两旁。

"苏畅你说——我爸，我爸对我多好啊，居然这么帮我！"果果狠狠地拍了一下桌子，"我还以为自己多厉害呢，终于要熬出头来了……其实……其实我还是个废物啊！怪不得叶丽莎看不起我，我除了卖萌耍宝，什么本事都没有！"

唐果果话音刚落，就醉酒趴在桌子上。

苏畅惆怅地看着唐果果："从她爸办公室出来她就一直喝酒，怎么劝也劝不住。"

Tony神秘一笑："那就别劝了，她自尊心特别强，肯定受不了这个。作为歌手，说到底，还是需要用唱功来展示实力。你猜我这几天在忙什么？"

没等苏畅回话，Tony拿出一沓资料，是《中国好声音》的报名表。

苏畅："《中国好声音》？你要让果果参加好声音？"

Tony点头，难得一脸严肃："与其艰难挣扎，不如从头再来。"

"可是果果会答应吗？"

Tony坚定地说："这是证明她实力的好机会，她会答应的。"

第二天，苏芒要去做唐筛，费奕上门来接，却遇见了陈嘉明母子。

费奕冷笑一声："苏芒，前夫、前婆婆与你同处一室，和睦相处，你家阵容够强大的啊！"

说完，也不等三人说话，费奕推开陈嘉明，不由分说进了房间，掏出手机就对着陈嘉明和陈母一阵猛拍。

陈嘉明慌了神，伸手要抢走他的手机："你做什么？"

费奕举高了手中的手机："拍照留念啊，如此奇葩的人百年难遇，这次能遇到下次就不知道是什么时候了，拍下来发到网上，这多吸引点击率啊！"

话刚说完，陈母拖着行李箱，突然往外走。

陈嘉明忙上去拦住："妈，您这是做什么？"

陈母一脸内疚地说："嘉明，我们已经对不住人家，做人不要太过分了，闹成现在这样你有很大的责任，这个家是毁了！昨天你爸爸打来电话说身体不舒服，我要回英国了，你自己好自为之吧！"

陈母说完就快步走掉，陈嘉明瞪了苏芒一眼，也离开房间。

苏芒呆住了，这就搞定了？就……这么简单？

费奕看着她呆愣的样子笑了："人都走了，还傻站着干什么？走啊，再不去医院又要堵车了。"

苏芒回过神，道了声谢，忙收拾了东西跟费奕一起出了门。

这一幕却正好被阳台上的郑母看了个正着，她忙喊来郑楚："儿子！儿子！你看这苏芒又跟谁走了？这前夫刚走，又来一个男人。"

郑楚不言一语，皱眉转身离开。

等到苏芒和费奕回到公司，郑楚已经去了"艾美之旅"活动的第一站。

"艾美之旅"的活动旗子在迎风飘荡，不远处，30位乳腺癌患者正开心自拍，讲述自己与癌症斗争的故事。数十台摄影机正记录活动影像。

活动顺利结束，郑美玲很满意，跟郑楚闲聊之间才知道，原来举办慈善真人秀是苏芒的主意，不由得在心里对苏芒又多了几分赞赏。

晚上，严晓秋加完班回家，快要进楼栋的时候，突然被人拽住。她受到惊吓连踢带打，竟是唐明。

"是我，我是唐明。严晓秋你力气怎么那么大？我要是再不表露身份，是不是就被你踢废了？"

晓秋这才抱歉地说："对不起，你怎么在这儿？"

唐明的语气有点焦躁："手机换号，人也不见，我只能通过这种最原始的方法来找你。晓秋，是我什么地方做得不对吗？为什么回上海后，你一直这么躲着我？如果我们之间有了什么误会，我希望大家能坐下来说清楚，而不是这样……这样真的让我很难过。"

严晓秋苦涩一笑："大家坐下来说清楚？什么是大家？妹夫，是要我和我妹妹一起坐下来吗？"

严晓秋说完，转身就走。

唐明拽住她："晓秋！"

严晓秋挣脱他："已经很晚了，唐明，如果姗姗看到这一幕，她会生气的。"

唐明又抓住晓秋："是谁和你说我是姗姗男朋友的，是姗姗吗？"

严晓秋挣扎道："唐明，这和谁说的有什么关系吗？"

唐明见状，赶紧解释了跟陈姗姗的男女朋友关系都是陈姗姗自己强加给他的。

严晓秋却问道："唐明，可是我为什么要相信你的话？"

唐明急切地说："但我会相信你啊，你和姗姗是姐妹的事情，不是你有意隐瞒我的。或许你会不相信，其实在很久之前，我已经知道你们是姐妹了。"

严晓秋一惊："什么？"

"是郑楚告诉我的。"

严晓秋苦笑："原来我才是那个傻子，唐明，我是不是很可笑？"

唐明深深地看向晓秋，眼中爱意满满："没有，你很可爱。晓秋，你让我又一次认识了你。"

夜深了，苏芒在写字台前埋头算账，旁边是一沓厚厚的演算纸。手机响了，又是催款信息，苏芒叹息连连。

烦躁了一阵之后，苏芒灵机一动，想起以前郑楚帮她出的主意，赶紧上网注册，把自己的奢侈品包、衣服和家电都放在了二手交易平台上，可还是对银行的催款电话不堪其扰，近几天，她都被打扰得无法继续工作。

第二天，正在开会的苏芒又接到催款电话，赶紧跑出会议室去接听。郑楚顾不上去管会议室里众人的议论纷纷，跟了上去。

苏芒在楼梯拐角打电话，尽力压低声音。通话结束后，苏芒挂上电话，无力地靠在墙壁上，闭上眼睛，却突然感觉到一股视线转到了自己身上。苏芒睁开眼睛一看，郑楚正在对面，她强牵起一抹笑："会开完了？"

郑楚不理，而是问："苏芒，你到底遇到什么事了？你前夫逼你还钱？"

苏芒起身便走，郑楚拦住她。

苏芒低喝道："我和你有什么关系吗，郑先生？放开，我要回去开会了。"

郑楚紧抓不放，语气里已经带上了一丝丝哀求："苏芒，我想要帮你！"苏芒倏地回头，目光灼灼地直视郑楚的眼睛："郑楚，你想怎么帮我？在帮我之前，你经过你家人的同意了吗？他们对我已经有所误解了，我不想误会更深。我的事我自己会解决，不希望牵扯别人。"

苏芒说完就走，郑楚呆在原地。

苏芒走出两步，微微转身，并没有回头，只是低叹了一句："对不起，郑楚，我不能把你牵扯进来，不能牺牲你的前途和事业。"

苏芒离开，郑楚心事重重地注视着她的背影。

回到办公室才得知，建设银行的人来过，苏芒一阵紧张，告诉Ella银行的人都不见。

Ella走后，苏芒叹气，忽觉烦躁，将办公椅狂躁地一转，背对着办公桌打电话。

"喂，您好，是中介公司吗？我这有套房子想要出售，对……是的……时间特别紧，好的，我们约个时间看房……"

她挂掉电话转过身，却看见费奕坐在面前。苏芒呆住了，过了一会儿才说："费总，你怎么来了？"

费奕皱着眉看着苏芒："建设银行的朱经理是来找你谈合作的，你为什么不见？"

苏芒如释重负地抚了抚胸口："哦，我以为是别的事。"

费奕接着问："我刚才无意中听到你打电话，你要卖房子？"

苏芒一脸淡然地说："嗯，不想住那里了。"

费奕脸色一变，突然觉得很生气，哪怕这段时间他陪她去医院，极尽所能地照顾她，都被她不着痕迹地一直拒绝，可此刻听到苏芒骗人的话，心里还是一阵难过。

他冷峻地说："你说谎。你连银行的人都不敢见了，天天接债务电话，然后你还在这一脸平静地和我说不想在那住了？"

苏芒也生气了，站起身指着门："费奕，我说了，这不关你的事！你走！"

费奕深看了苏芒一眼，没说什么，最终离开。

门关上的刹那，苏芒只觉得眼前一黑，往椅子上重重一跌。费奕听到声响，连忙冲进来，只见苏芒已晕倒在办公桌旁边。费奕再也顾不得生气，抱着她赶往医院。

到了医院，苏芒醒来，要求出院，可医生却不给开出院单，费奕也在一旁相劝。争执间，郑楚一脸紧张地赶了过来。

"苏芒，你没事儿吧？"

费奕见状，只得避让一旁。

苏芒一愣，眼圈一红："你怎么来了？"

郑楚关切地看着苏芒："我听公司同事说你晕倒了，就赶紧过来了。现在什么情况？"

苏芒强忍着难过收回视线："没什么，谢谢你的关心。费总，麻烦你送我回公司，可以吗？"

费奕看着苏芒的样子，最终还是什么都没说，办了出院手续，搀扶苏芒离开。郑楚失落地看着两人离开。

回去的路上，苏芒才发现车子并非开往公司方向。

苏芒说："这好像不是去公司的路吧？"

费奕一脸冰冷地说："回家。假我已经帮你请好了，这一个星期你都可以在家休息，还有，明天我带你到医院复查。"

苏芒的话像是尖锐的刺，句句戳得费奕心疼："费奕，你凭什么插手我的生活？你以为最近和我吃了两次饭送我回几次家我们关系就亲密了，对吗？我们只是同事！你没权利帮我做主！"

费奕心里难过，却仍然不为所动："你这样下去，孩子也会不好的！"

苏芒看着一旁的费奕，突然崩溃了，失声哭泣："是，我最近是被逼债，但我用不着你可怜，我自己可以处理。费奕，前面路口我要下车。"

费奕沉默了片刻，突然沉声告白："苏芒，我不是可怜你，我只是喜欢你，我知道你现在不能接受我，但至少不要排斥我。"

苏芒沉默……车渐渐驶向远方。

办公室内，郑美玲给郑楚打电话，打不通，重新拨打多次，也未通。她放下电话，思索片刻，叫来助理Cora吩咐道："你去帮我打听一下，郑楚最近是不是遇到了什么事。另外，你打听一下MG苏总的动向。"

43 第四十三章

苏芒坐在办公桌前，桌上的电脑屏幕显示着优信二手车平台。她一直盯着看，桌上的电话突然响起，苏芒这才回过神来，赶紧接起电话。

"房子有人买吗……什么？因为有贷款，要三个月才能办手续？不，不行，我等不及了，我急需用钱。好的，谢谢你。"

她挂断电话，沉沉地趴在桌子上自言自语："卖不了房子就得卖车了……唉。"

振作了一下情绪，苏芒给严晓秋发了微信，约了她见面。

餐厅里，苏芒面前一堆美食，她却几乎没吃什么东西。

严晓秋担忧地问："苏芒，你身体不舒服吗？我点了你最爱吃的牛肉饭啊，去胡萝卜丝去绿豆芽了，可你怎么都不大吃啊？"

苏芒愁眉不展地说："我前夫回来找我，我最近事情太多，没什么胃口。"

严晓秋惊呼："你前夫？"

苏芒勉强一笑："嗯，这事说来话长，不过我能应付得过来。你倒是春风满面。怎么，和唐明成了？"

严晓秋羞涩一笑："瞎说什么呢，其实他只是告诉我，他和姗姗不是男女朋友关系。"

苏芒调侃道："你脸上分明就写着四个字——爱情得意，满脸的桃花。晓秋，恭喜。比起你来，我觉得自己感情一团糟。"

停顿了一下，苏芒继续说了下去："离婚本来就是个失败，而我呢，之前识人不明，不仅离了婚，还稀里糊涂地带了个孩子。晓秋，我有时候都有些怀疑自己了，是不是自己做人很失败？好累啊，好不容易遇到一个自己喜欢的好男人，但我又是个拖累。我也不知道孩子的父亲是谁，不知道把这个孩子带到这个世界上，孩子会不会怪我。"

严晓秋心里一惊："苏芒，你怎么会有这样的想法？"

苏芒沮丧得肩膀都耷拉下来了："我觉得自己错了，突然一点自信都没有了。晓秋，我凭什么一时冲动就把孩子带到这世界上来呢？何况孩子出生后连爸爸都没有，这对他不公平，是不是？"

严晓秋一脸忧虑地问道："苏芒，你别吓我，你该不会想要打掉这个孩子吧？"

苏芒轻抚着凸起的肚子："怎么舍得呢，我只是觉得亏欠这个孩子了。"

严晓秋看在眼里，赶紧转换了话题，哄着苏芒略吃了些东西。

等两个人散了以后，晓秋担忧地给郑楚打了电话，告诉郑楚，苏芒有不要孩子的想法。郑楚听了严晓秋的讲述，大惊。

"谢谢你告诉我这些，晓秋。不过，我和苏芒从来没有分开，也不会分开……好的，你放心，有事儿我再联系你。"

郑楚挂断电话，心事重重，在门口等苏芒回家。

苏芒边上楼边打电话，通话内容是关于卖车的，郑楚听得一阵心疼，可苏芒看都不看他一眼，转身就进了家门。

第二天早上，郑楚不停地敲门，可苏芒从猫眼里看到是他，理都不理，直接给自己煮了清水面，吃了起来。哪知道郑楚突然出现在面前，苏芒被吓了一跳。

"你是怎么进来的？"

郑楚故作得意地指着阳台："我说了，你不开门我也有办法进来。"

苏芒无语。

"不会有人像你这么无赖的。你这叫私闯民宅，我可以报警。"说完，她低下头继续吃面。

郑楚一把抽走苏芒的面条，拿出已经预备好的饭盒："你这几天就吃这些？苏芒，你不为自己想，也得为孩子想吧！快，我给你做好了，你吃这个！"

苏芒盯着饭盒，一动不动，眼眶泛红。

郑楚看她不动，耐着性子挖起一勺炒饭送到苏芒嘴边哄道："乖，这是你最喜欢吃的炒饭，我放了虾仁，有营养又好……"

苏芒却情绪崩溃，猛地抬手，将饭盒打翻。

"郑楚，我是你什么人？我不需要你！你走！"

苏芒发疯似的推开郑楚，郑楚看着这样的苏芒，心疼无比，猛地将她揽到怀里，任由她捶打。

苏芒哭喊着："你走，你走。"

郑楚不发一言，只揽着苏芒，轻轻拍抚着她的后背，苏芒伏在他肩膀上哭。

时间一分一秒过去，苏芒终于哭累了，靠在郑楚怀中昏昏欲睡。

郑楚抱起她轻轻放在沙发上，阳光透过窗帘洒落在她的脸上，郑楚一脸心疼，轻轻将她凌乱了的发丝理顺。

第二天，苏芒刚进计调部，便看见众同事窃窃私语。苏芒疑惑地走向办公室，一推门，看到陈嘉明正坐在自己的位置上。Ella尴尬地站在一侧。

"苏总，我不想让他进来的……可怕他在外面乱说，对您更不好，我……"

苏芒冷着脸说："知道了，你出去吧。"

等Ella出了门，苏芒才故作平静地跟陈嘉明沟通。陈嘉明是来催债的，原本100万的债务，陈嘉明却硬说成是300万。

苏芒已经懒得再争吵："再给我点时间。"

陈嘉明难得诚恳地说："下周一就是还贷款的日子。苏芒，这是我最后一次求你，因为如果还不上钱，我就得坐牢。"他说完起身，快走到门口，又回头："苏芒，我问你，这个孩子是不是我的？"

苏芒头也不回："不是。"

陈嘉明说："我信你一次。如果不是我的，那我祝你早日找到孩子的父亲。"

陈嘉明刚走出MG公司，郑楚在身后喊他："陈嘉明，那边有个咖啡店，我想找你谈谈。"

陈嘉明呆住："是你？我们有什么好谈的？"

郑楚："你不是要钱吗，这一谈可能就有了。怎么样，谈不谈？"

最终，陈嘉明还是跟着郑楚来到了咖啡店，谈了有20分钟。

谈完之后，咖啡店门口，郑楚与陈嘉明分别。

陈嘉明吊儿郎当地说："话我已经说到这儿了，钱什么时候能给？"

郑楚看着他说："300万不是小数目，我凑钱也需要些时间，但是你放心，我肯定能拿出来。只是，拿到钱你是不是就会回英国？"

陈嘉明痞痞地一笑："也不一定。我老婆……不，我前妻肚子里那个孩子还没搞明白是谁的，对吧？"

陈嘉明说完，转身离去。

郑楚看着陈嘉明的背影，思考良久，给苏畅打电话。

电话里，郑楚告诉了苏畅陈嘉明逼苏芒还钱的事，苏畅一阵内疚，表示要跟郑楚一起想办法。

挂了电话，郑楚找了一个ATM机，查了下卡上的余额，屏幕显示20万。他叹了口气，想了想，给郑美玲打电话："姑姑，我有事儿想要你帮忙。"

郑楚如约来到郑美玲办公室，直接开门见山地要借300万。

郑美玲玩味一笑："你还没给艾美挣到一分钱，就要拿300万给苏芒啊！"

郑楚一脸茫然："啊？你怎么知道苏芒遇到了事？"

郑美玲一脸了然："这点小事我一调查就知道了。钱是可以借，但小楚，别怪姑姑没提醒你，这钱你就算给了，以苏芒的性子，她也不会要。你知道她现在想了什么主意吗？她要卖掉自己的房子和车子。"

郑楚更惊讶了："连这个你都调查到了？"

郑美玲瞪了郑楚一眼，扳过电脑："所以说你傻，姑姑打拼这么多年，做事最终的原则就是在做任何事情之前，了解对方的底细是最重要的。你看，她还在网上挂了出售信息。"

郑楚有点着急了："姑姑，那您快帮我想想办法，这几天催债的都来公司了！苏芒现在压力太大，有点抑郁了。您只要能帮她，让我做什么都行。"

郑美玲有些得意地看着郑楚："办法是有一个。我可以去做那个大买家，全款买下她的房子，但是有个前提，你必须接手艾美集团。"

郑楚听到这里，又踌躇了起来："我……"

郑美玲淡然一笑："小楚，我不逼你现在作决断，但是姑姑知道，除了这个方法，你们真的没别的路可走。"

郑楚回到家，发现苏芒正在她家阳台上打电话。郑楚躲到一边，听到苏芒连着打了三四个电话，跟人借钱。

郑楚心疼不已，终于忍不住，躲到屋里拿起电话。

"喂，姑姑。我决定了，嗯，只要您买下她的房子，我就接手艾美集团。对，您能不能尽快安排人和她联系一下，我求您了。还有，您千万别告诉苏芒，是您买了她的房子。"

郑楚挂断电话，走上阳台，看着苏芒走进屋子。

郑楚只能自言自语："苏芒，我只能这样帮你了。对不起！"

傍晚，郑楚给苏芒做好了饭，苏芒还是不跟他说话，他只得自己离开。走到门口，他听到苏芒接起电话："什么？有人要买我的房子了么？太好了！……"

郑楚悄悄地把门关上，回到自己家，刚进门就收到了郑美玲发来的微信："事情已办妥，明天就能付房款办手续。"

郑楚无力地靠在门边，神色复杂。

第四十四章

陈姗姗为了接近唐明，也是无所不用其极，竟然买通了唐家的保姆，探听唐母的爱好和出行规律。

这一天，陈姗姗又借机巧遇唐母一起逛街，却突然接到唐明的电话，说不能再假扮她的男友。

电话里，陈姗姗泫然欲泣："唐明哥，是不是我做错什么事情了？"

低沉的嗓音从电话里传来："不是你做错什么事情了，我们本来就是假装情侣，现在只是让一切回归到原位而已。姗姗，我帮不了你的忙……"

陈姗姗打断他的话："唐明哥，你是不是有喜欢的人了？"

唐明听到陈姗姗如此质问，心里一阵不舒服，却还是好言相劝："好吧，我承认，我是有喜欢的人了。对，那个人就是你姐，严晓秋。姗姗，之所以不想告诉你，就是不想因为我，再影响到你们姐妹的感情。"

陈姗姗挂断电话，借口临时有事，告别了唐母。转身的时候，攥紧的拳头泄露了她的心思。

"严晓秋，我不会放过你的！"

另一边，挂断电话的唐明来到酒吧等待严晓秋。看着布置好的一切，唐明紧张的同时，却觉得幸福近在眼前。

等待的时间无比漫长，唐明看着自己安排的一切，生怕哪里不妥当，不停地询问着酒吧的服务人员。服务生笑着说："唐医生，这些我都知道了，三天之前，您就把这些给我写下来了。您看您紧张的，连笑都不会了。"

唐明："我紧张吗？好像是有点儿啊！"

时间一分一秒地过去，眼看着挂钟到了傍晚六点半，唐明忐忑地在门口等待严晓秋。

时间此刻仿佛分外漫长，他实在憋不住，还是拿出手机给严晓秋打电话："晓秋，快到了吗？好的……我就在门口。"

唐明刚挂断电话，没过一会儿手机再响。他以为是严晓秋，看也不看接起电话："晓秋，你到了吗？……"

正说着话，他却突然呆住了。

"姗姗？姗姗，对不起，今天我有事情，真的不能过去。什么？姗姗，你别做傻事！"

严晓秋却在此刻前来，看到唐明脸色不对，她出声询问："唐明，怎么了？"

唐明一脸焦虑："晓秋，姗姗要自杀！她说我不见他，她就自杀。"

唐明说完后飞速离去，严晓秋呆站在原地。

唐明火速赶到陈姗姗住的小区。唐明下车，抬头看去，一眼望到在自家窗边坐着的陈姗姗。

窗户大开，陈姗姗坐在飘窗上，一只腿故意伸向窗外。不断有小区住户经过，对楼上的陈姗姗指指点点。

唐明掏出手机赶紧打给陈姗姗："姗姗，你别做傻事，我马上上来！"

唐明一路跑进楼，一脚踢开房门。

陈姗姗坐在窗边笑看着他："唐明，你来了。"

唐明一脸紧张："姗姗，有话下来说，你坐在上面很危险的！"

陈姗姗故作眼神迷离："下去说？唐明，我不傻，我安全了，你就立刻会跟严晓秋双宿双飞，我还有说话的机会吗？"

严晓秋在这时候突然出现，恳求道："姗姗，你别冲动，你下来，我们三个人坐下来谈谈好吗？"

陈姗姗情绪崩溃："谈？谈什么？我们不是早就谈好了吗？你明知道唐明是我爱的男人，还从我身边抢走了他！"

严晓秋看着陈姗姗，哀求道："姗姗，从小到大，我什么都可以让给你，可是唐明不行。他是人，不是用来交换的商品，他有喜有悲，会难过会受伤，我爱他。"

唐明回望晓秋。

陈姗姗凄然一笑："姐，你还记得小时候我跟你说过什么吗？我说，长大后我要嫁给一个王子，他会给我这个世界上全部的爱。现在这个王子就在眼前，你却偷走了我的水晶鞋。"

唐明疾步上前："姗姗，你先下来，上面危险。"

陈姗姗失控大吼："你别过来！"

陈姗姗半个身子探出窗户，严晓秋很焦急。

唐明慌忙后退："好好好，我不过去，你坐稳了。"

严晓秋悲痛欲绝："姗姗，我只有你这么一个妹妹，我对你的感情不比任何人少。只要你肯下来，你要什么我都给你，你要我做什么我都答应你！"

陈姗姗说道："你说的是真的？那你听好了，我要你离开唐明，离开上海，永远不再出现。"

严晓秋丝毫没有犹豫，眼神坚定地说："我答应你！"

唐明哀伤地望了一眼严晓秋："姗姗，现在你可以下来了吧？"

陈姗姗见目的达到，自己从窗户上跳了下来，安全落地。

严晓秋神色清冷地说："姗姗，别忘了你答应我的，好好珍惜自己的生命。既然你不想看见我，那我走了。"

唐明想要追上去："晓秋，你不能走！"

陈姗姗一把拽住唐明："唐明，你想我再死一次吗？"

唐明一脸悲伤："姗姗，用生命强求来的爱情，不可能长久，你明白吗？你可以从这儿跳下去，我会为你的死负责任，大不了跟你一起跳下去，可是姗姗，这有什么意义呢？"

陈姗姗仍然不放手："唐明，我问你，你喜不喜欢我？"

"姗姗，我不想伤害你！"

陈姗姗不讲理地说："不想伤害那就是喜欢。你刚才说，如果我跳下去，你会对我的死负责，这还不算是爱吗？"

唐明目光凄然地望着陈姗姗："姗姗，你根本就不懂。"说完，他轻拉开她的手，转身离开。

陈姗姗看着唐明的背影，表情扭曲地说："唐明，我不要你跟我一起死，我要你活着，永远留在我身边！"

严晓秋始终不回头，疾步一路向前。唐明从后面追上来，拽住她，低声哀求："晓秋，你不能走！"

严晓秋低着头不去看他的脸："唐明，你也看见了，姗姗是我亲妹妹，我不能置她于不顾。我知道你也是喜欢姗姗的，不然刚才不会那么紧张。所以，好好对她，把我的那份爱一起给她。"

唐明慌乱地解释："我是个医生，看见谁自杀都会紧张的！晓秋，那我呢？你只想着姗姗，你知不知道我已经……"

严晓秋打断他的话："唐明，我不伟大，在爱情面前也不想做胆小鬼，可是，你就允许我自私一次吧，你放手。"

挣扎不开，严晓秋狠咬下唇，一狠心，抓着唐明的胳膊使劲甩开。唐明觉得自己就要失去她了。

"晓秋，你……"

微风起，带起了晓秋的发丝，遮盖了她空洞绝望的眼睛："什么都不重要了，唐明，别再来找我。"

同一时刻，城市这边的苏芒家里，一团纷乱，客厅里摆了几个大箱子，沙发也用白布罩上。

苏畅一进门才知道，原来房子已经卖掉了，而且苏芒还说，不再反对苏畅跟唐果果在一起，让苏畅一阵惊喜。看着姐姐难过的神情，苏畅难得有担当一次，他看着苏芒的眼睛，下决心说："姐，你把这房子再买回来，钱的事我来想办法。"

苏芒叹息一声："苏畅，但凡有办法我也不会卖了这房子。我只能暂时住到你的魔术馆去，之后再想办法吧。"

苏畅听到这里，才脸色难看地说："姐，你可能没办法住过去了。"

苏芒这才知道苏畅为了帮她，把魔术馆给卖掉了。

苏芒一阵难过："苏畅，求你了，把魔术馆买回来，那是你的梦想。我以前总说你胸无大志，我错了，我们家苏畅是世界上最好的魔术师。"

苏畅抱紧苏芒，安慰她说："姐，你放心，有我在，不会让任何人欺负你的。姐，这次你就听我的吧，把钱拿着。魔术馆没了，手艺还在，我苏畅是谁啊，表演几场魔术，分分钟赚回来。"

苏芒这才破涕为笑："臭小子，这都什么时候了，你还吹牛！"

二人正说着，这时却接到陈嘉明的电话："今天已经周一了，苏芒，钱准备好了吗？"

苏芒清了清嗓子，说："你等着，我马上过来。"

苏畅要跟着苏芒一起去，却被她拒绝了。

郑楚敲开苏芒家门，看到苏畅，才知道了苏芒去给陈嘉明送钱。他不放心，要去追，却又转头回来让苏畅帮忙带句话给苏芒。

"等苏芒回来，你告诉她，这个房子的买家说了，她可以继续住在这儿，不必急着搬走。"

苏畅恍然大悟："楚哥，这房子的买家不会是你……"

郑楚只得说了实话："你总算聪明一回，是我姑姑买的。"

苏畅惊讶地问："你姑姑不是不喜欢我姐吗，怎么会出手买下她的房子？你答应她什么了？"

郑楚低叹一声："苏畅，有时候太聪明了反而不是一件好事。她是我姑姑，难道还能害我？你只需要知道，我希望苏芒幸福，我想尽我所能给她幸福。对了，千万不能告诉她这房子是我姑姑买的，至于怎么解释，你自己看着办吧。"

苏芒和陈嘉明面对面坐着。苏芒把存着500万的银行卡递给陈嘉明。她一分钟都不想多呆，却没想到，陈母突然出现，要求她一起回英国，要给孩子做DNA检测。

苏芒怒急了，跳起来冲二人吼："500万已经给你们了，我跟你们陈家断得干干净净。陈夫人，做人要有底线，这种厚颜无耻的事，您儿子能做，您这个当妈的，不能做！"说完，苏芒拿起包飞快离开。

陈嘉明和陈母追出去。苏芒想取车离开，被陈母一把拽住。

陈嘉明劝说他妈："妈，您放手，让她走，我回去跟您解释！她的孩子真不可能是我的！"

陈母不放，苏芒扬手欲甩开，却不小心把陈母推倒了。陈嘉明一看，扬起手要打苏芒。不远处，郑楚扔下自行车飞奔过来，一脚把陈嘉明踹倒在地，苏芒也吓了一跳。

陈母惊怒地说："你凭什么打我儿子？"

郑楚怒喝："你们敢动她一根指头试试？"

陈嘉明爬起来一看，是郑楚，却突然意味不明地笑了一下："是你？我是该说这世界小呢，还是说你们俩有缘分呢？一个在英国，一个在中国，这样都能凑到一块。"

郑楚满脸疑惑："你什么意思？"

陈嘉明恶狠狠地说："郑楚，这孩子本来就不是什么干净的种，你知道它是苏芒从哪儿弄来的吗？"

苏芒瞪大了眼睛看着陈嘉明，想制止他说出真相："陈嘉明！"

陈嘉明啐了一口血水："它是苏芒买的精子，连她自己都不知道这孩子的父亲是谁！"

郑楚听完一脸震惊。

陈嘉明看着郑楚的反应，附到苏芒耳边恶毒地说："苏芒，本来你帮我解决了债务问题，我想告诉你一个秘密的，不过现在我不想说了。苏芒，以你遇事就逃的性格，我想你在国内留不长久了，我们英国再见。"

说完，陈嘉明嘴一撇，带着陈母离开。

第四十五章

　　苏芒开车在路上疾驰，郑楚骑着自行车在后面狂追，却突然摔倒在路边。

　　苏芒透过后视镜看见郑楚连人带车摔倒在路边，赶紧停车查看。

　　"郑楚，你没事吧？你不要命了？"

　　郑楚从地上爬起，抓住苏芒的胳膊："是你不要命了吧，前面红灯，你这么开过去不出事才怪。"

　　苏芒看他这样，反应过来，歇斯底里地哭喊："你是故意摔倒的？郑楚，你神经病吧，我是死是活已经跟你没关系了！你也听到了，我的孩子来路不明，我甚至连他的父亲是谁都不知道。你姑姑让我在你和前途之间选一个，我选了前途放弃你！我就是这样的坏女人，你还不明白吗？我不值得！"

　　郑楚突然吻住苏芒，将她紧紧抱在怀中。苏芒使劲挣扎，随后扇了郑楚一巴掌。

郑楚却依然不松手："苏芒，你以为我会相信吗？我是楚留香，我情商很高的，我知道你放弃我不是因为姑姑给出的条件有多好。苏芒，我要怎么才能让你明白，我愿意做你孩子的父亲，哪怕这辈子我们只有这一个孩子了，我也愿意！"

苏芒的眼中慢慢凝聚起了泪光，她深情回望郑楚，却又突然想起郑美玲和郑父之前对她说的话。

想到这些，她心底的柔情被无情地压了下去，眼中的依恋渐渐黯淡："郑楚，放手吧。你不相信我是为了郑总给的条件而放弃你，那好，我就说些你会相信的。在孩子和你之间，我选择了孩子。我不相信你会给他像亲生父亲一样的爱，我不能拿我孩子的幸福做赌注。再说，如果我们在一起了，却不再有自己的孩子，你父母允许你们郑家绝后吗？"

郑楚痛苦地道："苏芒，总有一天我父母会理解的。"

苏芒苦笑："总有一天？郑楚，不被祝福的爱情是不会长久的。还是那句话，我是要当母亲的人了，相比于你，我更爱我的孩子。"

苏芒转过身就往车的方向走。

郑楚怔怔地站在原地，突然大喊："苏芒，我不会放你走的！"

苏芒听到郑楚的喊话，流下眼泪。

苏芒回到家继续收拾行李，接到苏畅来电。

苏芒一手拿着手机一手继续收拾行李："苏畅，不是让你在家待着哪儿都别去么，你这又是在哪儿给我打的电话？"

苏畅回答："姐，我来陪果果了，她要参加《中国好声音》，我带她去放松放松。对了姐，我走的时候你那房子的买家过来看房子，让我告诉你一声，暂时不用搬走了，他们要出国几年，让你先住着，等他们需要用的时候你再走不迟。"

苏芒奇怪地问道："出国？都要出国了，干吗还买房子？"

苏畅敷衍地打着哈哈："有钱人的心思我哪儿猜得到？买着玩儿呗，就像你买鞋一样。反正你就安心住着吧！我先挂了。"

苏芒忙叫住苏畅："苏畅，你先别挂。"

"怎么了？"

苏芒语重心长地嘱咐："你跟果果要好好的，既然认定了，老姐支持你们。"

苏畅愣住了，刚想问怎么了，苏芒已经挂断了电话。

郑楚刚刚挂掉了跟郑美玲的视讯，他已经答应郑美玲，明天就去提离职。

晚上，郑楚纠结了很久，还是做好了饭，犹豫了一下，放到了苏芒家门口。

门铃一响，苏芒猛地开门，门外已经空无一人，只有地上的一个保温饭盒。苏芒拿起饭盒，望了一眼郑楚的家门，默默关门。她抱着饭盒在沙发上坐下，打开，一边吃，一边和蔡玲视频。

"玲姐，我决定了。"

电脑里传来蔡玲的声音："真的不再考虑了？苏芒，不怪陈嘉明说你，你这遇事就逃的性格，连我都看不下去了。"

苏芒说道："总之你就当我是懦弱好了，我会尽快忘记回国发生的一切，重新开始。"

蔡玲叹了一声："我劝不动你，这个决定是对是错，以后你会知道的。公司那边不用担心，我已经帮你搞定了，你把工作交接好就可以了。"

苏芒把头抵在抱枕上，眼中噙着一抹泪："玲姐，谢谢你。"

两人又聊了一会儿，苏芒关掉了电脑。

第二天，郑楚拿着辞职信出了电梯。

办公区内，计调部的众人纷纷跟他道早安。他却好像没有听见，目光一直望着苏芒办公室。

办公室里，苏芒埋头在桌上整理文件。

费奕正苦口婆心地劝说："苏芒，你到底有没有听到我说话，你现在状态不好，可能是孕妇抑郁症的表现，你得出去走一走。"

苏芒无奈地扶额："你到底想说什么？辞职？也陪我去旅游？"

费奕一本正经地说："你需要休息，暂停工作！"

还不待苏芒说话，郑楚敲了下门，推门进来。

苏芒调侃道："你来做什么？邀功请赏吗？'艾美之旅'做得很好，我会跟公司建议给你升职的。"

郑楚不搭理苏芒，只转头看着费奕："费总可以先出去吗？"

苏芒抢话："不必了，有什么话你就说吧。"

费奕摊了摊手，郑楚看了看苏芒，又看了看手中的辞职信，终于递了出去。

"这是我的辞职信，我要离开MG了。"他不敢看苏芒的眼睛，几乎是低着头说出了这句话。

Ella正好进门听见，手中的文件掉在地上。

苏芒冷着脸："Ella，你先出去。"

Ella一脸震惊，离开。

苏芒问道："原因？"

郑楚看着苏芒的侧脸："没有再待下去的理由了。"

苏芒刻意回避，自嘲般笑："是啊，我倒忘了，郑楚是艾美集团的接班人，不需要在MG这种小地方练手了。"

郑楚无所谓地笑笑："随便你怎么想吧。苏芒，还记得你当初接任计调部总监的时候，千方百计地阻止我辞职，要是当时你没有阻止我该多好。"

苏芒背过身去，眼泪在眼眶里打转，却仍强装镇定道："辞职信拿去人事部，不必给我了。过不了多久，我也会离开MG。"

郑楚惊讶道："离开MG，你要去哪儿？"

苏芒仰起头强吞泪水，转过身来故作轻松："听费总的，去休假，如果我继续抑郁下去，难保不会生个畸形儿出来。"

费奕一脸惊喜："你真的要去休假？其实我可以……"

苏芒打断他的话，对着郑楚说："走吧，郑楚，去跟同事们告个别。"

费奕尴尬地留在原地。

郑楚看着走在前面的苏芒，低声回击费奕："我的女人我来陪！"

苏芒和郑楚从办公室出来。苏芒跟大家说明郑楚要离职，说完也不看众人的反应，就回了办公室。

显然，计调部的各位早已经知道了郑楚要离职的消息，纷纷围上来，表达不舍。郑楚把桌上的文件收进收纳箱中，抱着箱子离开。小顾几人面面相觑，终于还是没忍住叫住了郑楚。

"楚哥！"

郑楚头也不回地朝后挥挥手："朋友们，江湖再见！"

众人谁也笑不出来，一脸遗憾。

郑楚把箱子放在自行车后座，打电话给郑美玲："姑姑，我已经辞职了……嗯，您安排吧。没事，不用来接我。"

他刚挂断了电话，却接到了唐明的微信："老地方见。"

拳馆里，两个人挥汗如雨，直打到瘫倒在拳击台上，过了一会儿，才相互搀扶着起来，换过衣服，去二人常去的餐厅。

一坐下，唐明就把这几天的事情跟郑楚说了。

郑楚一脸不可思议："你说什么？姗姗闹自杀？你做什么对不起

她的事了？她以前可不是那种一哭二闹三上吊的女人。"

唐明端起酒杯一口把杯中的啤酒喝掉："你这话什么意思？我跟她只是朋友，有什么对得起对不起的。我本来是想跟晓秋告白的，可是姗姗这么一闹，我现在根本联系不上她！"

郑楚鄙视地看着唐明："姗姗喜欢你，你又不是不知道。我是该说你情商低呢还是智商低，我看你根本就分不清情人和朋友的界限！我问你，你到底喜欢晓秋还是姗姗？"

唐明郁闷地说："当然是晓秋。"

郑楚拍了下唐明的肩膀："那不就得了，既然你喜欢晓秋，就跟姗姗说清楚，彻底断了。不然以姗姗的性格，她会默认你是舍不得她！"

唐明低下头："我不想伤害她。"

郑楚斩钉截铁地说："你这么犹豫才是对她们最大的伤害！"

唐明犹豫地说："可是晓秋已经答应姗姗要离开上海了，她……"

郑楚打断他的话："你傻呀，她不理你，你不会主动吗？她说要离开，你就不会去追吗？"

唐明沉默半晌，才重新振作起来："你说得对，明天我就去找晓秋，我要完成那天的告白，让她知道，我愿意陪着她去天涯海角！"

郑楚举起酒杯："这就对了嘛，来，喝！"

夜越来越深，郑楚和唐明两个人已经醉倒在桌子上。唐明的手机突然响起，郑楚闭着眼睛摸索到唐明的手机，接起："喂，谁啊？"

陈姗姗愣了一下，以为打错了电话，半天才回过神来，认出是郑楚的声音，问道："郑楚？你跟唐明在一起？"

郑楚醉得不省人事："你谁……谁啊？"

陈姗姗赶紧问："你们，喝醉了？"

郑楚烦躁地在电话里嚷嚷："你谁？不说话挂了！"

陈姗姗忙说："别挂！我是严晓秋，你能告诉我你们现在在哪儿吗？"

郑楚语气一缓："哦，晓……晓秋啊，唐明要……跟你表白，要跟你去天涯海角……你……等着。"

陈姗姗恨恨地说："你告诉我，你们在哪儿？"

郑楚稀里糊涂地说："在哪儿，在我跟姗姗分手的那个地方，你知不知道，就是那个……"

郑楚没说完，陈姗姗就赶紧挂掉。机会来了！愣了半晌，她决定要抓住这次机会。下了决心，她对着镜子照了一下，然后穿上衣服就出门。

第二天，晨光微熹，严晓秋站在陈姗姗家门口，给陈姗姗打电话，无人接听。

其实昨晚接到姗姗电话的时候她就有一丝疑惑，到底是什么事情，非要自己来她家？但不管怎么样，她已经决定要离开，看了看手里精美的礼品盒，该送的祝福，她哪怕再心痛也还是要送出去。

犹豫半晌，严晓秋伸手输入密码，打开陈姗姗家的门。她刚走进客厅，就看到衣服、鞋子散落一地。她一步一步慢慢往里走，在卧室门口停下，只见卧室的门虚掩着，床上似乎有人。她轻轻打开卧室门，透过门缝，看见陈姗姗和唐明躺在床上，紧紧抱在一起。手中装了对镯的礼品盒掉落在地。

床上的姗姗率先睁开眼睛，看见门口的严晓秋，装出一副惊讶的样子："姐。"

唐明迷糊醒来，看见晓秋，又看见自己身边的陈姗姗，完全想不起发生了什么事，心里暗叫糟糕。

严晓秋泪痕布满脸颊，转身就跑，陈姗姗爬起来披上衣服去追。

"姐，你别走，你听我说！"

陈姗姗追着严晓秋离开。唐明酒醒，看见自己没穿衣服躺在姗姗的床上，一脸震惊。

"我，怎么会……"

他冲出卧室，一眼看到严晓秋落在卧室门口的一只对镯，盒子里面还放着一张字条：最后的告别，祝你们幸福——严晓秋。

唐明拿着对镯追了出去。

到了楼下，陈姗姗终于追到了严晓秋。

"姐，你听我解释嘛！"

严晓秋一脸苦涩："姗姗，你不用跟我解释，你们已经在一起了，这么做天经地义。可是你为什么叫我过来，让我亲眼看到你们两个……好让我彻底死心是吗？如果这么做你能开心，那就对唐明好一点。我很快就会离开上海，不会再打扰你和唐明，你这么做根本就是多余！现在你目的达到了，我死心了，真的死心了。"

严晓秋哭着跑开，陈姗姗终于露出心满意足的笑容。唐明追下楼看着跑远的晓秋，无力地靠在墙边。

回到陈姗姗家，唐明沉默地坐着，过了一会儿，问道："姗姗，我们昨天晚上……"

陈姗姗装作犹豫地说："唐明，我原本只是想跟你在一起，还没想结婚的事。可现在我有点担心，万一因为昨晚的事我怀孕了，到时候……"

唐明使劲抓头发，懊恼不已。

陈姗姗抱住唐明："唐明，我是真的爱你，和你在一起我才有家的感觉。我会孝顺你的父母，我们一定会幸福的。"

唐明痛苦地说："姗姗，你别这样，让我想想好吗？"

陈姗姗装作难过地说："如果你不愿意负责，我不强求……可我姐说她希望我幸福！你是要同时伤害两个女人吗？"

唐明起身，要走。

陈姗姗紧跟在身后："唐明，你去哪儿？"

唐明："姗姗，我……会负责的，你给我点时间。"

另一边，苏畅和果果才知道，原来苏芒要回英国。两个人劝说了半天，苏芒都不肯改变主意，苏畅只得央求她，过完生日再走。

从苏芒家出来，苏畅就跟果果打定了主意，要帮郑楚和苏芒重新走到一起。

苏畅灵机一动，发了个微信给郑楚："楚哥，明天是我姐的生日，我跟果果已经把一切都准备好了，你听我的，跟我姐求婚，然后你俩偷偷去领证，神不知鬼不觉的，到时候木已成舟，你姑姑和你父母也没办法了！"

彼时，郑楚刚刚参加完首次集团会议，算是正式就职。车内，郑楚坐在后座上，看着手机上苏畅的微信。他思虑片刻，突然感到有了一线希望。他突然很激动，对着前面的司机说："掉头，去最近的商场！"

到了商场，他在各式各样的戒指中精挑细选，终于找到一款他认为适合苏芒的，直接就买了下来。

经过一晚上的准备，苏芒的生日宴会已经差不多好了。苏畅拿出他近些年舞台变魔术的经验，对场地的细节做着最后的调整。电话铃响，苏畅一看是郑楚，连忙接起来："怎么样，楚哥，你准备好没？知道了，放心交给我！今晚我姐不答应你，我都得答应你！好了，不跟你开玩笑了，我忙着呢！"

艾美总部，郑楚刚挂掉电话，唐明冲进办公室，将西装外套扔在办公桌上，一把揪住郑楚的衣领，一拳就打了下去。郑楚被打倒在地，鼻子出血，脑子里却云里雾里，他赶紧爬起来："唐明，你又发什么疯？要约架等我下班行不行！"

唐明眼睛充血，盯着郑楚。

郑楚心里一惊："你……出什么事了？"

唐明眼睛通红地吼道："郑楚，你关心陈姗姗，你自己去啊！你明明知道我真正喜欢的人是谁，还把我硬塞给姗姗，你这么做，有没有考虑过我的感受？你知不知道昨天晚上……我……我跟姗姗……"

郑楚纠结地回忆："昨天晚上？我喝醉了啊，你手机一直响来着，我嫌吵就接了。我记得是晓秋打来的电话啊！我还说你要跟她表白来着。"

说到这里，郑楚像是想到什么，倒吸一口冷气："唐明，昨天来接你的人，难道不是晓秋，是……是姗姗？"

唐明垂头丧气，沉默不语。

郑楚不知所措地看着唐明，说话都有些结结巴巴："那你们……昨天晚上的事……你打算怎么办？"

唐明苦笑："怎么办？我还能怎么办！事到如今，我还能不顾一切去追晓秋吗？我不能！郑楚，你明白我的心情吗，不能跟喜欢的人在一起，却必须跟一个自己不爱的人结婚。就算我不想负责任，晓秋也会恨我一辈子的！她这么坚决离开就是为了不让我为难，为了尽姐姐的责任。"

郑楚站在身后，手搭上唐明的肩："唐明，我不知道该怎么安慰你，如果你现在需要一个人陪你打架，我是不会拒绝的。其实我现在的心也像被掏空一样，没法给你更好的建议。对了，你想好怎么面对你爸了吗？我记得叔叔一直不喜欢姗姗……"

唐明拿出严晓秋遗落的那只对镯，紧紧握在手心，眼角滑落一滴泪，最后好像下定了什么决心，转身离开了郑楚办公室。

是夜，苏芒、郑楚几个人和计调部的同事一起在相约的地点给苏芒庆祝生日。

严晓秋看着苏畅和郑楚交头接耳的样子，悄悄戳了下苏芒："苏芒，你看出来没有，鸿门宴啊！"

苏芒淡然一笑："看出来了。"

严晓秋诧异地问："那还不走？等会儿可走不了了。"

苏芒不动声色地说："我的生日嘛，主角走了，这戏还怎么演下去？"

吃得差不多时，苏畅看着大家的表情，觉得时机到了，便轻咳一声开了口："大家都吃好了吗？"

在座的众人纷纷点头。苏芒配合地也点了点头。郑楚低着头，手放在桌子下面反复揉搓戒指。

苏畅开始提议："既然大家都吃好了，那我们就开始玩游戏吧，今晚12点之前谁都不准走！我们来玩'天黑请闭眼'，我来介绍一下游戏规则。现在我手里有一些纸条，每张纸条上写着不同的身份，其中有两个杀手、两个警察、四个平民。你们每个人抽一张，然后跟着我的指令走就可以了。"

苏畅扫了眼众人，众人都了然。果然，第一轮下来，被杀掉的人是苏芒。

苏畅借着这个机会，让苏芒一直闭着眼睛，直到游戏结束才能睁开。

第二轮开始，苏畅每说一个口令，就有相应的人行动起来。灯被关掉了，大家都脚步轻轻，没有发出声音。几轮口令过去，大家都各就各位。直到苏畅说出警察指认杀手，郑楚走到之前苏芒站的位置，手里拿着戒指，单膝跪地。

天亮的口令一下，方圆却突然惊呼："哎，谁拉我？"

同一时间，唐果果和小顾、佳佳一起拉下幕布，大屏幕上开始播放郑楚和苏芒的照片，音乐响起，灯也亮起，然而众人却发现郑楚将戒指戴在了方圆的手上，而苏芒早已不见。

"郑……郑楚？你弄错了！"

严晓秋指着不知什么时候敞开的门："苏芒已经走了。"

郑楚拿着戒指苦笑："历史总是惊人地相似，求婚两次都失败。对不起了各位，今天晚上辛苦你们陪我演这场戏。"

严晓秋看着郑楚，无奈地说："你们弄这么一出，不过是希望苏芒跟郑楚在一起。其实何必这么大费周章呢？郑楚，苏芒心里是有你的，喜欢就去追啊，不要等到真的来不及了，才后悔当初没有勇敢一些。"

郑楚呆愣了半晌，才突然醒悟过来，拿起桌子下面的戒指盒，迅速跑出包厢。

他追上苏芒，站在她身后喊："苏芒，你站住！"

听到郑楚的声音，苏芒停下，她一咬唇，回头走到郑楚身边，牵起他的手，说："你别说话，跟我来。"苏芒把郑楚带到老屋旁边的那个展厅内。

郑楚看着苏芒问："为什么带我来这里？"

苏芒回答："因为这是我开始喜欢你的地方。"

郑楚听到这里，一脸欣喜："苏芒，你终于承认你喜欢我了！我知道这段时间以来你承受了很大的压力，我会肩负起责任，去跟他们沟通的，你相信我。"

苏芒冷然："凡事都应该有始有终，感情也是这样。带你来这里，我只是想在哪里开始就在哪里结束吧。"

郑楚一步步靠近苏芒，苏芒一步步后退，最后抵在墙壁上。

郑楚难以置信地看着苏芒说："你还想逃到哪儿去？你闯到我的生活里，把我的心一点点掏空就想逃走是吗？"

苏芒动容："郑楚，我……"

郑楚不由分说吻下去，苏芒先是瞪大眼睛，随即沉醉在他的温柔中。两人吻得很投入，似乎忘记了阻隔在二人之间的所有不快。但很快，这浪漫被一阵手机铃声打破，郑楚的手机响了。

接起电话，原来是郑父郑母催他回家相亲，他语气很不好地拒绝了。

郑楚挂掉电话，发现苏芒正看着他。

"郑楚，别再挣扎了，以前我活得很潇洒，从不在意别人的目光，现在我明白了，人有时候不得不服从命运，你以为掌握在自己手心里的，其实早就从指缝偷偷溜走了。你闪开，让我走。"苏芒眼睛红红的，努力装出冷静的样子对郑楚说。

郑楚突然跪下，拿出戒指一字一句地说："苏芒，我不会让你走的，除非你答应嫁给我。苏芒，我会让你看见幸福的，我发誓。"说完，他不由分说要给苏芒戴上戒指，却被苏芒一把打掉。

苏芒声嘶力竭地吼道："郑楚，你别闹了！你听清楚，我，苏芒，不爱你了！我不爱你了！回去相你的亲去吧，别再来纠缠我！"

说完，苏芒离开。郑楚拿着那枚戒指在原地怔住。

苏芒眼眶发红，却只能极力地忍耐。苏芒，不要回头，不要回头！她在心里一直对自己喊着，眼泪却不争气地掉了下来。

47
第
四
十
七
章

　　一路失魂落魄地走回家，苏芒开门开灯，一转身就看到苏畅在沙发上盘腿坐着，吓了一跳。

　　"苏畅，你想吓死我啊！在家干吗不开灯！都不吭一声，这么晚了你怎么在这儿？"

　　苏畅翘着腿："不做亏心事，不怕鬼敲门。楚哥不是追你去了吗，你们俩谈崩了？"

　　苏芒淡淡地"嗯"了一声，看到桌上的蛋糕，直接用手抓起蛋糕往嘴里塞。

　　苏畅看得忍不住叹气："哎，姐，你少吃点，考虑一下我侄子的感受，注意点形象行不行！"

　　苏芒头也不抬地狼吞虎咽，吃得蛋糕涂得满嘴都是，好像要把心里的难过跟着蛋糕一起都吞下肚去，消化干净。

　　"就这一次，你别管我。"她一边吃一边含糊不清地说。

305

苏畅无语地看着吃相凶残的姐姐，叹气道："唉，我也算是为你的幸福操碎了心，到现在你还不开窍，那就没办法了。姐，你什么时候走？几点的航班？"

苏芒含含糊糊地说："傍晚六点。"

苏畅兴奋地说："哎，果果明天参加《中国好声音》，比赛在下午一点举行，不耽误，姐一起去吧！"

"我真的不想……"

苏畅看实在不行，开始装可怜撒娇："姐，你要是不去，果果会不高兴的，你也不想我们还没结婚就闹矛盾吧？你就去嘛去嘛。我们姐弟俩从小就没爸妈，长大以后你去了英国工作，我一个人在国内，孤单，寂寞，难过了也不知道跟谁说，我怎么那么可怜啊！"

苏芒被他晃得没办法："行了，别装了，少来你那套。我去还不行吗？"

苏畅一脸开心："行！给你票！"

搞定姐姐，苏畅赶紧找了个空隙给果果发微信："果果，终极计划，行动！"

唐明并没有参加苏芒的生日宴，从郑楚那里离开以后，自己开车奔驰了许久，终于下定决心，来找陈姗姗。

车里，两人一阵沉默。

陈姗姗觑着唐明比阴天还要阴沉的脸色，还是开口了："唐明，你真的决定要娶我了吗？"

唐明："嗯。"

陈姗姗看着唐明冷淡的样子，忍不住皱眉："唐明，你对我能不能不要这么冷淡，我说过，如果你不想负责，我不会强求。我也知道强扭的瓜不甜，更何况那天晚上的事不是我的错，我只是看你喝醉了想照顾你，谁知道你突然就……"

唐明突然一脚急刹车，停在了路边，忍无可忍地说："姗姗，你不用骗我了。"

陈姗姗心里一惊，却还是强作镇定地装傻："什么？"

唐明讥诮一笑，转过头目光冷然地看着陈姗姗："我喝醉了？难道我一路从酒吧醉到了你家吗？"

陈姗姗立刻慌张了起来。

唐明将陈姗姗的慌张尽收眼底："郑楚以为昨天接走我的人是晓秋。姗姗，你为什么要骗他？"

陈姗姗装作无辜的样子："我……我只是想跟你道歉，我不应该逼走姐姐，可是你不接我电话，所以我只能骗郑楚，才知道你在哪儿。对不起，唐明，是我的错。"

唐明沉默良久，一拳砸在方向盘上。"算了，不是你的错。我不应该喝酒的，是我自己搞砸了一切。我活该，全是我的错！"说完，唐明突然猛踩油门，一路狂奔。

陈姗姗吓了一跳，紧抓住扶手，一脸紧张地大喊道："唐明，你快停下来，你别吓我！唐明，停下来，我不舒服！"

唐明突然醒悟，猛然间刹车，车停了下来，陈姗姗下车，把唐明从驾驶座上拉下来。

"唐明，你这是什么意思，要跟我同归于尽吗？我就那么让你看不顺眼？自从认识了严晓秋，你以前对我的关心、爱护全都不见了！唐明，我到底做错了什么！"

唐明痛苦地抚上自己的胸口："对不起，姗姗，我刚才不知道是怎么了，我心里难受，我的心，疼！"陈姗姗见状，用力地抱住唐明："唐明，什么都别说，我们回家好不好，我们回家。"唐明无力挣扎，颓然点头。

两人平复了一下心情，唐明开车带着陈姗姗回了唐家，告诉了唐父唐母他打算娶陈姗姗。唐父一听，就火冒三丈，死活不同意。

　　陈姗姗见状，马上乖巧地说道："叔叔，我知道您一直不喜欢我，也许以前我有什么地方做得不对，但我会改。我是没有什么家庭背景，可我相信叔叔您不是看重背景的人。"

　　唐父怒指着陈姗姗："你闭嘴，这里有你说话的份吗？"

　　陈姗姗一下子表情僵硬地站在那里，委屈地看向唐母。果然，这段时间的投其所好不是白费的。唐母牵起陈姗姗的手，嗔怪唐父道："你看你把姗姗吓的。你是想看儿子一直打光棍吗？姗姗这孩子是我选的媳妇，你要不同意，就把我也赶出这个家吧！"

　　唐父暴怒："你懂什么，那都是她讨好你的手段！反正我不同意你们结婚，你要娶她，就从我唐家滚出去！"

　　唐母脸色一变："你要让唐明滚，我跟他一起滚，反正我是不想再离开儿子了！"

　　唐父气得来回踱步："唐明，你不听我劝，迟早是要后悔的！"

　　唐明一脸坚定："爸，我做了决定的事情，没有人能改变。以前是这样，现在也是这样。不管你说什么，姗姗我都娶定了。"

　　正在此时，果果冲进家门大声喊道："哥，你要娶陈姗姗？爸，我站在你这边，坚决不同意！"

　　唐父冷笑一声："连我都管不了他，你不同意，你以为他会听你的吗？"

　　唐母劝着两人："你们父女俩有完没完了，结婚是件喜事，吵吵吵，再吵下去还能吵出朵花儿来？唐明都这么大个人了，你别老瞎操心。我们就高高兴兴地等着抱孙子不就好了？"

　　一直没说话的陈姗姗听到唐母的话，眼前一亮。

　　唐果果走到陈姗姗跟前，说："陈姗姗，我还真是小看你了。

以前我们上学的时候，我可没觉得你有这么多坏心眼，现在可好，你不但算计我哥，还算计自己的亲姐姐。说吧，你用了什么办法逼走晓秋，让我哥答应跟你结婚？"

陈姗姗听到果果提到严晓秋，脸色很难看。

唐明拽着果果解释："果果，这回不是姗姗的错，是我。"

"你的错？你做什么了？你有把柄在她手上？让爸拿出几十万块打发了她不就完了吗？你能有什么非她不娶的理由？"唐果果气极了，说话开始不管不顾。

陈姗姗看着唐果果，内心一阵难受。凭什么？她陈姗姗到底哪里不好，让他们这么难以接受？压抑许久的情绪让她直接恨恨地脱口而出："我们睡过了，我有可能会怀孕，这个理由够不够？"话说完，所有人都震惊地看向陈姗姗。

片刻，反应过来的唐母一脸兴奋地对唐父说："听到没有，人家姗姗说有可能怀上唐明的骨肉！太好了，你看看，就差一场婚礼，你就别跟唐明过不去了啊！"

唐明的脸色一阵难看。

唐果果讥讽："陈姗姗，你继续编。你说你可能怀了我哥的孩子，要不我们现在就去医院做个检查？你要不想去，我出门给你买个验孕纸回来……"

陈姗姗低头，攥紧拳头。

唐明一把拉过陈姗姗吼道："够了,果果！不管陈姗姗有没有怀孕，这件事到此为止。爸，妈，婚礼日期已经定好了。果果，你告诉晓秋，这辈子我只能对不起她了。"

说完，他就拉着陈姗姗转身要走。

身后的唐果果急得大叫："这个责任你不能负，陈姗姗是什么样的人我知道！这件事一定另有隐情！哥，你就是个懦夫，你迟早会为你今天的行为后悔的！"

唐明背影一僵，顿了一下，可还是头也不回地拉着陈姗姗离开。

最终，唐父唐母还是同意了陈姗姗进门。第二天，唐明带着陈姗姗来到唐家。唐父虽然还是鼻子不是鼻子眼睛不是眼睛的，却也没再多说什么。

饭后，陈姗姗坐在桌边研究宾客名单。"唐明，这些人都是你们唐家的亲朋好友吗？个个都是上海有名的富商呀。唐明，你看这两套婚纱哪套好看？下午陪我去试试吧！"她似乎很在乎婚礼，一直拉着唐明说个不停，脸上的表情很兴奋，唐明只低低地"嗯"了一声。

陈姗姗抱怨："唐明，你有没有在听我说话？"

唐明这才回过神来："嗯？怎么了？婚纱啊，你喜欢就好，不用问我的意见。你慢慢看吧，我去上班了。"陈姗姗嘟着嘴看着唐明撒娇："我说让你陪我去试婚纱，你在想什么呢？"唐明却并不看她，只低头看了看手表："……我，在想果果下午参加比赛的事。"说着，他拿出了一张票，对陈姗姗说："这是《中国好声音》的门票，你下午要是有空就去现场看看，放松一下神经。别太紧张那些宾客，都是看热闹的，一场婚礼而已。"

唐明放下票，就转身离开了，没有发现身后的陈姗姗脸色铁青。看着唐明离开的背影，陈姗姗恨恨地将手里的门票撕了个粉碎，扔在地上。

"一场婚礼而已？唐明，你以为哄小孩呢！来日方长，等我嫁进你们唐家，"陈姗姗看着宾客名单上的名字，"我要让这上面的所有人都知道，我是你唐明的妻子，我的地位不可取代！"

第
四
十
八
章

苏芒和严晓秋坐在摩天轮座舱里，缓缓移动，夕阳的余晖洒在二人脸上。

严晓秋看着因为恐高而有点紧张的苏芒："干吗来这儿？"

苏芒抓着扶手，跟晓秋解释道："我想克服恐惧，就像戒掉郑楚一样。"

严晓秋问道："去机场之前，你不去跟他告个别吗？"

苏芒脸色黯淡："还是不去了，没什么好说的。我只希望他能尽快忘了我，开始新的生活。不说我了，说说你吧，最爱的人马上要娶自己的亲妹妹了，你还能坐得住？"

严晓秋苦涩一笑："那我还能怎么办？去婚礼上抢人？也玩一回自杀？苏芒，你知道我不是那种人，更何况他们已经发生了那种关系，我没办法……"

苏芒不屑地道："那又怎么样？难道像我这样离过婚的人就不能

再有爱的权利了吗？晓秋，说到底唐明还是不够勇敢，他要是真的爱你，就算跟陈姗姗发生了关系又怎么样？"

严晓秋神伤低语："苏芒，我不想亏欠我妹妹什么，我也不想伤害她。"

苏芒叹了口气，说道："你就是太心软，才会让你妹妹有机可乘。唉，我们俩难姐难妹，同是天涯沦落人啊！哎，晓秋，要不你跟我去英国呗，姐姐带你领略国外的大好风光，包你三天就忘了臭男人！"

严晓秋被逗笑了："别开我的玩笑了。我现在只想安安稳稳地待在我爸身边，等一切尘埃落定，就出去走走。"

苏芒拿过一边的矿泉水，递给严晓秋："你回丽江，我回英国，不知道什么时候才能再见！"

严晓秋温婉一笑："我最近看了一本书叫《慈悲客栈》，书上说，爱是世界上最大的慈悲，忽然觉得做一个行走的人真的很轻松。所以我回丽江准备开一家客栈，过平静的生活。你累了烦了都可以去找我。"

苏芒回以一笑："你还有地方躲，没准我真会去找你！"

两个人又聊了一会儿，就各自回去收拾行李。

时间过得很快，转眼就到了唐果果录制《中国好声音》的时间。苏畅拉着郑楚，早早就到了现场。唐果果站在舞台上开唱，歌曲名为《漂洋过海来看你》。开口第一句，众导师兴奋抬头，表情惊讶。

苏畅坐在观众席上跟着着急："转啊，转椅子啊！"他想到他姐，瞥了一眼郑楚，低声嘟囔："我姐也是，怎么还不来啊！"郑楚却不说话，目光一直在观众席中徘徊，视线扫过某个角落，郑楚在灯光下看见苏芒的脸。

"苏芒……"他心里轻轻喊了一声。

唐果果唱到高潮，两位导师按耐不住同时转身，几秒后另外两位导师也相继转身，全场轰动。唐果果眼含泪花，深情演唱。

苏芒坐在观众席上望着舞台上的唐果果，深深地笑了。苏畅，你找了个好姑娘，老姐以后不用操心了。

当一曲结束，全场轰动。唐果果双眼晶莹："相信很多人都认识我，我叫唐果果，职业是歌手，曾经红极一时。今天站在《中国好声音》的舞台上，不是因为我想要东山再起，而是为了证明自己，鼓励自己，去珍惜现在拥有的。之所以选择这首歌，是因为我想告诉每一个爱过我的人，包括我的朋友、家人和歌迷，山高水远，相爱的人总会相聚。哪怕这个过程需要历经千难万险，需要面对质疑，但只要结果是好的，一切都是值得的！"

唐果果话落，全场鼓掌。

苏畅深情凝视舞台上的唐果果，而郑楚的目光仍然锁定在苏芒身上。

郑楚一个晃神，再看过去的时候，发现苏芒刚才坐的位置已经空了。他心里一惊，赶紧捅了捅旁边的苏畅："苏畅，你姐这几天有没有什么不对劲的地方？"

苏畅一拍脑门："糟了，我姐说傍晚六点的航班，她到现在都没出现，不会提前了吧？"

郑楚听了一脸茫然："航班？她要去哪儿？"

苏畅惊讶地看向郑楚："楚哥，原来你不知道啊，我姐要回英国了！"

郑楚呆愣，片刻后，冲出《中国好声音》的观众席，往机场飞奔而去。

机场里，两对深爱彼此却又无法在一起的恋人，连告别都让人心酸。

唐明在机场里四处寻找严晓秋，一边找一边打电话给晓秋，终于，这次晓秋接了起来。

唐明一阵欣喜："晓秋，你在哪儿，你再等等我，我有话跟你说。"

可严晓秋却只说了一句话就挂断了。

"唐明，再见了。"

唐明再打过去，已经是无人接听。

机场的另一边，飞往英国的航班就要起飞了，苏芒站在登机口，回过头去，眼前闪过一幕幕跟郑楚在一起的画面。郑楚，再见了。苏芒紧闭了一下眼睛，然后睁开，不再犹豫地跨入了登机口。

郑楚拼命赶到机场，却还是没赶上。他正屈膝坐在机场大厅的角落，有人从身后拍了他一下，郑楚惊讶地回头，同时叫了一声："苏芒！"

郑楚回头看，却是唐明。

唐明苦涩一笑："让你失望了，我不是苏芒。"

郑楚摇了摇头："你怎么在这儿？"

唐明坐下，跟郑楚背靠背挨着。

"我们兄弟有缘分，心爱的女人同一天走。这剧情是不是挺狗血的？难兄难弟！"

郑楚自嘲说："要不我俩凑合凑合在一起得了。"

唐明调笑道："郑楚，别打我的主意啊，我可是明天就要结婚的人。别灰心，你这病能治，我给你开药。"

郑楚问道："你准备得怎么样了？"

唐明苦笑了一下，拍了拍郑楚："没什么可准备的。走吧，喝酒去，庆祝哥们儿最后一个单身夜！"

这时候，郑楚却接到了费奕的电话。

三人相约去了一间KTV。

费奕在唱歌，郑楚和唐明在一边喝酒，不多时，就喝得酩酊大醉。费奕一曲唱罢，郑楚已经跳上沙发清唱起来。唐明举起杯子，做出干杯的样子："唱得好，郑楚，接着喝！"

费奕无奈地看着两个状若疯癫的男人："郑楚，我叫你来是想跟你谈谈苏芒，你倒好，一进门就喝。你们俩别当我不存在好吗？"

郑楚完全无视他的存在，继续自嗨地唱着。费奕无奈，自己也举杯一饮而尽："郑楚，你真的就这么让苏芒走了？你要是不追，我就去追了！"郑楚醉得瘫倒在沙发上，根本就没明白费奕说了什么："你有病啊！追，追，再追就追尾了！"

费奕独自坐在一旁，无奈，也喝起酒来，郑楚却扑过来，口齿不清地喊："一个人喝酒多没意思，过来划拳！"他刚想把唐明也拽过来，唐明突然干呕起来，起身跑出去。

另一边，试完婚纱的陈姗姗和同事一起，在酒吧过婚前的最后一个激情之夜。灯光迷离，陈姗姗看着眼前狂乱扭动的人群，心里暗暗得意。唐明，我几乎使出了我的所有手段，明天，我陈姗姗终于可以光明正大地叫你老公了，我就要是唐太太了。

她同事朱可儿跳了一会儿，回到座位找陈姗姗。

她挨着陈姗姗坐下："哎，姗姗，要不你打电话把你老公也叫来。"

陈姗姗眉头一皱，下意识地不想让唐明看到自己灯红酒绿的样子，低着头把玩了一下手里的酒杯，才淡淡地说："叫他来干吗，跟你们都不认识。"

朱可儿耸了耸肩，端起酒杯喝了一口，才说："那有什么啊，图个高兴喽，玩着玩着就认识了。你打给他，看看他现在在干吗。姐姐可是以过来人的经验告诉你，女人一旦结了婚，就得管好自己的男人，时不时打个电话，看看他是不是跟别的女人……懂吗？"

陈姗姗听着朱可儿的话，却突然想到了离开了的严晓秋，莫名地感到一阵烦躁："好，我打。"

唐明扒在马桶上吐了半天，手机响了。他已经醉得头晕眼花，勉强掏出手机凑到眼睛跟前仔细找接听键。好不容易电话才接通，唐明大着舌头说："喂，姗姗啊？"电话里传来陈姗姗故作温柔的声音："唐明，你在哪儿呢？"唐明醉意十足："怎么……还……还没结婚就查我岗啊？"

陈姗姗听出唐明的醉意，有点担心："你喝酒了？唐明，你跟谁在一起？"唐明却并没有好好地回答，话语里带着不甘和嘲讽："晓秋已经回丽江了，你还担心什么？我……明天就娶你，你……你不用担心！"

陈姗姗强压下自己的怒气："唐明，我不是这个意思，我是担心你。你在哪，我过去找你。"唐明咧嘴一笑："呵，担心我？还是不用了，我自己能回去，你跟朋友们好好……好好玩！我挂了！"

听到唐明说挂电话，陈姗姗心烦意乱，朱可儿端起一杯酒凑过来，从她手里拽出手机扔在一边，陈姗姗却没有发现电话还没挂。

朱可儿看陈姗姗的脸色不好，赶忙安慰："好了，跟你开玩笑的，你们家唐大医生看上去那么老实，怎么可能有别的女人。别皱眉头啦，明天是大喜的日子，来，喝！"说完，她端过一杯酒给陈姗姗，两人举杯共饮。

另一边的唐明盯着手机，眼神迷离，嘴里嘟囔着："挂……挂电话，在哪儿呢？"这时，电话那头，陈姗姗那边嘈杂的声音传来。

一道陌生的女声响起："姗姗，其实我一直特别好奇，上次给你打电话的时候，你说跟唐大医生正在进行中，那最后到底搞定没？"

唐明一愣，酒醒了大半，按下手机免提，那边的声音更加清晰。

陈姗姗苦笑，端起面前的酒杯一饮而尽："呵呵，我倒是想发生，谁知道那天晚上他喝了那么多酒，刚躺到床上就睡死过去了，最后还吐了我一身！"

同事甲貌似关心地问道："也就是说什么都没发生喽？那你之后打算怎么办，这种事情瞒得了一时瞒不了一世啊！"

同事乙接口说道："这还不好办，结婚以后有的是机会洞房，到时候有了孩子，谁还在乎结婚之前的事？是吧，姗姗！"

"你们又没结过婚，别在这儿吓唬姗姗了。唐家在上海也算是豪门，唐明就算以后发现姗姗骗了他，也只能打碎了牙齿往肚子里咽！"

陈姗姗的声音响起："都别说了，跳舞去！"

唐明怔怔地望着手机，那边的音乐声还在持续，唐明扶住门框，拿着手机的手止不住地颤抖。竟然是这样……竟然被骗了，竟然因为这样就错过了晓秋！他失魂落魄地走进包厢，郑楚已经倒在沙发上不省人事了。费奕一边点歌一边问道："你怎么出去这么久？"唐明没说话，拿起外套，跌跌撞撞地离开包厢。

第二天，婚礼如期举行。

迎宾入口竖着陈姗姗和唐明的婚纱照，宾客都已经差不多到齐，可唐明却依然没有出现。唐父唐母又不能放着客人去找人，只得勉强带着笑容站在门口迎客。

郑楚走过来，向唐父问好："唐叔叔。"

唐父像是看到救星一样："小楚，你看见唐明了吗？"

郑楚听到唐父的话，一脸惊讶："没有啊，他到现在还没来？宾客差不多都入座了，婚礼时间也马上到了。"

唐父急得额头上冒汗："这个臭小子，又唱的哪出戏？早劝他不听，这会儿要是给我们唐家丢脸，我饶不了他！"

唐母听了一怒："唐家唐家，你就知道唐家，你心里到底有没有儿子！"

婚礼现场热闹非凡，宾客席中相熟的不相熟的人都点头致意，微笑寒暄，谁也没有察觉到，婚礼的男主角缺席。

朱可儿给陈姗姗戴上头纱。陈姗姗看着镜子里自己精致的妆容，不安却在心里慢慢扩大："唐明怎么还不来啊？"

朱可儿看了下表："就是啊，这都几点了。"陈姗姗走到化妆间门口往外看，只看见唐父唐母和郑楚正在外面招呼宾客。她像是自言自语："他不会是昨天喝太多了吧，可郑楚都来了啊！"

郑楚趁着空隙，不停打电话给唐明，却一直无人接听。正在这时，一辆车到来。唐父唐母面露欣喜地迎上去，可从车上下来的人却是唐果果。唐果果一边下车一边问："我哥人呢？这婚不能结！"

郑楚压低声音在果果耳边说："果果，你哥还没来。"唐果果惊诧道："什么？没来？"

周围有人看见明星果果，已经开始有点躁动了，有客人陆续拿出手机对着果果开始拍照。

唐父看到，拉过果果悄声说："你先进去，有什么事等唐明来了再说。"唐果果却挣脱了唐父的手，说："我就要现在说，等我哥来了就晚了！"说完，她就冲到台上，抢过了婚礼主持人的话筒："在座的各位宾客，你们好，感谢大家来到我哥的婚礼现场，但现在我要告诉大家一个真相，陈姗姗这个女人心机太重，之前就用过卑劣的手段演了一段被强奸的戏给我哥看，这样的人不配做我的嫂子。大家都散了吧，新郎到现在都没来，今天的婚礼不能如期举行了！"

宾客们听到这里，纷纷哗然，没想到参加一场婚礼，还能听到这么大一段年度八卦。豪门唐氏的明星女儿居然说未来的大嫂是个坏女人，在场的众人纷纷开始低声议论。

一直在化妆间的陈姗姗看到唐果果抢过话筒的时候，已经觉得不对，此时此刻再也坐不住了，从化妆间冲了出来："唐果果，你太过分了，这样诋毁未过门的嫂子，你不怕大家笑话吗？"

唐果果挑衅地看着陈姗姗："笑话？陈姗姗，你敢说我说得不对吗？你敢当着牧师的面发誓说自己没骗过我哥？"

陈姗姗神色慌张，却强自镇定地咬紧唇："唐果果，你别欺人太甚！"

唐果果嗤笑："婚礼还没开始，戒指还没交换，这就开始教训我了？陈姗姗，你也太入戏了。"

唐父看到场面闹得不可开交，赶紧拉起果果往外走："果果，你在做什么？我虽然不同意唐明跟她在一起，可事已至此，你这样做不是在伤害陈姗姗，是把你爸的脸丢在地上踩，你知道吗？"

唐母赶紧附和："是啊，果果，你也是有男朋友的人了，大起大落也经历了这么多，怎么还这么不懂事？"

唐果果刚想再说些什么，却被郑楚打断了："别吵了，唐明来了。"

唐明从得知了真相的那一刻起，整晚都没有睡觉，在大街上游荡。此刻的他，还穿着昨天的衣裳，眼窝深陷，下巴上隐隐冒出青色的胡茬。他就那样表情阴沉地出现在婚礼现场入口。

陈姗姗看到这样的唐明，心里越发慌乱，她好像已经预感到会发生的事，却仍然想要挣扎，站在红毯上故作淡然地摆着最美的姿态。

唐明慢慢走向陈姗姗。果果刚想叫他，唐明却摆了一下手，果果摇了摇头，作罢。

陈姗姗看着越来越近的唐明，状似镇定地发问："唐明，你怎么现在才来，你的礼服呢？"唐明目光冷然，却并不说话。

陈姗姗看着唐明这样，更加慌乱，脸上带着连她自己都没察觉的一丝祈求，伸手去拉唐明："没关系，化妆间里有备用的新郎礼服，我带你去换。"唐明却还是不动。

陈姗姗紧了紧抓着唐明胳膊的手，露出扭曲的笑容，颤着声说道："唐明，你怎么了？婚礼马上就要开始了。"

唐明声音冷冷地开口："我有话跟你说。"

"有什么话等婚礼完了再说好吗，唐明？果果这么一闹，大家都等着看我的笑话，你不能让我……"

唐明却再也没有耐心看着这个女人演戏，终于还是问出了口："那天晚上到底发生了什么？"

陈姗姗的眼神凌乱了一下，却还是强自镇定地装傻："唐明，你在说什么？"

唐明的表情终于有了一丝波动，带着愤怒，带着怨恨，带着讥讽，直视着陈姗姗。

"听不懂我的意思吗？陈姗姗，你根本没有跟我发生关系，这一切不过是你编造的另一个谎言！"此刻的唐明已经忍无可忍，终于对陈姗姗说出憋了一晚的话。

陈姗姗一愣，心中的不安无限放大，另一只手也抓住唐明的胳膊，仿佛只有这样，他才不会离她而去。

"唐明，你听谁说的，果果吗？她不喜欢我，所以说我骗你对不对？不是这样的，唐明，我跟你发生了……"

唐明一把甩开陈姗姗，语气中是满满的厌恶："够了！陈姗姗，你不用再演戏了！"

直到此时，陈姗姗强装的镇定终于土崩瓦解，她慌乱地解释："唐明，这种事女人都是受害的一方，你不能不负责，你不能这么对我！是谁，唐果果，还是郑楚？是郑楚对不对，他对我旧情难忘，所以想拆散你跟我！"

郑楚无奈，皱眉看着陈姗姗。唐父唐母的脸色青红不定。

唐明赤红着双目，就那样当着众人的面把事情说了出来："陈姗姗，你醒醒吧！还需要别人告诉我吗？昨晚你跟你朋友说的话我都听到了，一字不落地听到了！"

陈姗姗呆在原地。

唐明转身对唐父一脸痛苦地说："爸，我早该听你的话，是我的错，全都是我的错，是我太蠢。对不起，爸，给您丢脸了。"

唐父看着自己的儿子，已经不知道要说什么好，只有重重地叹了口气："唐明，你……唉！"

陈姗姗此时也不复平时的优雅漂亮，泪水晕染开她的妆容，脸颊上留下两条黑色的泪痕，显得那么滑稽。她可怜巴巴地哀求着："唐明，你别这样，我是有苦衷的，我是因为太爱你了，我想跟你在一起！"

唐明拿出戒指，往陈姗姗面前一扔："姗姗，你的爱我承受不起。你找别人结婚去吧。"

说完，他再不多看她一眼，扭头就走。

陈姗姗看着唐明的背影，心里炸开了锅。怎么会，怎么可能？她的幸福明明唾手可得！她突然想到上次装作自杀，唐明和严晓秋紧张的样子，仿佛是溺水之人终于找到了一棵浮草，她紧跟着往前跑了几步，声嘶力竭地喊了出来："唐明，你就不怕我再死一次！"

唐明的身形一顿，却没有一丝要转身的迹象，只冷冷地说了一句"与我无关"，就径直向前大步离去。

看着唐明决绝离去的背影，陈姗姗才赫然发现，完了，一切都完了，她原本以为唾手可得的幸福，就这样在她以为会是最幸福的一天，带给了她无尽的羞辱。最后一丝力气也尽失，她无力地跌坐在红毯上，只剩下无尽的眼泪。

郑楚在身后追上疾走的唐明："唐明，你去哪儿？"

唐明停了下来，看着郑楚，认真地说："郑楚，其实我早就明白自己的心意了，只不过因为肩上的责任太重，不敢放任自己去追。现在我算是一身轻了，我要去丽江，把失去的追回来。"

郑楚笑："那……祝你幸福。等你回来，我给你当伴郎。"

唐明继续说："郑楚，有句话我也得提醒你，嘴上说不爱的，心里也许爱得死去活来。晓秋是这样，苏芒也是这样。别犹豫了，做你想做的。人这辈子遇到一个真心喜欢的人不容易，错过了，可能就再也遇不到了。"

郑楚苦涩一笑，却并未说话。他又何尝不知道这些道理，可苏芒……

唐明看着郑楚，略犹豫了一下，还是说道："虽然姗姗这样骗我，可她刚才提到自杀的事，我怕她……我不能再让她误会了，你有空多去看看她吧。"

郑楚捶了唐明一拳，笑着说："你就放心追求你所爱的人吧，这里有我，等你带着晓秋一起回来。"

唐明也给了郑楚一拳，两人的默契无需多言。郑楚站在原地，看着唐明渐渐走远，只剩下街上车来车往，人来人去。

这一场闹剧一般的婚礼，终于还是落了幕。

苏芒已经回到英国一段时间了，在蔡玲的陪伴下，心情渐渐好转。感受着肚子里的孩子一天一天长大，心里越发地柔软而平和。

这一天，又到了苏芒去产检的日子，却没想到，在异国他乡的医院，她再次遇到了郑美玲。

病房里，郑美玲和郑楚正在视频通话。郑楚提出了要来英国，却被郑美玲拒绝了。

郑美玲佯装生气地说："还撒谎，我费了那么多年口舌都没说动你来英国，这会儿想过来，说吧，到底是因为什么？"

视频那端的郑楚突然就消沉了："我……苏芒去英国了。"

郑美玲不以为然："那不正好，小楚，你相信我，只要你埋头工作，很快就能忘了她的。她那个孩子……"

郑楚有点激动地反驳："姑姑，我做不到。您还不明白吗？横亘在我们俩之间的不是孩子，是您和我爸妈。就算她的孩子不是我的，那又怎样！难道我就不能给他父爱吗？对于您来说，血缘关系真的那么重要吗？如果有一天您发现我不是您的亲侄子，难道就不爱我了吗？"

郑美玲难得被郑楚说得无法反驳。正在这时，门外传来小孩子的哭声。她向门外看了一眼，再回头却看到郑楚已经下线了。叹了口气，她合上电脑，下床往病房外走去。

苏芒从妇产科出来，看见一个华人小女孩在手术室门口号啕大哭，他的爸爸蹲下来手无足措地安慰，医生推着手术床从手术室出来，上面的女人盖着白布，擦着两人而过。女孩的父亲看着泣不成声的孩子，又转头去看了看远去的手术床，也流下泪来。

苏芒问过医生，才知道原来是女孩的妈妈出了事，送到医院抢救无效，还是离开了。

苏芒动容地走上前，将女孩抱进自己怀里心疼地哄着她："小朋友，别哭了，你看，妈妈只是睡着了。"

女孩哭着揉眼睛："可爸爸说妈妈永远都醒不过来了！"

苏芒望向女孩的父亲，男人的脸上写满愧疚，眼睛一片猩红，看得苏芒心生不忍。

女孩抽噎着拽了拽苏芒的衣角："姐姐，永远是多远啊？"

郑美玲走到病房门口，发现是苏芒的时候有一瞬间的惊讶，却决定不再上前，默默注视着这边的动静。

苏芒温柔地拥抱着小女孩，手一下一下地轻抚在孩子的背上："永远啊，比时间多一秒。"

女孩啜泣着问："那时间是什么啊？"

苏芒抱起女孩，走到窗户前，手指向窗外："时间啊……宝贝，你看到外面的花园了吗？花朵夏天绽放秋天凋零，那就是时间；还有江河湖海，你见过大海吗？海岸边潮起潮落，那也是时间。"

女孩往苏芒的怀里靠了靠，轻轻地摇了摇头，挂着泪痕的眼睛闪过不解："姐姐，我不懂。"

苏芒继续柔声地抚慰："当你看动画片的时候，时间会从你的鼻尖飘过；当你吃饭的时候，时间会从你的嘴角划过；当你和爸爸漫步在泰晤士河沿岸的时候，时间就在你们的头顶飘啊飘啊。这个时候，你妈妈就在时间里看着你们。"

女孩眨了眨眼睛："那我能看见她吗？"

苏芒轻轻地笑了下："你当然不能了，只有天使才能看见时间。你还太小，看不见的。"

小姑娘在苏芒的温柔声音中已经收住了哭声，好奇地问："时间里只有妈妈一个人吗？"

苏芒轻抚过孩子的头发："时间里有很多人，爱过你的，被你爱过的，离开的，留下的，他们谁也不孤单。"

女孩听到这里，挣脱苏芒的怀抱奔向自己的父亲："爸爸，你听到了吗？姐姐说妈妈有好多朋友呢！她一点都不孤单！我不要妈妈只陪着我一个人了。爸爸，我们去河边玩吧，妈妈能在那里看见我们呢！"

女孩的父亲抬头，眼含泪花，冲苏芒点点头。苏芒微笑转身，却看见病房门口的郑美玲。苏芒微微一笑："郑总，没想到能在这儿碰到您。"

郑美玲也走向苏芒："是啊，也算是缘分呢。你来产检？"

苏芒低头，神色温柔地抚摸了一下肚子："嗯。郑总身体还好吧，医生怎么说？"

"做了两次化疗，疗效很好，医生说再观察一段时间，如果肿瘤缩小的话，可以考虑做手术。"

苏芒点点头，觉得寒暄得差不多了，也该告辞。她刚想道别，却不想郑美玲说起刚才那一幕。

"苏芒，你刚才跟那个小女孩说的，我都听到了。郑楚说得没错，爱情的力量是伟大的，它能让一个人变得无私，像你这样，能把别人的孩子当作自己的，安慰她，给她讲故事，让她变得快乐。"

苏芒点点头："郑总，如果您有孩子，您也会这么做的。"

郑美玲感叹地看着苏芒："我看着郑楚从小长大，我一直把他当自己的孩子，可能在处理你们俩的事情上我有点过分，但是，你应该能明白我的心情……"

苏芒平和地一笑："我明白，不然我也不会为了躲他跑到英国来。"

郑美玲看着眼前温婉的苏芒，想着郑楚的话，心里却升起一丝丝愧疚，苏芒其实是个好女人啊！她忍不住换了语气，像是劝朋友般说："苏芒，我还是那句话，你最好能跟这孩子的父亲复婚，对孩子好，对你也好。"

苏芒看着郑美玲眼中的关心，往事像过眼云烟一样浮现在眼前，却好像并没有那么让她难过了。她淡然地说："我不知道他的父亲在哪儿。我前夫根本不能生，这孩子是我用买的精子受孕的，就是在这家医院受孕成功的。"

郑美玲一脸震惊。

苏芒温柔一笑："很可笑对吧，无论如何，孩子已经在我肚子里了，我是他妈妈，我要对他负责。"

听到这里，郑美玲对苏芒的欣赏更进了一层。她关心地说："这就麻烦了，据说捐精中心对客户的资料保密很严格，你很难找到他的父亲，不，不是很难，是根本不可能。你当时的主治医生是哪一位？我跟你一起去，说不定能问出来。"

苏芒看着郑美玲这么关切，想到自己肚子里的孩子，拒绝的话实在说不出口，于是跟郑美玲一起找到了当时负责的医生Krief。

结果，当然受到了Krief明确的拒绝："你要知道，来这里捐精和受孕的人都必须坚持自愿且保密的原则，如果每个受孕的人都像你一样怀着baby来找爸爸，那我们的体系就全乱了套了！"

郑美玲见状，刚要说话，苏芒却拉住了她的手："算了吧，郑总，我知道您是为了我好，不过我真的觉得没必要去追寻这个孩子的源头，那已经不重要了。"

Krief看着面露失望的苏芒，问道："Sue，你为什么不开始一段新的感情呢？也许有人愿意做这个孩子的父亲。"

苏芒甩掉脑海里的负面情绪，重新振作："你说得对，Kiref。郑总，我得考虑出去走走，认识一些新朋友了。"

郑美玲却突然像是想到了什么："不行，你不能走！"

苏芒奇道："为什么啊？"

郑美玲显露出自己蛮横的一面："我侄子照顾你那么久，衣食住行哪样没管过你？别以为我不知道，我回国那几天，他天天晚上溜到你家去给你做夜宵，我就是懒得跟你们吵架才没戳穿。你欠他的得还，要想让我不计较，留下来照顾我！"

苏芒无语地看着郑美玲："郑总，我可是孕妇，我留下来，到底是我照顾您啊还是您照顾我，您确定没开玩笑？"

郑美玲一脸理所当然："当然是你照顾我。孕妇怎么了？又不让你干粗活，陪着我就行！"

苏芒气极反笑："郑总，您还真是……蛮不讲理啊，霸道起来跟郑楚一个德性，我还以为这次在英国见到您会有什么不一样，还真是一点没变！"

郑美玲看苏芒没再反驳，直接拍板："那就这么说定了。还有啊，以后你也叫我姑姑吧，郑总来郑总去的，总让我产生还在公司的错觉。"

苏芒故意叹了口气："唉，谁让我心地这么善良呢，就陪陪您这个孤寡老人好了。"

郑美玲眉头一挑，瞪着苏芒："你说谁老呢？我看起来比你都年轻好不！"

苏芒看着孩子气的郑美玲，无奈地哄道："好好好，我老我老。"

随后几天，苏芒有空就会来医院看望和照顾郑美玲，两个人的关系渐渐变好。这一天，又到了郑美玲做化疗的时间，苏芒来到医院陪伴她。病房里，刚刚结束化疗的郑美玲有些憔悴。医生早已经习惯了病人的病态，只嘱咐等一下让郑美玲把药吃了就转身离开。

医生出去后，郑美玲躺在病床上忍不住呻吟："自作孽啊，都怪我早前不听医生劝，拖到现在才住院。"

苏芒眼中满是疼惜："疼不疼啊？"

郑美玲一撇嘴："想看我笑话啊，没门！不疼不疼！"

苏芒无奈地笑了："疼就说，没人笑话您。来，把药吃了。"

郑美玲却突然作呕："不行不行，我恶心，帮我拿盆来。"

苏芒拎过病房里专门准备的小盆，郑美玲扒着盆狂呕。

苏芒一边给郑美玲拍着后背，一边调侃道："Oh my god，您这比我孕吐还夸张啊，五脏六腑都吐出来了吧。给，喝口水。"

郑美玲吐完舒服了些，想起郑楚，低声道："太受罪了，所以说你们年轻人啊，一定要注意身体，多锻炼。唉，郑楚要是在这儿，肯定又说我变啰唆了，我还真有点想他。"

苏芒听到郑楚的名字，装作若无其事地说："想他啊，等您病好了回国去找他咯，当初想让我离开他的是您，现在在我面前反复提他的也是您，信不信我现在就杀回去跟他结婚？"

哪知道郑美玲却想也没想就回答："没问题啊！"

苏芒一愣，手上的动作也跟着停了下来。

郑美玲看着她的反应，傲娇地解释道："其实我没他爸妈那么顽固，说什么孩子不是他的，都是借口，说白了我当时就是不喜欢你，觉得女人太强势了不好。不过经过这两天的相处呢，我觉得你勉强算是通过了我这一关，要是郑楚还放不下你，那……"

切，还说什么勉强通过，根本就是以前不愿意真正了解她罢了，还真是倔强得可爱。苏芒在心里给了郑美玲一记白眼，却回答道："我不愿意。"

郑美玲听到这话，猛地抬头："什么？"

苏芒回忆着往日跟郑楚的点滴，淡然一笑："您以为我是迫于您的压力跟郑楚分手的？我苏芒才不是那种人呢。我只是想他有自己的人生，他喜欢旅游，喜欢翱翔，他自己也说过，能成为艾美这样的上市集团大老板，也是他的梦想。我的存在只会成为他的累赘，我不想束缚他。"

郑美玲看着这样的苏芒，心里一阵柔软："你想多了。郑楚是什么样的人我了解，他呀，爱美人不爱江山！你信不信，这臭小子逮着机会肯定就会来找你。"

苏芒其实还是想逃避："他敢来我就走！"

郑美玲这次却是铁了心地想要让苏芒再跟郑楚在一起，工作能力出众，样貌也好，真正了解下来，温柔又懂事，况且，连孩子的事她也了解清楚了，为了不能生育的前夫，没有选择抛弃，反而选择去做人工受孕，这样的好姑娘，错过这个村就没这个店了。

郑美玲忙拉住苏芒，假装生气地说："你存心跟我作对是不是？这次我偏不让你走！"

330

Across the
ocean to see you

51
第五十一章

郑楚窝在苏芒家的沙发上，抱着自己送给她的那个接吻鱼抱枕，看着鱼缸里游动的一条接吻鱼发呆。

"唉，唐明追爱去了，苏畅和果果双宿双飞了，连个陪我喝酒的人都没有。小鱼啊，现在就剩我们俩相依为命了。"

时间一点点过去，郑楚赶走脑子里那些对过去的想念，做好饭放到桌子上，夹起菜吃了一口，却觉得一个人吃饭实在没滋没味，拿起手机看了看，却发现，能跟自己一起吃饭的人只剩下费奕了。于是，他拨通电话："喂，费总，有时间过来吗？请你吃饭。"

费奕很快来到苏芒家，看着这一桌的饭菜，倒是有些惊讶。"郑大总裁，你厨艺可以呀，不过你叫我来，就是单纯地请我吃饭？"他不明白郑楚怎么会想起请自己这个昔日的情敌吃饭。

郑楚白了他一眼："不然呢？还能给你唱曲儿？我现在浑身上下除了钱就是钱，什么都不缺，你难道觉得我还有求于你？上次在KTV

喝大了，这顿饭算是回请你的，家常饭菜，别嫌弃。"

费奕一笑："艾美集团董事长亲自给我做饭，当然不嫌弃。"

郑楚举杯示意费奕："喝吗？"

费奕看到连连摆手，神情夸张地说："你要是喝酒，我可走了啊！你一喝醉就跟个神经病一样，发起疯来那样子，我觉得我的眼睛都受到了侮辱。你该不会是睹物思人，茶饭不思，所以找我来跟你一块受罪吧？"

郑楚只得放下酒杯，瞪了费奕一眼："你想得美，苏芒是我的女人，跟你半毛钱关系都没有！"

费奕调侃："你的女人，还不是把你一个人扔下了？"

郑楚却突然不知道说什么，伸出筷子拨弄着盘子里的菜，一脸落寞。

费奕夹了一筷子菜放嘴里，吃完了说道："你做的菜味道不错啊！对了，我上次说让你去英国把苏芒追回来，你考虑得怎么样了？"

郑楚看着费奕调侃道："费总，你现在的表现让我有点恍惚，我们的关系可以和平到这种程度了吗？催情敌去追女人，亏你想得出来。"

费奕一笑，指了指郑楚做的菜："我们都已经可以同桌吃饭了，怎么不能和平到这种程度？呵……说真的，如果苏芒心里有我，你早就被我踢出局了。可惜她心里只有你。错过一次还可以挽回，但你永远不知道灾难和明天哪个更早来临，别像我一样，眼睁睁看着最爱的人离开这个世界才醒悟。"

郑楚颓然地把筷子扔在一边，双手抱头往后靠坐在椅子上，失魂落魄地说："她走得那么决绝，连最后的告别都不肯给我，她心里早就没有我了吧。"

费奕看着郑楚的样子，心里不禁感慨，苏芒到底是看上郑楚哪一样了，现在这副情商掉线的样子，还得他这个情敌来劝。

他只得无奈道："有时候先放手的那个人，不一定是爱得不够深，而是爱得太深，所以不想让对方为难。郑楚，像个男子汉一样，别当懦夫。艾美集团一直在那儿，不会跑，可是人跑了，你就不一定追得回来了。"

郑楚叹了口气："论道理，我比你懂得多。别说了，你让我想想，我想想……"

吃完饭，费奕就走了。郑楚坐在那里想着费奕的话，却仍旧鼓不起勇气去找苏芒，突然想到唐明离开时的嘱咐，决定去陈姗姗那里看看。

丽江机场，唐明拖着行李从机场走出，深呼吸一口气。看着眼前的景色，他想起上一次晓秋陪他逛遍丽江的场景。

"晓秋，等着我，还有那场没有完成的告白。无论如何，这次我一定不会再放手。"

唐明随手招来一辆车，报上了严晓秋家的地址。很快，就到了晓秋家，从出租车下来，外面已经下起了暴雨，唐明淋着雨赶到严晓秋家，敲门。严父开门，看到是唐明，吃了一惊。他赶紧让唐明进屋。

"唐明，怎么是你？快进来。"

唐明一进屋，直接开门见山地跟严父说："叔叔，对不起。我不能娶姗姗了。"

严父一脸紧张："为什么？她做错什么了吗？要是她有什么不对的地方，我代她向你道歉，姗姗不懂事，你别怪她。"

唐明湿漉漉的头发还淌着水，他接过严父递来的毛巾，擦着头发："她骗了我，我们根本没有发生任何关系，一切都是她为了跟我结婚而设计的。叔叔，我知道姗姗也是您的女儿，您当然希望她幸福，可是直到得知了姗姗骗婚的真相，我更加确定了自己心里真正喜欢的人是晓秋。"

说到这里，唐明停顿了一下："叔叔，我给不了姗姗想要的幸福，她跟我在一起只会更痛苦。对不起，我最终还是伤害了她。"

严父叹息一声："唉，不怪你，都是我的错，姗姗变成今天这样，都是因为我。"

解释完发生的事情，唐明一脸急切地问："叔叔，我这次过来，是想来找晓秋的，我不能失去她，您告诉我晓秋在哪儿好吗？她换了手机号，我一直联系不到她。"

严父看着外面的暴雨天气："我今天心里一直不安，外面下这么大雨，晓秋带着客栈的客人上山去了，这时候也不知道她们下山没有。"

唐明已经叫出了声："什么？这种天气，晓秋上山了？"

外面的雨越下越大，严晓秋和几个客人还在努力往高处攀登着。

客人A说："太危险了，我们得快点。哎，晓秋，你手机掉了。"

严晓秋看了眼天色，说道："不管它，先上去再说！"

身后有山体渐渐崩塌，上方传来另一位客人惊慌的声音："糟了！泥石流来了！"

泥石流汹涌而下，所到之处皆被覆盖淹没，轰隆声震耳欲聋，山石、走兽纷纷如纸片般被冲走，临山的村庄内房屋瞬间被揉碎。

乌云密布，地动山摇。

突然一股泥石流打来，晓秋一下子被卷入漩涡之中。客人只来得及叫出了她的名字，眼睁睁地看着她消失不见，却什么也做不了。

同一时刻，郑楚来到陈姗姗的家门外，敲了半天的门，却无人应答。他犹豫半晌，还是按下当时还没分手的时候陈姗姗设置的密码，"咔哒"，门开了。

郑楚一进门，就看到了满地的鲜红血液，锐利的刀片在血泊中闪着寒光，陈姗姗的手腕上一条触目惊心的疤痕还在不断淌着血。

郑楚疾步冲过去把陈姗姗搂在怀里，掏出电话，赶紧拨打急救电话："喂，120吗，我这边有人自杀了……"

丽江的暴雨还在不停地下，唐明和严父焦急地在房间中踱步，不停地打电话，始终无人接听。

"晓秋，接电话啊！求你了，快接电话。"

突然有人敲门，严父赶紧打开，原来是隔壁的邻居，此刻正一脸慌张地站在他家门口。邻居看到开门，也不进去，直接问道："老严，你家小秋是不是跟着那个登山队上山去了？"

严父点点头："是啊，怎么了？"

邻居大叫出声："哎呀，出大事了！昨夜暴雨引发泥石流，山区那边很多人遇难啊！"

严父一惊，整个人向后跌去，唐明眼疾手快地扶住严父，两人仿若晴天霹雳，呆愣当场。唐明压下内心的慌乱，安顿好严父，冲出严家。

"晓秋，等等我，你再等等我！"

泥石流过后，部分山区如同末日降临，蛮荒一片，救灾人员在山里展开搜救。唐明用最快的速度疯狂地跑到山下，站在安全线外，救灾人员正在不停地往外抬伤患。

唐明不停地来回走动，嘴里念叨着："晓秋，你在哪里？你一定会没事的，我还没告诉你我爱你，你不能死！"

救护人员抬着一副担架上救护车，突然，唐明看见一只熟悉的玉镯，慌忙冲过去："等一下！"可救护车上的工作人员却没听到，关上车门，呼啸着开走了。

　　唐明一把抓住身边的路人问是哪个医院的车，连问了好几个人，终于问清了那辆车是哪家医院的，他一路狂奔着追了过去。

　　到了医院，唐明在伤患中寻找严晓秋，再次看见那只手镯，抬头望去，手镯的主人却不是严晓秋。唐明抓紧伤患的胳膊，抑制不住地颤抖着问："你为什么会有晓秋的手镯？"

　　客人A看到唐明的样子，已经了然，控制不住地大哭出声："你……你就是晓秋喜欢的人吧。晓秋她……她死了。"

　　唐明一愣，抓着她的双手颓然地落了下去："你说什么？这不可能！"

　　客人A哭着说："是真的，我亲眼看着她被泥石流冲走。对不起，对不起……"说着，她褪下手上的玉镯，递到唐明手里。

　　唐明失神地接过，拿着那只镯子跌跌撞撞地离开病房。他失神地站在走廊中，医生推车过来，他突然好像看到严晓秋躺在上面。

　　唐明不敢相信自己的眼睛，冲上去大声喊着："晓秋，晓秋，你醒醒，我是唐明！"

　　医生见状，拍了拍唐明的肩："小伙子，你女朋友经过手术，还是没有救回来，你节哀吧。"说完，他让身边的小护士把单子慢慢拉了上去，一点一点的，晓秋的容颜消失在惨白的布后面。

　　唐明背靠墙壁，突然失去力气，滑坐下去。痛苦肆意蔓延，他终于号啕大哭了起来。

52 第五十二章

郑楚坐在床边，陈姗姗悠悠醒来。看到郑楚，她非常吃惊："郑楚，怎么是你？"

郑楚嗤笑一声："那你以为是谁，唐明吗？他现在人在丽江，不可能出现在这儿。"

陈姗姗拿起手机，慌乱间手机几次险些掉下去："那我给他打电话，我打给他，他一定会回来的！"

郑楚一把抢回手机："陈姗姗，你打给他说什么？说你第二次自杀未遂？他已经不在乎了，你清醒点吧！唐明爱的是你姐姐，是严晓秋，你别再执迷不悟了！"

陈姗姗看着郑楚严肃的样子，声嘶力竭地吼道："不，唐明是我的！郑楚，你干吗要救我，你让我死不好吗？反正你们都讨厌我，你是这样，唐明是这样，严晓秋也是这样。我要让唐明后悔，后悔选择了严晓秋，他要对我的死负责，他们永远不可能在一起！"

郑楚错愕地看着陈姗姗，仿佛从来没有认识过她："姗姗，你错了。只有关心你的人才会在乎你的生死，如果唐明和晓秋不关心你不在乎你，你是生是死跟他们有什么关系？可你偏偏要用这种方式伤害那些爱你关心你的人，你其实伸手就可以触碰幸福，只是双眼暂时被蒙蔽了而已。"

英国的医院里，不知道真相的苏芒还在跟郑美玲斗智斗勇。

郑美玲任性撒娇："我不管，你不能走。"

苏芒无奈地摸了摸郑美玲的胳膊："人家说生病的人都会表现得特别像小孩子，现在我算是长见识了。我说姑姑，您能不能别这么任性，当初是您说讨厌我，现在又舍不得我走，我现在只想长一对翅膀，光速飞离您的视线。"

郑美玲嘴硬道："谁舍不得你了，你欠我的没还清，想走，没门！"

苏芒一脸不解："我欠郑楚的没错，欠着您什么了？"

郑美玲一脸傲娇地说："我出手买了你的房，你说，欠没欠我？"

苏芒听了一愣："那房子，是您买的？"

郑美玲这时候才讲出了真相："郑楚那个臭小子来求我，我就告诉他，买房可以，他得继承艾美。再怎么说我也是他姑姑，总不能看他为了你自毁前程吧？"

苏芒根本就没想到，原来事实竟然是这个样子的："……您为什么要告诉我这些？如果我永远都不知道，就不会再对郑楚有任何心思。我都跟他说清楚了，说我不爱他，他现在恨我都来不及呢。"

郑美玲拍了拍苏芒的手："你等着啊，我视频小楚。"

视频很快接通，郑美玲对着那头的郑楚问："小楚，你在哪儿呢？”

郑楚对着摄像头说道："我在医院。"

苏芒一听，紧张起来。

郑美玲也是一阵担心："医院？你怎么了？"

镜头突然扫到旁边的衣袖："哎，小楚，等一会儿，你把镜头向右转，那个女人是谁？"

郑楚头疼地解释："陈姗姗，你见过的。"

郑美玲一惊，不会吧，这个臭小子怎么又跟陈姗姗搅和在一起了？她赶紧看了眼苏芒的脸色，说道："陈姗姗？你那前女友？你怎么回事，怎么又跟她走到一块去了！"

苏芒的脸色很难看，拿过iPad看了一眼，陈姗姗躺在郑楚背后的病床上。

郑楚这边，病房电视开着，正播报一条新闻：昨日晚间，丽江某山区由于暴雨引发泥石流，造成多人遇难……只不过因为在视频，他根本没来得及看电视。

郑楚看到苏芒也是一阵惊讶："姑姑，苏芒怎么和您在一起？"

郑美玲抢过iPad："这你别管！你说清楚，到底怎么回事？"

郑楚赶紧解释："姑姑，你听我解释，我跟她在一起是因为……"

唐果果却在这时冲进病房："陈姗姗！"

郑楚见状，赶紧嘱咐了一句："姑姑，我回头再跟你说，你帮我照顾好苏芒啊！"说完，他就挂断了视频。

苏芒看着iPad苦笑了一下，转身离开，郑美玲追出去："苏芒，你别走！郑楚肯定不是你想的那样，苏芒！"苏芒一路小跑，消失在郑美玲的视线中。

陈姗姗的病房里，郑楚迎了上去："果果，不是不让你来吗？姗姗没什么大事，我看着就行了。"

陈姗姗倔强地看着唐果果一副楚楚可怜的样子问："果果，你是来看我笑话的吗？"

唐果果怒极反笑，上前一步就扯唐果果的胳膊："看你的笑话？你也配！陈姗姗，你给我起来，跟我去丽江！"

陈姗姗甩开唐果果："唐果果，你发什么疯，你放开我！"

唐果果却在此时突然指着陈姗姗哭了出来："陈姗姗，都是因为你，要不是你，晓秋不会躲到丽江去，也不会出这样的事，要是晓秋有个什么三长两短，你等着内疚一辈子吧！"

郑楚听了唐果果的话，愣住了："果果，你说什么？"

果果哭得喘不过气来："晓秋在昨天的泥石流中遇难了，是生是死到现在都不知道！"

陈姗姗跌坐在床头，双眼失神："你……你说严晓秋怎么了？"

唐果果擦掉眼泪，恶狠狠地看着陈姗姗："陈姗姗，现在你满意了吧？你害死了晓秋，害得我哥失去了爱人。你在设计逼我哥跟你结婚，逼晓秋离开上海的时候，是不是早就忘了她是你亲姐姐！"

郑楚看了一眼陈姗姗的脸色，拽住果果："果果！"

唐果果使劲想把郑楚的手甩开："你别拉我！我问你，陈姗姗自杀跟你有什么关系，你为什么会出现在医院？"

郑楚赶紧解释："是你哥怕她出事，让我过去看看的！"

唐果果使足了力气掰开郑楚的手："我哥是个懦夫，他要是能早点看清陈姗姗的真面目，就不会失去晓秋。你也是个懦夫，苏芒都已经去了英国，你却还在关心陈姗姗的死活。男人没一个……除了苏畅，男人没一个好东西！"

唐果果离开，郑楚靠在墙上打电话给唐明，无人接听。无奈，他只好再走回病房，却看到陈姗姗挣扎着爬起来，拔掉了针头。

郑楚赶紧过去扶住她："你去哪儿，还嫌不够乱吗？你给我老老实实待在这儿行不行！"

陈姗姗低着头，看不清表情："我回丽江。"

郑楚急道："回去干吗？你觉得你还能抢得过一个死人吗？"

陈姗姗抬起头来，满脸的泪痕，歇斯底里地吼道："郑楚，在你眼里我就这么不堪？我还能跟谁抢，我还抢什么？她是我姐，我亲姐姐，我回去收尸行不行啊！"

陈姗姗最终还是离开了，郑楚颓然躺倒在病床上，望着天花板，眼里有淡淡的湿意。

"苏芒，你现在在做什么呢？要是知道你最好的朋友遇难了，你会不会很伤心？你哭的时候真的很难看，可是我却不能把肩膀借给你了。"

唐明不在，郑楚约了费奕练拳。

场馆里，郑楚一拳把费奕打倒在地。两个人瘫倒在地，都不说话，一直喘着粗气。

"费奕，你还记得唐明吗？"

费奕扭头看了他一眼："当然，你那个好兄弟嘛，上次还一块喝酒来着，他怎么了？"

郑楚声音低沉："他的爱人死了，在前几天新闻报道的那场泥石流中遇难了。她是个很好的女孩，如果不是这场灾难，她会成为最棒的珠宝设计师。"

费奕沉默，过了一会儿才说："所以你是因为这件事伤心，还是因为这件事联想到了自己？郑楚，你是怎么想的？"

郑楚一脸茫然地摇了摇头："我不知道。如果唐明现在出现在我眼前，我一定会狠狠揍他一顿。他要是能在两个女人之间早作决断，也就不会造成今天这样的局面。"

费奕看着郑楚这样，气不打一处来："郑楚，你知不知道我现在也想狠狠揍你一顿！我记得我跟你说过，你永远不知道灾难和明天哪个先来临，所以尽可能地去珍惜身边的人。我是这样，唐明也是这样，我们两个活生生的例子摆在你面前难道还不够吗？你还在等什么？"

郑楚惆怅地坐了起来："没错，我还爱着苏芒。如果说我们之间的距离有100步，只要她愿意走出那一步，我可以一个人走完剩下的99步，可就怕她连一步的机会都不给我。"

费奕看着他："你有没有想过，或许她回英国想通了，回心转意了呢？"

郑楚眼前一亮，想起在姑姑那里看到的苏芒："费奕，你说得对，或许她回心转意了。不管如何，我都要试一试。"

丽江，严晓秋家。

唐明抱着严晓秋的骨灰盒，静静地站在院中的一棵老树下，闭着眼睛抬头感受风的拂动。他睁开眼睛，仿佛云朵、阳光、尘埃渐渐都变成了严晓秋的模样，笑着与他对视。他也轻轻地笑了，抱着骨灰盒的手收紧了一些。

身后脚步声渐渐近了："唐明。"

唐明微愣，转过身去，看到是陈姗姗。他皱眉，低下头抚摸严晓秋的骨灰盒。

陈姗姗看到唐明的样子，忍不住哭了出来："你看见这手腕上的疤痕了吗？就在她死的那一晚，我也自杀了，要不是郑楚及时赶到，我会陪着她一起离开这个世界。唐明，你明明不爱我，为什么要一次次给我希望，为什么不肯彻底伤害我，为什么还要郑楚去看我！害死她的不是泥石流，不是我，不是任何人，而是你！我恨你，唐明！你不能爱我，还害死了我姐姐，她是我姐姐啊！"

唐明也是热泪盈眶，声音哽咽着说："你说得没错，我同时伤害了你们两个人。我会用余生去赎罪，我相信她还没有走，还在我身边，我能看到的，她都能看到，我能感受到的，她也能感受到。"

唐明抱着骨灰盒转身要走。

陈姗姗看着他的背影，心里一片酸涩，因为她的爱、她的偏执害了三个人，如果可以回头，她愿意付出一切去换回姐姐的生命。"我知道我不配问你有没有爱过我，但是，我爱你，从不曾后悔过。但如果早知今日的结局，重来一次，我会选择姐姐，而不是你。"这句话，唐明仿佛听到了，但没有任何反应。

陈姗姗走进了客栈，姐姐雇佣的服务员正在客栈里面擦着桌子，阳光透过窗子洒在木质地板上，她的眼角渐渐湿润。当看见客栈墙上挂着她们一家四口儿时的合影时，她终于忍不住，跪在地上大哭起来。

陈姗姗哭泣道："姐，对不起，对不起……我知道错了，你回来好不好？"

严父听到声音，从里屋走过来："是啊，天都晴了，一切都会好起来的。晓秋跟她妈妈作伴去了，她不孤单。"

陈姗姗抬头看着严父，泪眼朦胧。严父蹲下来，拉起她的手。

陈姗姗站起身，突然抱住严父："爸，你们联合起来骗我的是不是？我知道错了，你让姐姐回来好不好？只要她能回来，我再也不胡闹了，她想要什么我都让给她，我乖乖陪在你们身边，做个好女儿、好妹妹，爸！"

严父轻拍着姗姗的背，晓秋死了，他怎么会不难过不怨恨？可他已经失去了晓秋，他不能再失去姗姗了。

"姗姗，晓秋不会怪你的，你回来就好。"

陈姗姗趴在严父肩上大哭。

53 第五十三章

郑楚听了费奕的话，终于决定还是要去把苏芒追回来。他想起上次求婚的场面，因为苏芒的临时离开，戒指还落在租借的场地里。他去找唐果果和苏畅帮忙，几个人费尽了力气，终于找到了那枚戒指。

郑楚大喊："苏芒，你等着我！我说过，我会让你看见幸福的！"

唐果果和苏畅跟着一起开心。

第二天，郑楚拉着行李箱进机场，唐明满脸胡茬，很憔悴，正好从机场出来，两人迎面撞上。

看到他这副样子，郑楚心里不但没有同情，反而一阵恼火，扔下行李，一拳打在唐明脸上。

来送机的唐果果赶紧上前拉过唐明，怒瞪着郑楚："郑楚！你干吗打我哥？"

郑楚却不理果果，看着唐明："这一拳是替晓秋打的，我已经忍了很久了，没想到还能等到你回来。"

唐明苦笑："我是该打。"

唐果果警惕地看着郑楚，生怕他再动手："我哥都这样了，你也下得去手！"

郑楚、唐明兄弟二人突然紧紧抱住。

"我要去英国了，唐明，振作起来，祝我好运吧。"郑楚此刻不知如何安慰唐明，只好这样说。

唐明看着郑楚，认真地说："去吧，别像我一样留下永远都无法弥补的遗憾。等你回来，也许就看不到我了。我打算出国，暂时离开这个伤心地。我答应晓秋，要替她看更多的风景，走更多的路，爬更多的山。"

郑楚点了点头："这样也好，晓秋应该会很开心，我也祝你好运。果果，跟苏畅好好的，没有什么比爱人在身边更幸福的事情了。"

说完，郑楚转身，潇洒地大步走进登机口。

飞机安全抵达伦敦。是夜，郑楚一下飞机，就打车直奔医院。

郑美玲正吃着苹果敷着面膜，郑楚拉着行李冲进病房："姑姑！"

郑美玲被郑楚的到来吓得呛着了，抚着自己的胸口说："小楚，你想吓死我啊？"

郑楚猴急地说："姑姑，别闹了，苏芒呢？我这次回来是下定决心要跟苏芒在一起的，不管您跟我爸妈有多不喜欢她，我都不会再放手了！"

郑美玲蹙眉看着他："我不知道，我们俩就是在医院碰到的，你以为我是江湖百晓生啊，在英国住了几年，就成我的地盘了，想找谁都能找到？苏芒看到你跟陈姗姗在一起之后，就再也没来看过我了。"

郑楚转头就跑："那我去找她。"

郑美玲佯怒道："回来！说你没良心，你还破罐子破摔了？大晚上的，你到哪儿找她去？说女人是祸水还真是没错，有了爱人忘了亲人！我明天手术，等手术结束之后再找吧，你先去找住的地方。"

郑楚犹豫了片刻，虽然着急，可这确实不是马上就能解决的事情，他略一犹豫就答应了姑姑，起身往酒店去了。

第二天，就是郑美玲要手术的日子了，郑楚坐在走廊的长椅上等着。三个小时过去，医生出来，郑楚急切地上前询问："医生，怎么样？"

医生笑着轻点头："手术很成功。"

后面护士推着郑美玲出来，郑美玲处于半梦半醒状态。

郑美玲轻唤："小楚。"郑楚附耳过去，就听到姑姑轻声说出他最想听到的话。

"我昨天想了一整天，就连手术的时候也在想，苏芒那样一个女人，事业好，人品也好，却因为你逃到了这里，你和她都还年轻，还有尝试的机会。苏芒是个好女人，去吧，小楚，把她追回来。"

郑楚点了点头，可却仍是觉得迷茫："可是，伦敦这么大，我上哪儿去找她呢？"

郑美玲病弱的声音传来："温莎古堡、泰晤士河、塔桥、唐人街，伦敦是很大，但只要用心，你总能遇见她。你都从中国追到伦敦来了，还差这几步路吗？"

郑楚担忧地看着郑美玲："可是您……"

"你也听到了，手术很成功，不是吗？我改变主意了，我要苏芒当我的侄媳妇，不把她追回来，你也别回来了。"

郑楚呆滞片刻，转身大步跑开。

苏芒抱着《遗失的美好》和《慈悲客栈》两本书走在街头，拐角的时候看见陈嘉明和一帮朋友从酒吧出来。

　　陈嘉明好像喝得很醉，他跌跌撞撞地走向苏芒，苏芒不断后退。突然，陈嘉明"扑通"一声扑倒在她脚下，昏睡过去。

　　第二天，陈嘉明醒来发现自己在陌生的房间躺着，愣了一会儿，他起身走出房间，看到了苏芒。

　　苏芒转身看到他醒了，面无表情地说："你醒了，那就走吧。"

　　陈嘉明表情严肃地看着苏芒："苏芒，我们谈谈吧。"

　　苏芒看一眼他："我跟你没什么好谈的。"

　　陈嘉明："那如果我要谈的事跟你的孩子有关呢？"

　　苏芒和陈嘉明面对面坐在咖啡厅窗边。

　　陈嘉明端起面前的咖啡喝了一口："其实想一想，你跟我在一起的那段时间，除了几百万块的债务，我什么都没带给你。我和我妈那样对你，你昨天为什么不直接把我丢在大街上，还要辛苦带我回家？"

　　苏芒淡淡地说："你不仁，我不能不义。"

　　陈嘉明看着苏芒犹豫了一下，终于还是说道："你的这份心软，让我决定告诉你一些事情。你知道为什么我最开始看见郑楚的时候那么惊讶吗？因为在回国之前我就见过他，准确地说，应该是见过他的照片，在精子捐献库的捐献者资料里。"

　　苏芒心里一惊，想到了某种可能："郑楚来英国捐过精？可是……这跟我有什么关系？"

　　陈嘉明："你这么聪明，难道猜不出来吗？你肚子里的孩子，就是郑楚的。"

　　苏芒猛然抬头，一脸震惊，连忙追问："你怎么知道的？"

　　陈嘉明："你不是好奇当初我为什么知道你借精生子的事吗？我

有个老同学在你去的那家医院工作，他见过你，知道你是我老婆，所以在你走之后打电话给我。我让他把捐献者的资料调出来，那个人，就是郑楚。"

苏芒还是一脸不可置信："我凭什么相信你？"

"信不信那是你的事，我本来也不希望看到你跟郑楚在一起。"说完，陈嘉明离开了，苏芒呆坐在座位上。

离开咖啡店，她漫无目的地游走在街头，回想着陈嘉明刚才的话，给蔡玲打了个电话。

"玲姐，你知道陈嘉明跟我说什么吗？她说我的孩子是郑楚的。"

蔡玲惊讶："什么？这怎么可能？你在哪儿？我过去找你……"话还没说完，她就被突然闯进来的郑楚打断了。

蔡玲一愣："你是？"

郑楚气喘吁吁地说："我找苏芒。"

蔡玲呆愣片刻，对电话那头的苏芒叮嘱道："苏芒，我觉得，你需要站在原地别动，千万别动。"

蔡玲挂掉电话，上下检视了一下郑楚，问道："你就是郑楚？"

郑楚一脸急切地追问："对，苏芒人呢？"

蔡玲还是有点不放心："你知道，苏芒离过婚，受过伤。当初她跟陈嘉明在一起的时候，我也觉得陈嘉明一表人才，跟苏芒两个人是郎才女貌，可后来才发现他就是只披着羊皮的狼。你让我告诉你苏芒在哪儿，让我相信你能给她带来幸福，理由呢？"

郑楚着急，环顾蔡玲办公室，冲到窗户边站上去。

蔡玲惊呼："郑楚你给我下来，你就算这样也说明不了什么！"

"这算不算理由，今天你不告诉我苏芒在哪儿，我就从这儿跳下去，用生命来证明我有多爱她！"

蔡玲拍着胸口："你快下来！亏得我没有心脏病，要不被你吓死了！你不是想知道苏芒在哪儿吗？在这之前，你会对另外一件事更感兴趣的。"

郑楚跌跌撞撞地从MG英国分公司大厦冲出来，想起蔡玲刚才的话。

"郑楚，你是苏芒孩子的亲生父亲。去吧，苏芒在等你。"

郑楚一路想着，向蔡玲告诉他的方向飞奔而去。

蔡玲透过窗户看到郑楚的身影，微微一笑，给苏芒发了条微信："苏芒，你的爱在向你飞奔而去，准备好，迎接他。"

苏芒正在街上游荡，刚才被莫名挂掉电话就感到一阵奇怪，当接到微信的那一刻，苏芒愣了一下，立刻向着泰晤士河飞奔而去。

落日的余晖映照在水面，波光粼粼就像人的心弦。泰晤士河桥上，相爱的两个人终于相遇，四目相对间，一切言语都是多余的。

郑楚掏出早已经准备好的戒指，跪地求婚："苏芒，以前是我不够成熟，以为单凭一腔热血就能给你幸福。现在不一样了，我再也不是那个向往自由的傻小子了，我不做旅游体验师，不需要一年300天都睡在不同的地方，我想为了你停下脚步，在你身边睡一辈子。苏芒，直到今天我才知道，我们的缘分早已注定，我们的宝宝为他的爸爸妈妈牵了好长一条红线，漂洋过海，路途遥遥。现在，再也没有什么能阻挡我们相爱，苏芒，嫁给我吧！"

苏芒捂住嘴巴，哭得不能自抑，却伸出手，任由郑楚为她带上了那枚戒指。

微风轻吹，拂过苏芒微红的眼眶。郑楚看着眼前的女人，幸福感满得快要溢出来了。他温柔地拂去她脸颊上的泪，然后轻轻地吻上了苏芒的唇。

夕阳的余晖中，平静的泰晤士河在缓缓流淌，岸边散步的人未曾停歇。

时光荏苒，三个月的时间一晃而过，每一个人都在时光的流逝中学会成长。

唐明带着对晓秋的爱和思念，走过一座座城市，看过一处处风景；唐果果重新站在了一线明星的行列；苏畅也不断努力，成为了魔术界冉冉升起的新星；就连陈姗姗，也将严晓秋的客栈经营得有声有色。

而这一天，郑楚和苏芒人生中最重要的时刻即将到来。

婚礼现场，宾客都已经就位，双方的亲友也已经列席，音乐声响起，郑楚站在红毯尽头，郑美玲牵着苏芒的手，一步步走向郑楚。

苏畅和唐果果跟在后面，相视一笑。

苏芒始终面带微笑，幸福满足。

郑楚在红毯尽头向她伸出手，光线从郑楚背后打过来，恍如隔世。

终于，苏芒的手被交到了郑楚的手里，两人在牧师的见证之下，完成了这场华美如童话般的婚礼。

没有人会知道人生的终点到底在何处，可当你平心静气地回看来时路，路上有你们一起经历的过往，再看看现在交握的双手，通往未来的路上，也会有你们的爱情、痛苦、包容和原谅，这样，应该已经是故事最好的结束。